U0609401

中华译学倡立倡导与

以中华为根，译与学并重，
弘扬优秀文化，促进中外交流，
拓展精神疆域，驱动思想创新。

丁酉年冬月许钧撰罗卫东书

中华译学馆·中华翻译研究文库

许 钧◎总主编

昆德拉在中国的
翻译、接受与阐释研究

许 方◎著

ZHEJIANG UNIVERSITY PRESS
浙江大学出版社

湖北省社科基金一般项目(后期资助项目)"昆德拉在中国的翻译、接受与阐释研究"

总　序

改革开放前后的一个时期,中国译界学人对翻译的思考大多基于对中国历史上出现的数次翻译高潮的考量与探讨。简言之,主要是对佛学译介、西学东渐与文学译介的主体、活动及结果的探索。

20 世纪 80 年代兴起的文化转向,让我们不断拓宽视野,对影响译介活动的诸要素及翻译之为有了更加深入的认识。考察一国以往翻译之活动,必与该国的文化语境、民族兴亡和社会发展等诸维度相联系。三十多年来,国内译学界对清末民初的西学东渐与"五四"前后的文学译介的研究已取得相当丰硕的成果。但进入 21 世纪以来,随着中国国力的增强,中国的影响力不断扩大,中西古今关系发生了变化,其态势从总体上看,可以说与"五四"前后的情形完全相反:中西古今关系之变化在一定意义上,可以说是根本性的变化。在民族复兴的语境中,新世纪的中西关系,出现了以"中国文化走向世界"诉求中的文化自觉与文化输出为特征的新态势;而古今之变,则在民族复兴的语境中对中华民族的五千年文化传统与精华有了新的认识,完全不同于"五四"前后与"旧世界"和文化传统的彻底决裂与革命。于是,就我们译学界而言,对翻译的思考语境发生了根本性的变化,我们对翻译思考的路径和维度也不可能不发生变化。

变化之一,涉及中西,便是由西学东渐转向中国文化"走出去",呈东学西传之趋势。变化之二,涉及古今,便是从与"旧世界"的根本决裂转向对中国传统文化、中华民族价值观的重新认识与发扬。这两个根本性的转变给译学界提出了新的大问题:翻译在此转变中应承担怎样的责任? 翻译在此转变中如何定位? 翻译研究者应持有怎样的翻译观念? 以研究"外译中"翻译历史与活动为基础的中国译学研究是否要与时俱进,把目光投向"中译外"的活动? 中国文化"走出去",中国要向世界展示的是什么样的"中国文化"? 当中国一改"五四"前后的"革命"与"决裂"态势,将中国传统文化推向世界,在世界各地创建孔子学院、推广中国文化之时,"翻译什么"与"如何翻译"这双重之问也是我们译学界必须思考与回答的。

综观中华文化发展史,翻译发挥了不可忽视的作用,一如季羡林先生所言,"中华文化之所以能永葆青春","翻译之为用大矣哉"。翻译的社会价值、文化价值、语言价值、创造价值和历史价值在中国文化的形成与发展中表现尤为突出。从文化角度来考察翻译,我们可以看到,翻译活动在人类历史上一直存在,其形式与内涵在不断丰富,且与社会、经济、文化发展相联系,这种联系不是被动的联系,而是一种互动的关系、一种建构性的力量。因此,从这个意义上来说,翻译是推动世界文化发展的一种重大力量,我们应站在跨文化交流的高度对翻译活动进行思考,以维护文化多样性为目标来考察翻译活动的丰富性、复杂性与创造性。

基于这样的认识,也基于对翻译的重新定位和思考,浙江大学于 2018 年正式设立了"浙江大学中华译学馆",旨在"传承文化之脉,发挥翻译之用,促进中外交流,拓展思想疆域,驱动思想创新"。中华译学馆的任务主要体现在三个层面:在译的层面,推出包括文学、历史、哲学、社会科学的系列译丛,"译入"与"译出"互动,积极参与国家战略性的出版工程;在学的层面,就翻译活动所涉及的重大问题展开思考与探索,出版系列翻译研究丛书,举办翻译学术会议;在中外文化交流层面,举办具有社会影响力的翻译家论坛,思想家、作家与翻译家对话等,以翻译与文学为核心开展系列活动。正是在这样的发展思路下,我们与浙江大学出版社合作,集合全国译学界的力量,推出具有学术性与开拓性的"中华翻译研究文库"。

积累与创新是学问之道,也将是本文库坚持的发展路径。本文库为开放性文库,不拘形式,以思想性与学术性为其衡量标准。我们对专著和论文(集)的遴选原则主要有四:一是研究的独创性,要有新意和价值,对整体翻译研究或翻译研究的某个领域有深入的思考,有自己的学术洞见;二是研究的系统性,围绕某一研究话题或领域,有强烈的问题意识、合理的研究方法、有说服力的研究结论以及较大的后续研究空间;三是研究的社会性,鼓励密切关注社会现实的选题与研究,如中国文学与文化"走出去"研究、语言服务行业与译者的职业发展研究、中国典籍对外译介与影响研究、翻译教育改革研究等;四是研究的(跨)学科性,鼓励深入系统地探索翻译学领域的任一分支领域,如元翻译理论研究、翻译史研究、翻译批评研究、翻译教学研究、翻译技术研究等,同时鼓励从跨学科视角探索翻译的规律与奥秘。

青年学者是学科发展的希望,我们特别欢迎青年翻译学者向本文库积极投稿,我们将及时遴选有价值的著作予以出版,集中展现青年学者的学术面貌。在青年学者和资深学者的共同支持下,我们有信心把"中华翻译研究文库"打造成翻译研究领域的精品丛书。

许 钧

2018 年春

目　录

绪　论

在新的历史时期,翻译的路径发生了变化,"外译中"与"中译外"形成互动之势。文学的译介研究,成为译学界关注的重要领域。正是在这样的背景下,我们回望 40 年来外国文学在中国译介的状况,米兰·昆德拉(Milan Kundera,1929—)无疑是在中国得到最系统的翻译、拥有最广泛的读者阅读基础、最具影响力的作家之一。昆德拉在其几十年的创作生涯中,发表作品超过 300 万字:第一部长篇小说《玩笑》是成名作;《不能承受的生命之轻》是其巅峰代表作;《不朽》则奠定了他后期作品的基调与成就。其作品从早期政治性背景的凸显转向对存在的深刻哲思与艺术勘探,从诗歌、小说、剧本的文学创作到展现他文学理论观点的思想随笔集,创作语言也从捷克语写作转变为后期的法语写作。昆德拉以他独特的叙事与鲜明的主题和风格,不仅在法国引起持续反响,更借助 30 多种语言的译本在全世界赢得了众多读者,在中国更是有无数文学爱好者持续阅读昆德拉、阐释昆德拉。在广泛的阅读基础之上,不仅有翻译家、作家、文学评论家、哲学家等各领域专家共同参与到昆德拉作品的研究与阐释活动中,而且普通读者这一广大的群体也积极地表达各自对于其作品的理解与思考。在一定意义上,我们可以说,昆德拉就是在这样一个翻译、接受和阐释的动态过程中逐步走向了经典。

第一节　昆德拉作品经典化之路

昆德拉的创作思想与文学魅力已得到了世界文坛的认可。2011 年 3 月,法国伽利玛出版社将昆德拉作品列入被媒体誉为"法语原创文学经典殿堂"的"七星文库",这是对其文学创作的高度认可,对于昆德拉而言,也是至上的荣誉。两卷本"七星文库"版昆德拉作品集收录了昆德拉几乎全部的重要作品,共 15 部,包括短篇小说集《好笑的爱》,小说《玩笑》《生活在别处》《告别圆舞曲》《笑忘录》《不能承受的生命之轻》《不朽》《慢》《身份》《无知》,戏剧《雅克和他的主人》,以及随笔《小说的艺术》《被背叛的遗嘱》《帷幕》和《相遇》。值得一提的是,自 1931 年以来,入选"七星文库"的 200 多位文学大家中仅有极少数几位能在生前便加入七星俱乐部,他们被媒体称为"活七星",这是对昆德拉文学创作之价值的肯定,充分表明了他在法国文学界已经具有不可否认的经典化地位。昆德拉的文学创作在国际上得到广泛的认可,具有重要影响,他的作品获得多项国际性的文学大奖:早在 1973 年,他还没有移居法国时,就凭借《生活在别处》获得法国美第奇外国文学奖,该奖项旨在奖励那些未得到与作家才能相应声誉的作品;1981 年与 1982 年,昆德拉两度获得大英联邦文学奖,以奖励他对文学的特殊贡献;1985 年,获得耶路撒冷文学奖,该奖全名为耶路撒冷社会中之个人自由奖,借以表彰为人类之自由做出贡献的作家,昆德拉在颁奖礼上致辞,这次致辞后来被收录进《小说的艺术》,题为《耶路撒冷演讲:小说与欧洲》。值得一提的是,耶路撒冷文学奖的多位获得者后来都获得了诺贝尔文学奖;1987 年,他获得奥地利国家欧洲文学奖;1993 年,凭借《被背叛的遗嘱》获得法国今天奖;1995 年,获得捷克共和国国家最高奖"功勋奖章";2000 年,获得德国赫尔德奖;2001 年,获得法兰西学院文学大奖;2009 年,获得法国奇诺·德尔杜卡世界奖;2012 年,获得法国国家图书馆奖。然而,这些奖项对于昆德拉而言,只是说明文学评论界对他的认可与褒奖,他的读者并不只因这些"勋章"而对他着迷,他的魅力从他独具个性的文字中穿透出来,他的作品闪现出从他在特殊的生活与创作经历中碰撞出的思想之光。

　　昆德拉独特的创作经历和具有开拓性价值的小说创作是他能够在读者广泛的阅读与阐释中逐步成为经典作家的坚实基础。昆德拉的前半生在激昂中求索,在困顿中前行。1929 年 4 月 1 日,昆德拉出生在捷克斯洛伐克第二大城市布尔诺,这块在东、西欧拉锯中被蹂躏的土地,有过沉重的历史。而昆德拉先后经历了 1939 年德国对其祖国大部的侵占、1945 年 5 月在苏联红军帮助下捷克斯洛伐克的解放与联合政府的成立、1948 年 2 月捷克斯洛伐克共产党在取得执政权后继续奉行的"苏联模式",以及 1968 年"布拉格之春"遭到的"华约"镇压。政局的反复、危难的时刻激发出昆德拉巨大的创作热情与远大的政治抱负。他曾因反对极权主义等言论问题两进两出捷克斯洛伐克共产党,他的小说也在 1970 年被禁止在祖国出版,之后他出走法国并开始以法语写作,在法国这片土地上继续他的文学创作……生活的特殊时期与切身经历为他的文学创作提供了写作的背景与思考的土壤。而这种种的个人经历及投射在小说中的历史问题和创作背景,使他的作品在存在东西方意识形态差异的西方国家吸引到大量的读者,在有过与捷克斯洛伐克相似历史境遇的中国也备受关注,昆德拉"对民族发展道路的理性反省与基此对于人类存在境况的深层剖析"[①]迎合了我们的某些认知需求,他的作品在历史问题与存在境遇上的参照意义决定了他在中国的接受的独特性。除去历史与社会层面的吸引力,昆德拉的作品也具有重要的文学价值。他的小说创作不在于描写历史的伤痛,特殊的创作背景之下他关注的是人性与存在的问题,他的文字将诗意的表达与哲学性的思考结合起来,从而使他"由政治走向了哲学,由强权批判走向了人性批判,从捷克走向了人类,从现时走向了永恒"[②]。他也

---

① 李凤亮. 诗·思·史:冲突与融合——米兰·昆德拉小说诗学引论. 北京:商务印书馆,2006:2.

② 韩少功.《生命中不能承受之轻》前言//昆德拉. 生命中不能承受之轻. 韩少功,韩刚,译. 北京:作家出版社,1987:7.

是极个别不仅从事小说创作,更对小说创作理念与艺术有着深入思考和独到见解的作家。他通过一系列文艺随笔集《小说的艺术》《被背叛的遗嘱》《帷幕》和《相遇》来阐述自己的小说艺术观,为读者进一步理解他的创作提供了一定的参照。他的复调叙事、幽默叙事、隐喻叙事都成为研究者重点探索的小说创作手法,他对于小说创作的探索精神为文学界所赞誉。

此外,昆德拉文学生命的延续和拓展与翻译具有特别密切的关系。翻译使我们能够亲近世界上由不同语言写就的所有优秀文学作品,文学作品经由翻译在异域得到阅读、接受、传播与阐释,由此开启了其后续的生命之旅。昆德拉的小说在捷克斯洛伐克被禁止出版以后,只能寻求在域外的出版。可以说,昆德拉创作初期在西方国家的走红有赖于他前期作品最初在法国的翻译。此后再经由英译本等其他语言版本的传播,使昆德拉在祖国出版无门的情况下,却迅速在世界范围内吸引了众多国家的读者。在中国,1987 年 9 月,作家出版社出版了韩少功和韩刚合译的昆德拉小说代表作《生命中不能承受之轻》。随着其作品的第一个中译本问世,"昆德拉旋风"强劲袭来,此后,国内掀起一阵阵昆德拉阅读与研究的热潮,即学界常说的"昆德拉热",在 20 世纪 80 年代末和新世纪之初这两个具有特别意义的时期都引发了强烈的反响。直到今天,我们查询各图书销售网站,可以发现昆德拉的作品仍在热卖,昆德拉的市场号召力依然强大。以《不能承受的生命之轻》为例,上海译文出版社副社长赵武平曾透露,《不能承受的生命之轻》许钧译本于 2003 年 7 月投放市场,首印 15 万册,一个月之内印到 30 万册,至 2010 年已经达到 102 万册,截至 2017 年,销量共计 230 多万册。这个数字还没有算上韩少功与韩刚译本 100 多万册的销量。在上海译文出版社出版的昆德拉系列作品中,昆德拉的其他作品按照平均数来讲,每本书的印刷数量都达近 10 万册,卖得相对没有这么火爆的剧本《雅克和他的主人》也印了 8 万册,在国内很少有作家能达到这样的印刷量。2010 年,"第五届中国作家富豪榜"子榜单外国作家富豪榜发布,该榜统计了 2000 年至 2010 年这十年间,外国作家在中国(大陆地区)的版税总收入,共有 25 位外国作家上榜,米兰·昆德拉以

600万元人民币版税收入,荣登外国作家富豪榜第9位,引发了广泛关注。昆德拉作品的传播与影响从这些数字上就可见一斑,而翻译则是昆德拉作品传播过程中的必经之路,可以说,没有翻译就不可能有昆德拉的世界性影响,没有翻译就不可能有昆德拉的经典化地位,在一定程度上,正如许钧在多个场合所说的那样,"翻译造就了昆德拉"。

作品在异域得到翻译之后,具有了新的生命,由此开启了在新的文化语境中的生命历程,而翻译的接受过程就是召唤新读者的阅读与阐释的过程,在这一过程中,为了召唤更多的读者,又涉及作品传播的问题。我们发现,昆德拉的作品在中国的接受与传播途径是多样的,主要体现在学术途径、传统媒介途径与基于网络的新媒体途径上,不同传播途径的相关特点与作用也存在着差异。而传播的最根本的目的,就是尽可能呼唤读者的关注和阅读,经由阅读、理解与阐释,在一个文本开放的空间里赋予作品以新的生命。如果从1987年,他第一部被翻译成中文的作品《生命中不能承受之轻》算起,昆德拉的作品在中国与读者见面至今已逾30年。30多年过去,他在中国的阐释也随着时间不断深入与发展。"昆德拉式"一词已成为了某种标签:昆德拉式幽默、昆德拉式反讽、昆德拉式哲思、昆德拉式结构、昆德拉式小说……它足以让我们明了这些主题下的内涵,可见昆德拉作品在我国传播的广泛性和接受过程中形成的独特风格与内核。从我们目前所掌握的资料看,昆德拉的作品在国内的阐释极为丰富。就阐释的特点而言,其阐释主体多元,阐释形式多样,且表现出阶段性的特征。而阐释的内容则更为广泛,主要集中在对昆德拉小说艺术的探索,对存在的叩问以及对"生存密码"的解读上。从接受与阐释的角度,这种种的问题都值得我们加以探索与思考。

通过上述内容,我们可以看到,昆德拉以他独特的创作经历和具有开拓性价值的小说创作,在不断地被译介、被阅读、被阐释的过程中逐步完成了其作品的经典化。

昆德拉的作品在中国的翻译、接受与阐释的过程中,被赋予了新的生命,而对这整个生命历程的考察,对于我们解读昆德拉,以及更深刻地理解翻译有着重要的意义。鉴于以上考量,我们认为有必要做一学术上的尝试,将中国对昆德拉的选择、翻译、接受、传播与阐释这样一个相互关联且开放发展的历程作为本书考察的重点。

昆德拉的作品在读者的阅读与阐释中逐步走向经典,对他的作品在中国翻译、接受与阐释的整个生命历程进行深入的考察具有多方面的意义,主要体现在以下四个方面:

第一,昆德拉作为当代外国文学在中国的译介历史中极具代表性的作家,他的研究价值不仅体现在昆德拉是一个拥有卓越才能的小说家,更在于昆德拉与中国的特殊缘分和难得的"契合",他在不同时期都引起了各类专家以及普通读者的强烈关注。对他在中国译介与传播的个案的探讨,无论对于翻译界而言,还是对于文学界乃至中国文化界而言,都具有重要的价值。

第二,在译介理论研究的层面上,我们通过对昆德拉在中国的翻译、接受与阐释这一个案的考察,有助于把握文学译介的全过程,进而揭示文学文本生产及其生命之旅的复杂性、历史性与发展性①,对我们更深刻地理解翻译活动,尤其是文学的译介与传播历程有着重要意义。

第三,本研究将着力于整体把握昆德拉在中国的译介历程,清晰梳理昆德拉的翻译历程,深入探讨影响昆德拉在中国的新生命诞生与延续的影响因素,系统考察昆德拉作品翻译过程中各主体因素之间的关系,关注昆德拉的主要传播途径,重点分析昆德拉在中国的阐释。这种注重动态性的考察,在中国译学界以往的研究基础上有所开拓,同时也有助于中国读者更好地理解与阐释昆德拉。

第四,相较于目前译学界关注作家译介的个案研究,本研究既把握过程又关注活动空间与要素,具有探索性的意义,尤其是其中对于各种主体因素互动关系的考察、对于传播途径和阐释特点与重点的分析,都有一定

---

① 对于文学翻译的复杂性、历史性和发展性,刘云虹有深刻的阐述,详见:刘云虹. 中国文学对外译介与翻译历史观. 外语教学理论与实践,2015(4):1-8.

的拓展性价值,本研究所应用的方法与整个研究框架对以后的相关研究也有可能提供一定的参照。

第二节　昆德拉研究现状

昆德拉作为得到广泛认可的作家,其作品在国内外得到持续的研究。综观国外对昆德拉的研究,我们发现,研究资料较为丰富,多以作品研究为主,不涉及本书将展开的关于昆德拉在中国的翻译、接受与阐释的相关研究。关于昆德拉作品的主要研究专著有阿伦·阿吉(Aron Aji)主编的《米兰·昆德拉和小说艺术:评论》(*Milan Kundera and the Art of Fiction: Critical Essays*),捷克作家克维托斯拉夫·赫瓦季克(Květoslav Chvatík)的《米兰·昆德拉的小说世界》(*Le monde romanesque de Milan Kundera*),加拿大学者埃娃·勒格朗(Eva Le Grand)的《昆德拉,欲望的记忆》(*Kundera ou la mémoire du désir*),美国学者玛利亚·涅姆卓娃·班纳吉(Maria Němcová Banerjee)的《终极悖论:米兰·昆德拉的小说》(*Paradoxes terminaux: Les romans de Milan Kundera*),法国学者若瑟兰·迈克桑(Jocelyn Maixent)的《米兰·昆德拉的十八世纪或当代小说所塑造的狄德罗》(*Le XVIIIe siècle de Milan Kundera ou Diderot investi par le roman contemporain*),法国学者马丁·博耶-万曼(Martine Boyer-Weinmann)的《阅读米兰·昆德拉》(*Lire Milan Kundera*),捷克学者马丁·瑞杰可(Martin Rizek)的《如何成为昆德拉?》(*Comment devient-on Kundera?*),以及唯一一部被翻译成中文的昆德拉小说评论专著——加拿大作家、文学批评家弗朗索瓦·里卡尔(François Ricard)的《阿涅丝的最后一个下午》(*Le dernier après-midi d'Agnès*)。《阿涅丝的最后一个下午》曾于 2003 年被提名为加拿大总督奖,由袁筱一翻译并于 2004 年在上海译文出版社出版①。弗朗索瓦·里卡尔对昆德拉有着长期研究,其成果颇得昆德拉的认可。

《阿涅丝的最后一个下午》在作者看来"不是研究,甚至也许不是一本评论,而是一种思考——大概这才是论述这种不为人理解的艺术的名字。我们所致力建立的,不是某种小说的理论,也不是某种政治的、哲学的教义,而是单纯的美学体验的综述,也就是说对于我们这个时代最完美、最珍贵的作品之一无尽的欣赏与探索"②。于是弗朗索瓦·里卡尔在这本书中带着《不朽》里阿涅斯在那个下午面对群山时无动机性的、放任、欣赏的精神状态及方式,以悠闲自在的思考之态来探索昆德拉作品的群山——从《好笑的爱》到《无知》的 13 部作品。书中没有单独对每部作品的考察,而是从整体上进行把握,从地理、场景、滑稽或讽刺风格的不同等因素出发将其作品分为三部分:捷克语小说第一集合,即《好笑的爱》《玩笑》《生活在别处》《告别圆舞曲》这四部写于布拉格的捷克语小说;捷克语小说第二集合,即《笑忘录》《不能承受的生命之轻》《不朽》这三部写于法国的捷克语小说;法语小说集合。通过对不同关键词的分析,如"狗""河流学""多声部轮唱""彼此交织的故事""梦的故事""过去的故事""小说家的自我""主题的统一性""为插曲平反",对昆德拉的作品进行并置与串联,从而展现其作品主题的延续性与内部的多样性,以及写作方式的独特性与创新性。

就国内的研究而言,从我们所掌握的资料看,昆德拉最早出现在研究者视域中是在 1977 年,《世界文学》编辑部副编审、著名捷克语翻译家杨乐云在《外国文学动态》上发表《美刊介绍捷克作家伐措立克和昆德拉》③

---

① 详见:弗朗索瓦·里卡尔. 阿涅丝的最后一个下午. 袁筱一,译. 上海:上海译文出版社,2004.

② 弗朗索瓦·里卡尔. 阿涅丝的最后一个下午. 袁筱一,译. 上海:上海译文出版社,2011:8.

③ 详见:杨乐云. 美刊介绍捷克作家伐措立克和昆德拉. 外国文学动态,1977(2):22-24.

一文,对昆德拉的短篇小说集《可笑的爱》做了简单介绍。然而由于该刊物为中国社会科学院外国文学研究所内部学术刊物,它的影响相当有限。真正意义上首次向中国读者介绍昆德拉作品的属李欧梵于 1985 年 12 月 31 日发表在《外国文学研究》上的文章《世界文学的两个见证:南美和东欧文学对中国现代文学的启发》①,在该文中作者以昆德拉代表作《不能承受的生命之轻》入手,论述了其作品叙述中的哲理性与结构上的音乐性以及讽刺的写作手法。而大量关于昆德拉及其作品的研究是在 1987 年作家出版社韩少功、韩刚合译版的《生命中不能承受之轻》出版之后开始出现的。"昆德拉热"所带来的不光是前期阅读的热潮,更有后期的思考与探索,尤其在 1992 年之后涌现出不少优秀的研究成果。

如果说早期昆德拉研究呈现出"阅读者多,研究者少"的特点,查阅目前国内昆德拉研究成果,则是"研究多而散,成果丰富但不够系统",整体以作品研究为主,作品研究中又主要分为主题层面研究与创作手法研究,另外有部分作家研究,比较文学视域下的作家、文学研究和昆德拉译介与接受研究。

在关于昆德拉的研究著作中,李凤亮和李艳所编的《对话的灵光——米兰·昆德拉研究资料辑要(1986—1996)》②作为中国昆德拉研究前十年的资料汇编,其章节设置,为我们清楚直观地反映出昆德拉研究初期学者们重点研究的几个方面,也对后期昆德拉研究者的工作具有一定的参照与导向作用。该书第一辑"沧桑身世介绍"为作家生平研究;第二辑"作家系统研究"收录关于存在主题、复调理论、昆式幽默等的文章,为作品主题与创作手法研究;第三辑"作品个体诠析"则是针对昆德拉单部作品的探索,包括多篇译者为作品所作的序或译后记,为作品研究;第四辑"域外之音传布"收录多篇昆德拉访谈的译文,为读者呈现昆德拉自述的小说思

---

① 详见:李欧梵. 世界文学的两个见证:南美和东欧文学对中国现代文学的启发. 外国文学研究,1985(4):44-51.

② 详见:李凤亮,李艳. 对话的灵光——米兰·昆德拉研究资料辑要(1986—1996). 北京:中国友谊出版公司,1999.

想;第五辑"中外作家比较"通过南美、东欧文学与中国现代文学,昆德拉与中国当代小说,王朔与昆德拉,《生命中不能承受之轻》与《红楼梦》,曹雪芹、马尔克斯与昆德拉等几组对比,展现出比较文学视域下的作家、文学研究;第六辑"文本翻译争鸣"的三篇文章着眼昆德拉作品的翻译与译介,是我们重点关注的内容,然而,从收录文章分布来看,这方面的研究明显不够丰富。应该说,该书六辑的安排是在对昆德拉早期研究资料有了全面且准确的把握、梳理与分类后进行的,六辑的内容囊括了这期间昆德拉研究的主要方面。

在作品研究方面,主要有仵从巨主编的《叩问存在:米兰·昆德拉的世界》①,仵从巨在该书序言中谈及昆德拉作品里"政治""媚俗""遗忘""性爱"的主题,为读者总结了昆德拉小说的四个艺术个性:"基本词的使用""复调式结构""音乐性""幽默或喜剧形式"。他的准确把握为我们提炼出昆德拉作品中最重要、最具普遍性的论题。书中以王东亮、周国平等著名学者、法国文学专家对昆德拉13部作品的分别解读,为我们勾勒出昆德拉的小说世界。最后一篇《在巴黎约会昆德拉》由昆德拉三部作品的译者余中先所作,记录了昆德拉与选择避世的作家难得的会面,是颇为珍贵的资料。彭少健的《诗意的冥想:米兰·昆德拉小说解读》②在前八章每章解读昆德拉的一部作品,第九章对昆德拉小说观加以总结。李平与杨启宁的《米兰·昆德拉:错位人生》③以历时的顺序,结合作家研究来解读作品,李平在序言中关于昆德拉作品在中国的引进与出版的论述可作为译介研究参考。此外,李凤亮是目前国内研究昆德拉作品最重要的学者之一,他的研究深入而独到,具有重要的价值,其著作《诗·思·史:冲突与融合——米兰·昆德拉小说诗学引论》④从"复调叙事""幽默叙事""隐喻叙

---

① 详见:仵从巨. 叩问存在:米兰·昆德拉的世界. 北京:华夏出版社,2005.
② 详见:彭少健. 诗意的冥想:米兰·昆德拉小说解读. 杭州:西泠印社,2003.
③ 详见:李平,杨启宁. 米兰·昆德拉:错位人生. 成都:四川人民出版社,2000.
④ 详见:李凤亮. 诗·思·史:冲突与融合——米兰·昆德拉小说诗学引论. 北京:商务印书馆,2006.

事""叙事与言思""叙事与述史""小说史"等角度探讨昆德拉小说的诗学问题。该书第一章与附录文章涉及昆德拉在中国的传播与译介问题,值得我们参考。

在作家研究方面,由于昆德拉"对个人生活的严密封锁,要正面获取有关他人生经历的资料实在太难"[①],这类研究比较少。高兴的《米兰·昆德拉传》[②]是国内首部昆德拉传记,高兴"凭借自己的一些积累、通过种种迂回的路径尽可能地贴近他的生活,并大致勾勒出他的人生轨迹"[③]。

昆德拉作品在中国的译介与接受方面的研究是本书最为关注的一大内容,目前国内以此为主要研究对象的专著尚只有一部,即蔡俊的《米兰·昆德拉在中国的传播与变异》[④],该书分四章:第一章介绍阐述了作家生平、创作背景、创作概况、作品风格;第二章论述昆德拉作品在中国的译介历程并做了个别译本的比较;第三章介绍作品出版情况,在比较文学视域下探讨昆德拉对中国当代三位作家王朔、王小波、韩少功的影响;第四章关注昆德拉在中国的主题研究,然而内容多为对专家学者研究的梳理,其研究有待深入。

针对昆德拉研究的博士论文不多,目前为止可查的主要有三篇,其中李凤亮的《诗·思·史:冲突与融合——米兰·昆德拉小说诗学引论》和蔡俊的《米兰·昆德拉在中国的传播与变异》这两篇论文在上文中已提及,均以专著形式出版。解华的《寻找失去的精神家园——米兰·昆德拉的文化身份研究》从"文化身份"问题入手,在两个层面上进行思考,"一是文化研究层面,以昆德拉生平、历史背景、访谈、随笔为研究对象,纵向剖析昆德拉文化身份发展变化的根源及其特征。二是诗学研究层面,主要从昆德拉作品的文本入手,通过文本分析、主题阐发,横向阐明昆德拉如何构建自我的文化身份,进而深入发掘昆德拉作品中的文化蕴涵和诗学

① 高兴. 米兰·昆德拉传. 北京:新世界出版社,2005:自序 4.
② 详见:高兴. 米兰·昆德拉传. 北京:新世界出版社,2005.
③ 高兴. 米兰·昆德拉传. 北京:新世界出版社,2005:自序 4.
④ 详见:蔡俊. 米兰·昆德拉在中国的传播与变异. 南昌:江西人民出版社,2012.

价值"①,该论文分别围绕"昆德拉的捷克身份""昆德拉的欧洲文化身份认同""昆德拉的中欧文化身份认同"以及"昆德拉的法国文化身份认同"展开论述,以探讨昆德拉"历史的、动态的、发展的"文化身份认同问题。另外,湖南师范大学 2008 届中国现当代文学专业龚敏律的博士论文《西方反讽诗学与二十世纪中国文学》在其第六章中论述了昆德拉"充满暧昧性、丰富性、多义性的世界",这样的文学世界"其实就是一种反讽的表达和反讽的精神"②,同时探讨了昆德拉的讽刺手法对中国当代小说创作,尤其是对韩少功、王小波的影响。复旦大学 2004 届比较文学和世界文学专业宋炳辉所写的博士论文《弱小民族文学的译介与 20 世纪中国文学的民族意识》在第六章中探讨昆德拉在中国的译介及接受,阐述昆德拉进入中国的推动因素,认为"政治批判、历史反思与性爱的独特结合使昆德拉充满吸引力,但昆德拉作品的耐人寻味之处则在于对具体历史事件和场景的超越与提升,以及独特的小说观念、文本结构和艺术手法"③。

关于昆德拉研究的硕士论文相对较多,据我们统计,截至 2019 年,相关的硕士学位论文总共有 149 篇,但这些论文以作品研究为主,研究主题较为分散,其中较受关注的主题按论文篇数依次为:"存在"研究(16 篇),昆德拉小说理论研究(12 篇),小说人物形象研究(尤其是女性形象研究)(9 篇),幽默观研究(7 篇),小说美学研究(7 篇),媚俗观研究(5 篇),"自我"主题(4 篇),小说中"性"的研究(4 篇)。针对昆德拉的接受问题进行研究的硕士论文也有较多。东北师范大学 2008 届比较文学与世界文学专业姜雪杰所写的硕士论文《米兰·昆德拉在中国的接受研究》④,该文从

---

① 解华. 寻找失去的精神家园——米兰·昆德拉的文化身份研究. 南京:南京大学博士学位论文,2009:摘要 2.
② 龚敏律. 西方反讽诗学与二十世纪中国文学. 长沙:湖南师范大学博士学位论文,2008:169.
③ 宋炳辉. 弱小民族文学的译介与 20 世纪中国文学的民族意识. 上海:复旦大学博士学位论文,2004:93.
④ 详见:姜雪杰. 米兰·昆德拉在中国的接受研究. 吉林:东北师范大学硕士学位论文,2008.

"昆德拉与存在主义""昆德拉与中国作家的比较"及"昆德拉在中国的平行研究"角度探讨了米兰·昆德拉在中国的接受及其与中国文学的关系。安徽大学 2007 届比较文学与世界文学专业李园园的硕士论文《正反馈效应下的昆德拉热》①将昆德拉在中国的阐释分为三类——政治解读、哲学解读和美学解读,引入"正反馈"的概念,通过对昆德拉在中国正反馈过程中的六轮震荡——"政治因素""八十年代末九十年代初社会转型""电影《布拉格之恋》""昆哈之争""'还原昆德拉'带来的译介热""'小资'符号"的分析来考察中国昆德拉热。同济大学 2008 届文艺学专业的刘旭所写的硕士论文《米兰·昆德拉在中国——接受理论视野下的文本分析与历史重构》"以接受理论有关文本分级阐释和期待视野的观点为理论基础,在归纳和总结前人接受研究的基础上,对米兰·昆德拉在中国的接受状况进行研究。……对于 2000 年以前的研究,以文本分析为主,辅以期待视野的衬托,对于接受文本发展脉络以关键词的形式进行分类整理。对于 2000 年以后期待视野的建构,分析当下的新情况:消费时代的文学读者从昆德拉身上攫取个性标签,昆德拉与中国当下流行的犬儒主义思潮也产生了微妙的对应关系"②。另外,我们注意到,昆德拉文本的翻译得到了学界的关注,其中关于《不能承受的生命之轻》译本比较的硕士论文就有 4 篇,可见在该书的译介过程中,由于存在两个个性差异较大的中文译本,为我们考察翻译、探索同一部作品的理解与表达提供了新的可能性,拓展了研究空间。

关于昆德拉研究的期刊文章更为丰富。李凤亮在其《诗·思·史:冲突与融合——米兰·昆德拉小说诗学引论》一书中,为我们整理出一个珍贵的附录,详尽地收录了从 1981 年国内第一篇对昆德拉的介绍性文章起,到 2005 年国内对昆德拉的评论、评述和报道性文章。为了全面理解

---

① 详见:李园园. 正反馈效应下的昆德拉热. 合肥:安徽大学硕士学位论文,2007.

② 刘旭. 米兰·昆德拉在中国——接受理论视野下的文本分析与历史重构. 上海:同济大学硕士学位论文,2008:摘要 1.

国内学界对昆德拉的介绍、阐释与研究状况,我们在李凤亮研究的基础上,对 2006 年至 2020 年 5 月国内发表的有关昆德拉研究的文章做了检索,知网可查论文达 440 篇左右。从李凤亮收录的文章和我们检索到的文章来看,其研究内容广泛,同样以作品研究为主;而关于昆德拉在中国的接受问题的文章并不多,主要有赵稀方的《米兰·昆德拉在中国》①,王彬彬的《"姑妄言之"之四:对昆德拉的接受与拒绝》②,李凤亮的《米兰·昆德拉及其在中国的命运——昆德拉作品中译述评》③和《接受昆德拉:解读与误读——中国读书界近十年来米兰·昆德拉研究述评》④,罗蓉蓉、文汝的《出版视野中的昆德拉作品》⑤,徐宜修的《米兰·昆德拉在新时期中国译介的意义评述》⑥。

从以上的文献梳理,我们不难看出,由于其小说内涵的丰富与多样性以及小说艺术的鲜明特点,目前关于昆德拉的研究多集中在以主题探讨为主的作品研究上,其在中国的接受研究不够系统与深入,没有对昆德拉作品在中国的翻译、接受、传播与阐释的整个生命历程的全面考察,更没有在"互联网+"这种新环境下对新型传播途径以及对这一途径下读者最直接的昆德拉接受反馈的考察,需要我们从翻译活动的丰富性出发,结合文学的译介与阐释的实际情况,就昆德拉这一个案展开尽可能全面的,且体现其动态性的研究。

---

① 详见:赵稀方. 米兰·昆德拉在中国. 外国文学研究,2002(3):130-136,175.
② 详见:王彬彬. "姑妄言之"之四:对昆德拉的接受与拒绝. 小说评论,2003(5):15-17.
③ 详见:李凤亮. 米兰·昆德拉及其在中国的命运——昆德拉作品中译述评. 中国比较文学,1999(3):63-77.
④ 详见:李凤亮. 接受昆德拉:解读与误读——中国读书界近十年来米兰·昆德拉研究述评. 国外文学,2001(2):58-69.
⑤ 详见:罗蓉蓉,文汝. 出版视野中的昆德拉作品. 重庆科技学院学报(社会科学版),2014(1):88-89,103.
⑥ 详见:徐宜修. 米兰·昆德拉在新时期中国译介的意义评述. 湖州师范学院学报,2015(5):52-55,61.

第三节　研究思路及研究内容

本书试图将昆德拉的作品在中国的翻译、接受和阐释置于一个包括历史、文化、社会环境等各种因素的复杂系统中去考察,以文学文本的生命历程为重点,就昆德拉在作品在中国30余年的接受与阐释的整个历程进行研究,主要围绕以下问题展开:

昆德拉的文学创作之路上经历了何种与众不同的境遇? 昆德拉作品在中国的生命之旅始于何时? 是在怎样的历史状况,尤其是在怎样的政治环境下来选择与翻译昆德拉的? 国内学者为昆德拉作品的译介做了何种努力? 在新世纪我们又对昆德拉作品做了怎样的重新译介? 影响昆德拉不同时期译介的外部因素有哪些? 在昆德拉译介与接受过程中,存在着怎样的主体活动与主体互动空间? 在昆德拉译介中作者、出版者、译者、读者之间有着怎样的互动关系? 昆德拉作品在中国的传播过程借助了怎样的传播途径? 中国的读者是怎么理解昆德拉的? 昆德拉的作品在中国译介与传播的30多年来,中国不同层面的读者对昆德拉的理解是否在不断加深? 中国读者对昆德拉的阐释有什么特点? 在对昆德拉作品的阐释中,中国读者是否有特别关注的重点? 于中国读者而言,对于昆德拉作品的理解,是否还存在新的阐释的可能?

上述这些问题构成了我们考察昆德拉作品在中国的整个生命历程的基本内容。本书将从上述这些问题出发,尽可能系统、全面地把握中国对昆德拉的选择、翻译、接受、传播与阐释的整个过程,以期更好地理解昆德拉,更深刻地理解翻译,理解文学译介与传播活动。鉴于以上的考虑,本书由绪论、正文和结语三部分构成,正文部分分为五章。

在绪论中,我们首先从昆德拉独特的创作经历和具有开拓性价值的小说创作,翻译在昆德拉确立其经典化地位过程中所起的作用,以及昆德拉在中国接受、传播的广泛性和阐释的丰富性入手,呈现昆德拉作品经典化的过程,以展现选择昆德拉作为本书研究对象的深层原因。其次,从经典个案研究对于翻译界、文学界和文化界的价值,从译介理论研究的层面,从更加深入地理解与阐释昆德拉的角度以及对未来相关研究的参照价值角度阐述本研究的意义,并对目前国内外对于昆德拉的研究进行梳理,尤其关注昆德拉译介方面的研究,指出目前对昆德拉的译介研究中出现的不足,从而突出本书在研究上的突破与创新。在此基础上,我们也针对研究中可能遇到的困难与问题,提出相应的解决方法,以期能够更加全面客观地考察昆德拉在中国译介的生命历程。

本书的第一章将对昆德拉独特的创作经历和存在境况做简要的交代,继而对昆德拉在中国的翻译历程做一个客观的梳理。这种客观的交代和翻译历程的梳理对我们展开后面的讨论是非常必要的。正是因为昆德拉创作的独特性,其作品才在西方受到格外的关注,并在中国掀起了昆德拉阅读热潮。有了对昆德拉在中国前后两次翻译热的基本状况的梳理,在一定意义上,便有了研究昆德拉在中国的发现、翻译、接受历程的基础。

第二章将从昆德拉汉译的实际状况出发,对影响不同时期昆德拉翻译的政治环境、意识形态因素、翻译忠实性的要求、市场因素等要素展开思考与分析。翻译活动会受到诸如社会、历史、政治与文化等各种外部因素的影响,而昆德拉创作与个人境况的特殊性,使得其作品的翻译遇到上述这些因素的影响和操控。对这些因素的考察,如我们在上文所强调的,有助于揭示文学翻译活动的复杂性、历史性和发展性。

我们在第三章中将从作者、出版者与译者的合力,译者与译者的对话关系,译者与读者的互动关系,主体因素与互动空间四个角度考察昆德拉译介与接受过程中的主体活动,考察在文化场域中的主体互动空间与活动形式,重点考察在昆德拉译介中作者、出版者、译者、读者之间的互动关系及其对昆德拉作品传播的推动作用。

第四章将以对昆德拉接受与传播途径的考察为重点,从学术途径、传统媒介途径与基于网络的新媒体途径三个方面,对昆德拉在中国接受与传播的历史与现状进行梳理与分析,展现三个不同的传播途径各自明显的特点与作用。其中,新世纪新媒体途径所开拓的传播的广泛空间、读者交流阅读与阐释体会的自发性与丰富性、读者结合自己的生存境况对昆德拉作品的独特领悟,为昆德拉在中国的新生命注入了活力,是本书研究具有拓展性的内容。昆德拉在中国受到广泛和持续的关注,与此途径所展现的活力是分不开的。因此,从这一传播实际状况出发,我们在研究中,将新媒体的传播途径作为考察的一个重要方面。

第五章将对昆德拉在中国的阐释问题展开专门的探讨。针对中国读者对昆德拉的理解,中国读者对昆德拉的阐释特点,不同阶段的理解与阐释之间存在的联系与连续性,对昆德拉作品的阐释中中国读者特别关注的重点,以及对昆德拉作品存在的阐释可能性等问题,逐一进行考察。面对国内对昆德拉的繁复阐释,我们根据昆德拉的理论追求与小说探索的特点,将就昆德拉在中国的阐释中最受关注的问题进行有重点的梳理,对30多年来国内围绕昆德拉的小说探索、对存在的沉思以及昆德拉书写人之存在所提取的密码——关键词做一思考与分析,进一步探索昆德拉阐释中所存在的问题与可开拓的途径。

结语部分将总结本书的研究思路、考察重点与研究价值,将昆德拉在中国的生命历程的考察置于翻译理论层面进行思考,进一步呼吁对于昆德拉研究与阐释的可能性的开拓。

如上文所述,本研究试图对昆德拉在中国的翻译、接受与阐释问题加以系统研究,且在前人的研究上有所拓展。我们清醒地意识到,要实现这一研究目标,无论在研究路径、对于具体的文本接受与阐释情况的把握分析,还是理论的参照,特别是对传播学理论的理解上,都存在着困难。比如在研究框架上,可以说本研究试图有新的开拓,以往的研究少有对昆德拉接受与传播途径的深入分析,对我们的研究而言,缺乏具有参考价值的研究成果。另外,在考察昆德拉在中国的阐释情况时,大量繁复的资料也给本研究带来了一些筛选与归纳的困难,尤其是网络上普通读者的阐释具有自发性、随意性的特点,为我们选择真正有价值的阐释内容造成了不少障碍。

　　针对上述困难,我们认识到,一方面,我们在进行本研究之前,要对翻译基本理论、译介学、传播学有深刻的理解,在研究中,借助这些学科的理论与方法,探索并拓展有理论依据的考察路径。另一方面,我们在研究中要尽可能多而全地搜集与昆德拉相关的研究资料,在此基础上再对所掌握的资料进行重点的筛选,参照具有代表性的研究资料,对涉及昆德拉在中国的翻译、接受与阐释的整个生命历程的各个环节展开思考与探索,把握整体状况,梳理其清晰的发展脉络,揭示其特征:一为中国学界更好、更全面地认识、理解与阐释昆德拉提供有益的参照;二为更深刻地理解翻译活动,尤其是文学的译介与传播拓展新的途径。

第一章　昆德拉的译介及其在中国的新生

　　从昆德拉作品的接受来看,他的作品通过翻译在中国得到热烈的反响,从而拓展了其作品在不同文化语境下的文本生命。其中涉及关于原作与译作之间的关系问题,经过学术界多年来的反思,"在文学创作、文学生命与文化交流层面上,译作拓展与延续了原作生命"的观点得到了普遍认可。正如本雅明在其著名的《译者的任务》一文中所述,"原作的生命在译作中获得最新的、不断更新的、最为完整的展现"[①],原作自创作伊始拥有自身历史之时便被赋予生命,而"作品的被翻译标志着它们进入后续生命的阶段"[②]。昆德拉作品在被译介入中国后的后续生命阶段焕发出巨大的活力,国内读者对其作品持续广泛的阅读与探究及学者不断深入的研究,使昆德拉的译介成为我国外国文学译介历史中极具代表性的个案。昆德拉的特殊性来源于他独特的创作之路,并体现在他的作品进入国人视野之后所出现的两次重要昆德拉译介热潮:一是以1987年韩少功与韩刚合译版《生命中不能承受之轻》的出版为标志的第一次译介期;二是2003年上海译文出版社在获得昆德拉作品版权后对其作品的全面重新译介。昆德拉作品的翻译为其在时间、空间上拓宽了维度,进一步成就了作者,也丰富了读者的阅读。本章中,我们将对昆德拉独特的文学创作经历

---

① 瓦尔特·本雅明. 译者的任务. 周晔,译//周晔. 本雅明翻译思想研究. 上海:上海译文出版社,2011:349.
② 周晔. 本雅明翻译思想研究. 上海:上海译文出版社,2011:139.

与其作品在中国译介的主要历程进行梳理与考察,以解决以下问题:昆德拉在文学创作之路上经历了何种与众不同的境遇? 昆德拉作品在中国的生命之旅始于何时? 我们是在怎样的历史状况中选择翻译昆德拉的? 国内学者为昆德拉作品的译介做了何种努力? 在新世纪我们又对昆德拉作品做了怎样的重新译介? 通过对以上问题的把握,我们以发展的眼光,对昆德拉作品最初的诞生及其在中国获得新生的这一作品生命延续过程有一个直观的、历时的、较为全面的认识。

第一节　昆德拉独特的创作之路

昆德拉是一位文学巨匠,其创作丰富,抛开音乐、绘画与电影上的探索,仅在文学上他的创作就囊括了多种类型——诗歌、戏剧、小说、文学批评,然而他的独特性并不体现在作品之丰与创作类型多样上,这也是在本节中我们试图解决的重要问题:昆德拉走过了怎样的创作之路? 其创作生涯的独特性体现在哪里? 笔者拟从昆德拉作品被禁的遭遇、昆德拉对于翻译的理解与要求以及创作语言的改变三个角度入手,追踪昆德拉独特的创作之路,就其创作历程的特点做一探讨。

一、作品被禁与出路的寻找

捷克斯洛伐克这块动荡的土地,饱经忧患与磨难。昆德拉在家国洪流之中如他小说中的主人公们一样难以得到历史的豁免。第一次世界大战后捷克斯洛伐克脱离奥匈帝国统治,于 1918 年得以独立。第二次世界大战期间,自 1939 年开始捷克斯洛伐克又遭纳粹德国侵占其大部地区。政治上法西斯对昆德拉周遭师长的迫害使当时满怀理想与热情的他逐渐亲近反法西斯的捷克斯洛伐克共产党。1945 年 5 月在苏联红军帮助下捷克斯洛伐克得以解放,并成立联合政府,昆德拉于 1947 年 18 岁时加入捷克斯洛伐克共产党,然而历史表明当时的昆德拉过于理想主义了。1948 年 2 月捷克斯洛伐克共产党在取得执政权后继续实行"苏联模式",在这种模式之下,捷克斯洛伐克的文化被严重控制与禁锢。在这种文化氛围之下,昆德拉于 1950 年因"个人主义倾向"和"反党言论"被开除党籍,而在 1956 年政治环境宽松之时又恢复了党籍。在文学领域,作家们已对"苏联模式"下的文化境遇失去信心,"对斯大林主义时期的反思在(20 世纪)60 年代作家们的写作中无处不在。为了真正的现实主义的利益,他们放弃了原本对现实主义社会主义乐观及理想化的态度,有些人开始重新思考这一阶段的弊病,另一些则完全远离了政治话题"①。

　　昆德拉无疑属于前者,此间他笔耕不辍,创作横跨诗歌、戏剧、小说。年轻的昆德拉仅凭借初期创作的三部诗集——发表于 1953 年的《人,一座广阔的花园》、发表于 1955 年的《最后的五月》、发表于 1957 年的《独白》,就被当时的捷克学者写进了《捷克斯洛伐克文学史》,捷克诗坛对他的评价是"他善于思索,他总在思考着人的命运、人的价值、诗人的责任;抨击时弊,谴责丑类这些方面的问题"②。1962 年的戏剧作品《钥匙的主人》讲述一个德国占领期间的故事,表现人在历史洪流中的无能。小说《好笑的爱》与《玩笑》的写作则让昆德拉在艺术领域找到了自己最终的方向,这两部小说的完成被看作他反极权主义的信号。"昆德拉自己坦白,那一时期,出于对一切抒情的警惕,他深深渴望的唯一的东西就是清醒的、觉悟的目光。终于,他在小说艺术中发现了它。"③《玩笑》中男主人公卢德维克所说的玩笑"乐观主义是麻醉人民的鸦片! 健康气氛散发出愚昧的恶臭! 托洛茨基万岁!"使其遭到批判,被开除出党、退学、发配边区,落入了人生玩笑的罗网。1967 年该书的出版使昆德拉走红捷克文坛,他一跃成为呼唤自由的旗手。

　　昆德拉的命运在同年 6 月举行的捷克斯洛伐克第四次作家代表大会上发生了转折。在这次大会上,作家们要求创作自由与文化开放,这些诉

①　Rizek,M. *Comment devient-on Kundera*? Paris:L'Harmattan,2001:53.

②　蒋承俊. 米兰·昆德拉在捷克时的作为//李凤亮,李艳. 对话的灵光——米兰·昆德拉研究资料辑要(1986—1996). 北京:中国友谊出版公司,1999:72.

③　高兴. 米兰·昆德拉传. 北京:新世界出版社,2005:51.

求与当政者的政策完全相左,昆德拉也以大会主席团成员的身份积极地参与其中,并做了重要发言,其中他批评道:"二三十年来,捷克文学同外部世界隔绝了,它的多方面的内部传统被废弃,它被降低到了枯燥无味的宣传水平,这就是威胁着要把捷克民族最终被摈弃于欧洲文明之外的悲剧。"①然而,1968 年,试图改善捷克斯洛伐克国内政治经济状况的"布拉格之春"运动在同年 8 月即遭到以苏联为首的"华约"镇压,作为"布拉格之春"急先锋的昆德拉就此第二次被开除党籍,其作品被禁止在捷克斯洛伐克出版。自此,昆德拉失去在其祖国出版作品的可能,作品被禁是导致昆德拉离开祖国最直接的原因。昆德拉将他所身处的历史背景写进他的小说,尤其在他早期的创作中,小说故事都发生在他所亲身经历的这一段特殊的历史时期,这样的小说背景使得昆德拉作品在世界范围内的初期译介过程中吸引了大量读者的关注。

二、导向翻译的作品和对翻译的要求

昆德拉的作品在苏联入侵捷克斯洛伐克之后被禁止在本国出版,只能寻求在国外的出版。昆德拉的前期作品以捷克语完成,以小语种写就的作品难以在国际上进行传播,要想在域外得到阅读与传播,必须借助翻译,高兴在考察东欧作家在欧美的译介状况时也谈道:"对于所有东欧作家而言,被译成通用语言,或者直接用通用语言写作,无疑是他们走向国际文坛的最关键的一步。唯其如此,他们才有可能获得更多的关注,才有可能获得各类奖项,才有可能享受到真正的国际声誉。用通用语言出版,似乎成了他们唯一的出口。"②作家对于文学奖项与国际声誉的渴望因人而异,但文学作品的生命延续在于能够在不同的文化语境下被持续不断地阅读,作品通过翻译成通用语言出版是其实现途径。反观昆德拉作品

① 蒋承俊. 米兰·昆德拉在捷克时的作为//李凤亮,李艳. 对话的灵光——米兰·昆德拉研究资料辑要(1986—1996). 北京:中国友谊出版公司,1999:94.
② 高兴. 2011 年,进入欧美视野的几位东欧作家. 外国文学动态,2012(5):31.

的接受情况,他真正走上世界文坛,得到捷克斯洛伐克域外的关注,的确应归功于《玩笑》在法国的翻译出版。1965 年 12 月 5 日《玩笑》以捷克语创作完成,于 1967 年春天在布拉格以捷克语书名 *Žert* 出版,1968 年该书在捷克斯洛伐克遭禁的同时,法语译本出版,这一巧合使小说受到法国大众与评论界的热烈欢迎①,阿拉贡在为其所作的前言中称该作品为"二十世纪最杰出的小说之一"。随之,昆德拉在法国声名鹊起,伽利玛出版社决定出版他之前的作品:《钥匙的主人》法译本于 1969 年出版,《好笑的爱》法译本于 1970 年出版。1975 年,昆德拉移居法国,这里成了昆德拉的第二祖国,昆德拉已创作完成多年但无法出版的多部作品都在法国得到首版:1969 年完成的《生活在别处》于 1973 年以法译本在巴黎首版;1971年完成的《告别圆舞曲》于 1976 年在法国和美国出版;《笑忘录》于 1979年在巴黎首版,同年昆德拉被剥夺捷克斯洛伐克国籍,两年后他获得法国国籍;1982 年完成的《不能承受的生命之轻》于 1984 年在法国和美国出版;最后一部以捷克语于 1988 年完成的长篇小说《不朽》于 1990 年在巴黎首版。可以说,法国出版界、文学界对于昆德拉作品在法国乃至世界范围内的翻译、传播与接受起到了重要的推介作用。

读者通过阅读译本走进昆德拉的作品,这给我们在考察昆德拉作品的接受过程中提出了新的问题:读者是否走近了真实的昆德拉? 昆德拉的作品在异国异语的传播中是否存在变异? 对这一问题的思考需要我们回到翻译本质上来。许钧曾为翻译做了以下定义:"翻译是以符号转换为手段,意义再生为任务的一项跨文化的交际活动。"②这个定义是基于对翻译的本质特征的理解上提出的,其本质特征,即许钧在《翻译论》中所总结归纳的翻译的社会性、文化性、符号转换性、创造性与历史性。翻译不再被认为是简单机械的语言转换活动,长期被人们所忽视的翻译的创造性

---

① 参阅:Ricard,F. Postface. In Kundera,M. *La plaisanterie*. Paris:Gallimard,2014:457.

② 许钧. 翻译论. 武汉:湖北教育出版社,2003:75.

自 20 世纪 50 年代以来,为学者所关注、研究。许钧指出:"从翻译的全过程看,无论是理解还是阐释,都是一个参与原文创造的能动的过程,而不是一个消极的感应或复制过程。由于语言的转换,原作的语言结构在目的语中必须重建,原作赖以生存的'文化语境'也必须在另一种语言所沉积的文化土壤中重新建构,而面对新的文化土壤,新的社会和新的读者,原作又进入了一个崭新的接受空间。"①由此可见,由于社会环境、文化语境、语言关系等因素的改变,译者必须通过创造性来实现翻译。"求真"为翻译之本,在新的文学接受语境中该如何忠实呈现原著是一个异常复杂的问题,那么,译者的创造性活动的度在哪里?我们从昆德拉对翻译的理解与批评中提出这样一个问题。我们认为,作家对于翻译的认识与态度是译者应该尊重和把握的重要尺度。

关于作家对翻译的态度,有两类典型,一类如同莫言,在他于 2012 年获得诺贝尔文学奖之际,其英文译者葛浩文的翻译对获奖的影响曾一度引起广泛的讨论,译者在翻译过程中得到了很大的翻译空间,他的翻译被顾彬称作"整体的编译",对于葛浩文的翻译策略是否如顾彬所说,我们在这里不做考证。但对于译者与作者之间的合作关系,葛浩文在 2008 年《南方周末》的采访中是这样说的:"我们合作得好,原因在于根本不用'合作。'他总这样说:'外文我不懂,我把书交给你翻译,这就是你的书了,你做主吧,想怎么弄就怎么弄。'"②莫言对于翻译持有一种开放的态度,当然这种态度,如许钧所言,是基于作家对译者的了解与信任之上③。而另一类作家则相反,昆德拉便是其中的代表,他对于译本非常谨慎,不允许作品有所改动,极力追求翻译的准确性。这种翻译态度首先来源于他是一位竭力隐身于作品之后的作家,不愿意其作品被误读,如同他严格筛选出自己称得上作品的作品,将不合格之作剔除出去一样,"昆德拉这样做不

---

① 许钧. 翻译论. 武汉:湖北教育出版社,2003:74.
② 赋格,张英. 葛浩文谈中国文学. 南方周末,2008-03-27.
③ 参阅:许方,许钧. 翻译与创作——许钧教授谈莫言获奖及其作品的翻译. 小说评论,2013(2):8.

是在向自己致敬,而是在向他的艺术致敬;他所雕塑的,不是自己的面孔,而是剥去(摘除)自己面孔以后的作品,在某种程度上,是终于能够取代作者整个生活的作品"①。文学批评家弗朗索瓦·里卡尔认为,昆德拉对作品的这种考虑导致他对于自身作品的翻译采取极其谨慎的态度,力求"赋予它们日臻完美、日臻准确的形式,也就是说尽可能接近原来意义的形式。而这种形式倘要完成——或者至少是尽可能接近,在他而言就不仅仅要反对一切蓄意的改变,还要反对一切出版过程、翻译过程中的处理方法"②。

昆德拉认为一个好的译本最重要的是努力做到忠实。这种翻译观念决定了他面对译者改写他的作品,编辑对作品进行删节、改动章节顺序时,他是厌恶甚至愤怒的。他将亲自校改前的译本视为噩梦,称之为"最悲哀的经验之一"。昆德拉在对于译本忠实性的严格要求中,从文本出发发现问题。他在《被背叛的遗嘱》中专门用一章以卡夫卡《城堡》中的一段译文为例对译本忠实性进行探讨,提出自己对于翻译的看法,指出译者们存在的问题,而这些问题在许钧看来也具有相当大的普遍性,同样存在于中国译坛。

第一是作品风格在译作中的传达问题。昆德拉对这一问题极其关注,认为"对一个译者来说,最高的权威应是作者的个人风格"③。福楼拜曾经说过:"风格就是生命。这是思想的血液。"④许钧也曾引用这一句来强调风格之于作品生命的致命关系。风格的传达非常复杂,"风格体现在文艺作品内容和形式的各种要素之中,体现出不同作家、艺术家所追求的艺术特色和创作个性……作者的文字风格是由词语的调遣特征与倾向,

---

① 弗朗索瓦·里卡尔. 阿涅丝的最后一个下午. 袁筱一,译. 上海:上海译文出版社,2011:39-40.

② 弗朗索瓦·里卡尔. 阿涅丝的最后一个下午. 袁筱一,译. 上海:上海译文出版社,2011:39-40.

③ 米兰·昆德拉. 被背叛的遗嘱. 余中先,译. 上海:上海译文出版社,2011:115.

④ 转引自:许钧. 生命之轻与翻译之重. 北京:文化艺术出版社,2007:35.

句子的组合结构与手段,修辞手段的选择与使用等等表现出来的"①。昆德拉自称其作品风格遵循的守则是"词句应最大限度地简练并富有独创性"②。简练要求翻译语义上的绝对精准,避免刻意的华美;独创性则需要译者避免使用陈词滥调。昆德拉自认为其作品并不难译,然而他朴素无华的文字风格在译作中却变成了"辞藻华丽的巴洛克风格"③,昆德拉认为这样的译文不是翻译,是改写。在昆德拉看来为了传达作品的风格,译者应该避免优美的文笔,即人们中学时所学的那种美的文字,因为"任何一个有一定价值的作者都违背'优美文笔',而他的艺术独特性(因而也是他存在的理由)正是寓于这一违背中"④。

第二是比喻的翻译问题。昆德拉认为作品中的比喻更需要译者准确地转达,因为这是作者独特诗学特征的体现。对比喻进行字面上的简单直译或译者主观性的"归化"都会失去原文的诗意魅力与独特性。许钧根据昆德拉的观点,总结出准确传达原文比喻的四点要求:"1.要把握好原文比喻的抽象化或具体化的程度;2.要把握好原文比喻的内涵;3.要把握好原文比喻的想象空间;4.要把握好原文比喻所体现的美学价值。"⑤

第三是译者倾向于丰富词汇的问题。昆德拉注意到,译者往往喜欢用其他被他们认为不那么平凡的词汇来替换原文中最基本、最简单的词汇,尤其是"是"和"有"这类过于平凡的词。昆德拉认为这种倾向可以理解,因为读者无法判断译文的忠实,而"词汇的丰富会自动地受到公众的注意,他们会把它当作一种价值,一种成就,当作翻译家才能与本事的证明"⑥。然而就作品本身的价值而言,纯粹词汇的丰富对此并无助益,因为

① 许钧. 生命之轻与翻译之重. 北京:文化艺术出版社,2007:35.
② 乔丹·埃尔格雷勃里. 米兰·昆德拉谈话录. 杨乐云,译//李凤亮,李艳. 对话的灵光——米兰·昆德拉研究资料辑要(1986—1996). 北京:中国友谊出版公司,1999:479.
③ Kundera, M. *La plaisanterie*. Paris: Gallimard, 1985: 459.
④ 米兰·昆德拉. 被背叛的遗嘱. 余中先,译. 上海:上海译文出版社,2011:115.
⑤ 许钧. 译道寻踪. 郑州:文心出版社,2005:263.
⑥ 米兰·昆德拉. 被背叛的遗嘱. 余中先,译. 上海:上海译文出版社,2011:114.

词汇的运用是服务于作品的美学意图的,昆德拉以海明威为例,认为海明威的词汇相当有限,而这正是他散文的美的特征。

第四是关于保留原文中重复的问题。昆德拉发现译者们在翻译时倾向于减少词汇的重复,他就此提出了应该保留重复的几个层面:1.重复是小说的散文中苛求的同一种严谨,"假如作者从这个词出发,展开一番长久的思索,那么从语义学和逻辑学的观点来讲,这同一个词的重复就是必要的"①,如海德格尔哲学上的"存在"一词,就不能减少重复,译作"生活""生存"等会模糊概念;2.重复控制文字的节奏,赋予作品以独特的韵律美;3.作者刻意的重复,以突出该词的重要性,"让它的音响和意义再三地回荡"②。

对于翻译重要性的认识及对翻译忠实性原则的追求使昆德拉对翻译投入更多的精力,在完成《不能承受的生命之轻》后,他决定亲自校改小说译本。1985年至1987年间,昆德拉着手审阅校改自己所有作品的法译本,直到认为译本与原文完全对等为止。此后,昆德拉视校改过的法译本为定本,他表示:"我的出版社在法国,它首版我的作品,并且是唯一授权的版本。之所以说唯一授权是因为我接手了我以往所有小说的法文翻译工作,一句一句,一个词一个词地改。从那以后,我将法文本即视为自己的作品,其他译本可以从捷克语文本来翻译,也可以从法文本来翻,甚至我稍稍偏向后者。"③昆德拉对于翻译的态度直接影响其作品在域外的译介,如新世纪之初,上海译文出版社重新推出昆德拉作品系列的过程中,昆德拉与中文本译者董强、余中先对于译本忠实性的问题都有过交流,译者也在翻译的过程中充分理解与明确作者的翻译态度,自觉地去追求译文的忠实。

---

① 米兰·昆德拉. 被背叛的遗嘱. 余中先,译. 上海:上海译文出版社,2011:116-117.

② 米兰·昆德拉. 被背叛的遗嘱. 余中先,译. 上海:上海译文出版社,2011:119.

③ Dargent,F. Le français,langue d'accueil de tous les écrivains du monde.(2009-01-8)[2016-01-18]. http://www. lefigaro. fr/livres/2009/01/08/03005-20090108 ARTFIG00413-le-francais-langue-d-accueil-de-tous-les-ecrivains-du-monde-. php.

三、创作语言的改变

昆德拉创作生涯的独特性还体现在创作语言的改变上,自小说《慢》开始,他完全脱离了捷克语,全部作品以法语创作。放弃母语写作对于运用语言艺术的作家来说从根本上存在着困难,而昆德拉在这一过程中做出了努力,被法国媒体认为是在改用法语写作的作家中最著名的一位。

在对昆德拉对于创作语言的选择动机进行分析评述之前,我们先来看一组中西方学者对于昆德拉作品的阶段划分。弗朗索瓦·里卡尔将昆德拉的小说创作图景类比为昆德拉笔下阿涅丝欣赏的群山,"按照比较醒目的起伏划分成三个区域:捷克语小说第一集合(十多年时间里完成的四部曲)、捷克语小说第二集合(十年时间里完成的三部曲)和尚未完成的法语小说集合"[①]。蔡俊也曾在其《米兰·昆德拉在中国的传播与变异》一书中认为,昆德拉的创作生涯按创作语言可以分为三个阶段:第一阶段是捷克语创作时期,第二阶段是以捷克语为主、法语为辅的双语创作时期,第三阶段是法语创作时期。我们发现,虽然二者表述稍有不同,但实际划分结果是相同的,创作语言成为他们参考的一大标准。

从昆德拉早期的诗歌创作[②],到剧本创作[③],再到 1959 年以第一篇短篇《我,悲哀的上帝》打开小说新世界,从此昆德拉在小说中寻找到自身的方向,并在他创作初期完成了一系列被读者所肯定的小说创作:他于 1963、1965、1968 年分别出版短篇小说集《好笑的爱》的三个版本;于 1967 年出版其第一部长篇小说《玩笑》;1969 年他完成了《生活在别处》的写作,于 1973 年在巴黎首版;1971 年他完成了《告别圆舞曲》的写作,于 1976 年

---

① 弗朗索瓦·里卡尔. 阿涅丝的最后一个下午. 袁筱一,译. 上海:上海译文出版社,2011:55.
② 昆德拉分别于 1953、1955、1957 年在布拉格出版了其第一部诗集《人,一座广阔的花园》、第二部诗集叙事诗《最后的五月》、第三部诗集《独白》。
③ 昆德拉于 1959 年发表第一部戏剧《钥匙的主人》,1961 年将狄德罗的小说《宿命论者让·雅克》改编为戏剧《雅克和他的主人》。

得到出版。这一阶段昆德拉生活在捷克斯洛伐克,其作品均以捷克语写作,属于捷克语创作时期。

1975年昆德拉移居法国后开始学习法语,再次提笔距上一部小说《告别圆舞曲》的完成已过6年,昆德拉在生活安定之后继续以捷克语创作小说,出版了《笑忘录》(1979年)、《不能承受的生命之轻》(1984年)以及最后一部捷克语作品《不朽》(1990年),同时他亲自对此前法语译本进行校改,另外,还分别于1986年与1993年出版了两部展现其小说创作思想的以法语创作的随笔集《小说的艺术》与《被背叛的遗嘱》。双语创作时期的昆德拉以捷克语创作小说,以法语校改翻译、论述其小说理论,力求从翻译的准确性与小说的艺术性上让读者理解并把握他的作品。

1994年,昆德拉开始用法语创作小说,第一部以法语完成的小说《慢》拉开了法语创作时期的序幕,此后他的作品完全脱离了捷克背景,均以法语写成①,完成了弗朗索瓦·里卡尔所说的"语言上的双重迁移",即创作与翻译都以法语为定本。

通过阶段划分对昆德拉的作品做一整体梳理之后,又为我们提出了新的问题:为何创作语言得以成为划分昆德拉文学创作阶段的标准?我们认为,这种划分标准看似简单化、表面化,实则具有本质上的合理性。

首先,从语言层面上来说,语言之于文学创作的关系不言而喻,文学家、文艺理论家高尔基在《和青年作家谈话》一文中谈道:"文学就是用语言来创造形象、典型和性格,用语言来反映现实事件、自然景象和思维过程。文学是由什么要素构成的呢?文学的第一个要素是语言,语言是文学的主要工具,它和各种事实、生活现象一起,构成了文学的材料。"②语言同主题与情节一道共同构成文学的三要素,语言是文学的基础与存在方式,昆德拉创作语言的改变从形式上造成了其作品的文字材料与存在方

---

① 1995年《慢》出版,1996年《身份》出版,2000年《无知》出版,2005年《帷幕》出版,2009年《相遇》出版,2014年《庆祝无意义》出版,均以法语写成。

② 高尔基. 论文学. 孟昌,曹葆华,戈宝权,译. 北京:人民文学出版社,1983:332.

式的变化。

其次,创作语言的改变如同翻译的过程一般,并非简单的符号系统的转换,更是两套语言符号系统所在的两个文化语境之间的跨越,那么文学创作在创作语言改变之下一定发生了本质上的变化。严绍璗认为,文化语境是文学文本生成的本源,正是文化语境的改变造成了文学文本的本质变化。他从文学的发生学角度出发阐释了文化语境的概念:"'文化语境'指的是在特定的时空中由特定的文化积累与文化现状构成的'文化场'(The Field of Culture)。这一范畴应当具有两个层面的内容。其第一层面的意义,指的是与文学文本相关联的特定的文化形态,包括由生存状态、生活习俗、心理形态、伦理价值等组合成的特定的'文化氛围';其第二层面的意义,指的是文学文本的创作者(有意识或无意识的创作者、个体或群体的创作者)在这一特定的'文化场'中的生存方式、生存取向、认知能力、认知途径与认知心理,以及由此而达到的认知程度,此即是文学的创作者们的'认知形态'。"①自昆德拉1975年移居法国起,严绍璗所阐述的文化语境的两个层面在他身上都发生了变化,他开始适应法国的生活,接受法国的习俗观念,以法语进行思考,对周边事物做出反应……他的创作即在文本生成本源——"文化场"与其自身"认知形态"的变化中发生了本质的变化。而文学在严绍璗看来,即"在精神形态中以艺术形式显现的'人'的美意识",而这种艺术形式"是作者在自己生存的'文化场'中对它所关注的生活,以他或他们自身的'认知形态'加以虚构、象征、隐喻,并以编纂成意象、情节、人物、故事等手段来表现作者作为'人'的美意识特征"②。在这一过程中,文学所倚仗的各要素都已发生改变,所以语言看似是我们划分昆德拉创作阶段的显性因素,其背后隐藏的文化语境变化才是根本性的。在此背景下小说的内部构成,小说背景(如捷克斯洛伐克与法国)、小说主题(如斗争与流亡)、小说结构(如线性叙事与复调)等的

① 严绍璗.“文化语境”与“变异体”以及文学的发生学.中国比较文学,2000(3):3.
② 严绍璗.“文化语境”与“变异体”以及文学的发生学.中国比较文学,2000(3):3-4.

变化也都在这种昆德拉创作历程的分段中体现出来。

通过上述分析,我们认为,移民所导致的文化语境的改变是作者创作语言改变的根本原因,而创作语言的改变又反过来为他的创作生涯添上独特一笔。下面,我们具体通过对异语创作的阻碍与优势的考察来进一步分析与理解昆德拉对于写作语言的选择。

对于把控语言艺术的作家来说,放弃母语的困难较易理解。就语言层面来说,自上帝变乱语言以惩罚欲建巴别通天塔的闪族以来,人类就因语言不通而难以沟通,由此在异语创作中,作家要面临的首先是"被更多和更精彩的母语之外的未知词汇拒绝的懊恼,对已知的词汇的使用范围的把握和对这些词汇深层意义上的文化历史背景的洞彻度"[①]等问题。其次,文学不是语言文字的堆砌,"文学,是文字的艺术,文化的一个重要组成部分,而文字中,又有文化的沉淀。因此,文字、文学、文化,是一个难以分割的整体"[②]。我们探讨异语创作,不仅要关注语言带来的局限,更要将文学背后的文化因素纳入进来。昆德拉在谈到移民生活的困苦时曾表示,首先是思乡之苦,而更糟糕的是"陌生化"之苦,陌生化即异化,新环境使原本熟悉之事物陌生化的痛苦。异语创作的困难亦是如此,语言是第一层的,而更挑战作家的是文化异化对创作的影响。

昆德拉在《被背叛的遗嘱》"移民生活的算术"一节中关于移民身份、创作语言与文化异化的论述,也使我们从这一角度对移民作家异语创作的难处窥视一二。昆德拉举出同样拥有移民经历的波兰裔英籍作家约瑟夫·康拉德(Joseph Conrad)、捷克作曲家博胡斯拉夫·马蒂努(Bohuslav Martinů)、波兰作家维托尔德·贡布罗维奇(Witold Gombrowicz)、俄裔美籍作家弗拉基米尔·纳博科夫(Vladimir Vladimirovich Nabokov)、波兰作家卡齐米日·布兰迪斯(Kazimierz Brandys)的例子。余中先根据昆

① 田原. 在远离母语现场的边缘——浅谈母语、日语和双语写作. 南方文坛,2005 (5):31.
② 许钧. 文字·文学·文化——关于"文字翻译"与"文学翻译". 南京大学学报, 1996(1):169.

德拉的描述将他们分为三类：第一类作家"一直无法与移居地社会同化"①，如贡布罗维奇，"在波兰生活了三十五个年头，在阿根廷二十三年，在法国六年。然而，他只能用波兰语写作，他的小说人物也都是波兰人"②；第二类作家"已融入了移居地社会，但却摆脱不了乡土文化的根"③，如约瑟夫·康拉德，"在波兰度过了十七年，他生命中余下的五十年在英国度过。因此他可以熟练地使用英语作为创作语言，同时对英国主题运用得得心应手。只是他的反俄罗斯的变态反应还保持了波兰人本质的痕迹"④；第三类作家"不仅融入了移居地社会，并从祖国的土壤中拔出了根"⑤，如纳博科夫，"在俄国生活了二十年，在欧洲二十一年（在英国、德国和法国），在美国二十年，在瑞士十六年。他改用英语作为写作语言……他明白无疑地再三声称自己是一个美国公民，美国作家"⑥。

通过这些数字，昆德拉试图说明的是，同样的时间放在人类不同的生命阶段具有完全不同的能量，他将这一问题称作"移民作家的艺术问题"："生命中数量相等的一大段时光，在青年时代与在成年时代所具有的分量是不同的。如果说，成人时代对于生活以及对于创作都是最丰富最重要的话，那么，潜意识、记忆力、语言等一切创造的基础则在很早时就形成了。对一个医生来说，这可能不会有什么问题，但是对一个小说家，对一个作曲家来说，离开了他的想象力、他萦绕在脑际的念头、他的基本主题

① 余中先. 一个世界性的文学之谜——昆德拉现象和移民作家的命运//李凤亮,李艳. 对话的灵光——米兰·昆德拉研究资料辑要(1986—1996). 北京:中国友谊出版公司,1999:90.

② 米兰·昆德拉. 被背叛的遗嘱. 余中先,译. 上海:上海译文出版社,2011:99.

③ 余中先. 一个世界性的文学之谜——昆德拉现象和移民作家的命运//李凤亮,李艳. 对话的灵光——米兰·昆德拉研究资料辑要(1986—1996). 北京:中国友谊出版公司,1999:90.

④ 米兰·昆德拉. 被背叛的遗嘱. 余中先,译. 上海:上海译文出版社,2011:98-99.

⑤ 余中先. 一个世界性的文学之谜——昆德拉现象和移民作家的命运//李凤亮,李艳. 对话的灵光——米兰·昆德拉研究资料辑要(1986—1996). 北京:中国友谊出版公司,1999:91.

⑥ 米兰·昆德拉. 被背叛的遗嘱. 余中先,译. 上海:上海译文出版社,2011:99-100.

所赖以存在的地点,就可能导致某种割裂。他不得不调动起一切力量、一切艺术才华,把这生存环境的不利因素改造成他手中的一张王牌。"①文化异化给文学创作带来一系列急需思考的问题:"如何处理好来自另一种语境下的文化冲击,如何摆脱僭越母语文化时那根深蒂固的'缠绵情节',用另一种语言展开和开拓自己?"②填补文化割裂的过程就是异化的过程,移民身份下颠覆性的异域融合过程是对作家才能的又一次淬炼,将法语作为创作语言,重新找到创作出口就是昆德拉扭转不利因素、进行"改造"的重要一步,正如昆德拉所自述的一样:"在《不朽》中,我穷尽了到那时为止完全属于我自己的某种形式的所有可能性,这种形式是我自第一部小说以来一直致力变化和发展的。突然之间,一切都很明了:要么我已经到达了我作为小说家的道路尽头,要么我要去发现另一条道路,完全不同的道路。这也许就是为什么会产生那种无法遏止的用法语写作的欲望。将自己完全置身于别处。置身于一条意想不到的道路上。形式上的变化和语言的变化一般剧烈。"③

相较于异语创作的困难,异语创作的优势也非常明显,许多用异语进行创作的作家都谈到过这一问题。中英双语写作的严歌苓在复旦大学一次题为"双语创作的实践与快乐"的演讲中说道:"用英文写作的快乐还在于,它让我有了另一重人格,另一个自我。……我现在已经人过中年了,在中文写作时,我已经失去了一个显性的自我,有一个自我审查的意识;但在英文写作时,我想像中文写作那样老谋深算都不行,在英文中,我的自我只有 17 岁,我是年轻的,自由的,我可以非常鲁莽,语言可以非常大胆,我是在用一个没有自我审视的英语写一个中国故事,这非常具有戏剧

① 米兰·昆德拉. 被背叛的遗嘱. 余中先,译. 上海:上海译文出版社,2011:100.
② 田原. 在远离母语现场的边缘——浅谈母语、日语和双语写作. 南方文坛,2005
   (5):31.
③ 米兰·昆德拉. 愉快的情绪(与居伊·斯卡佩塔的对话)//弗朗索瓦·里卡尔. 阿
   涅丝的最后一个下午. 袁筱一,译. 上海:上海译文出版社,2011:53.

性,就像一个分裂的人格。"①对于 30 岁才开始学习英文的严歌苓来说,尽管困难但仍坚持英文创作的一大动因是她发现"中英文写作是可以互补的",有时候她会将英文的表达方式下意识地运用到中文写作中,而这其中其实存在着一个英文表达由中文译出的翻译过程。从语言本身来看,本雅明认为翻译对于译入语有着塑形与改造的作用,严歌苓所说的双语写作互补也体现在这里,在这一过程中,作家的创作语言是杂合的,作家进入到本雅明所说的对译入语的改造之中。再如,中日双语写作的旅日华人作家毛丹青在其博客文《双语写作源于一种对抗》中写道:"阅读很多中外著名作家的自传,发现他们经验的好玩儿之处不是写出来怎么样,而是写不出来时的尴尬,遇到这样的时候,假如有了第二种语言的存在,这一存在又可以被你自由掌握的话,那同样的尴尬就会减半,因为语言是思想的出口。有了两种语言可以用来'写作',只能说明一个思想两个出口。"②同样地,对于 40 多岁才开始学习法语的昆德拉来说,回想初学之时,他也曾感叹母语的运用自如与法语的捉襟见肘,然而,他打了这样一个比喻,"他把自己和法语的关系喻作一个 14 岁的男孩爱上葛丽泰·嘉宝的境况,越不可企及,爱得越是疯狂"③。一直到 20 世纪 80 年代中期,昆德拉能够自如地运用法语,他曾在一次采访中表达了对法语写作的强烈爱好,"在另一种语言障碍中磕磕碰碰使我着迷,这是我几乎怀着嬉戏的欢悦心情投入的一种活动。有一天,我突然体会到用法文写作比用捷克文更有乐趣!用法文写作是同发现一整块我尚不知道的领域联系在一起的"④。如前文所引,昆德拉自认为在《不朽》中,他已穷尽了自第一部小

---

① 罗四鸽. 严歌苓:双语写作,刺激并快乐着. 文学报,2007-11-08(2).

② 毛丹青. 双语写作源于一种对抗. (2008-06-10)[2016-01-23]. http://blog.sina. com.cn/s/blog_4747bc0701009lew.html.

③ 拉迪斯拉夫·韦瑞茨基. 隐身作家米兰·昆德拉. 徐伟珠,译. 世界文学,2004 (2):295.

④ 乔丹·埃尔格雷勃里. 米兰·昆德拉谈话录. 杨乐云,译//李凤亮,李艳. 对话的灵光——米兰·昆德拉研究资料辑要(1986—1996). 北京:中国友谊出版公司,1999:486.

说以来探索与发展的作品形式,在昆德拉的文学创作活动中,创作语言的变化给他带来了创作的更多可能性。

此外,昆德拉克服异语写作的阻碍,此后坚持用法语创作的原因还在于法语本身的优势。捷克学者拉迪斯拉夫·韦瑞茨基认为昆德拉的选择在情理之中,昆德拉的文字清晰易懂、朴实无华,是去修饰的。他认为作家在创作上比起别致的风格更在意语意的准确表达。他在捷克语与法语语言特点的比较中认为法语是与昆德拉创作观相适应的理想选择。他写道:"捷克语词义的变动性、不确定性,被昆德拉视为无法表达自己美学观的完美载体。而法语则是那种具有高度辨析力、词意传递准确的文字。不然,另一位法语写作高手、爱尔兰人塞缪尔·贝克特就不会说:'用法语写作意味着更注重创作时用词的简洁与练达。'这是昆德拉梦寐以求的理想的语言工具。"①

三位作家的异语写作体验,为我们揭示出非母语写作的优势:它是对母语的审视与补充,是自我表达的新出口,也是开启另一文化空间的钥匙。昆德拉也在以法语创作的过程中展开了他文学创作的新阶段。

通过以上的分析,我们可以看到三点:其一,特定的历史环境给昆德拉的创作生涯带来了特殊的境遇,昆德拉的作品在本国被禁止出版,阻断了文学作品被阅读、被阐释的需要,由此昆德拉不得不寻求创作的出路。其二,昆德拉创作生涯的独特性也体现在翻译上,是翻译使昆德拉的作品走出国门,赢得了世界各国读者的关注;同时,昆德拉极其关注作品的翻译活动,他是为数不多因对自己作品的译文不满而亲自校改译文的作家。昆德拉有着自身对于翻译的理解与对翻译原则的自觉追求。其三,昆德拉创作生涯的独特性还体现在创作语言的改变上,自小说《慢》开始,他完全脱离了捷克语,全部作品以法语创作。

---

① 拉迪斯拉夫·韦瑞茨基. 隐身作家米兰·昆德拉. 徐伟珠,译. 世界文学,2004(2):295.

第二节　昆德拉在中国的生命之旅

论及昆德拉的文学之路,我们特别注意到了翻译与昆德拉文学生涯的密切关系。通过翻译,昆德拉得以走到世界各国读者的面前;通过翻译,昆德拉的作品于 20 世纪 80 年代开启了在中国的生命之旅;也是通过翻译,昆德拉的作品在中国产生了重要且持续的影响力。我们拟追踪昆德拉在中国的译介历程,就昆德拉在中国的生命之旅做一梳理与评述。

回溯昆德拉被译介到中国的历程,我们可以看到,昆德拉在中国的译介首先归功于文学界几位具有敏锐触觉与世界性眼光的学者对于小国作家的发现,如李欧梵、景凯旋、韩少功等,正是他们最初将昆德拉介绍给国人,其中尤以韩少功的译介影响最为深远,他和韩刚对于昆德拉代表作《生命中不能承受之轻》的首译,掀起了读者阅读与讨论昆德拉的第一次热潮,即第一次"昆德拉热"。

国内最先介绍昆德拉的两篇文章尤为重要:一是 1977 年杨乐云撰写的《美刊介绍捷克作家伐措立克和昆德拉》一文,该文由于刊登在内部学术刊物上,并未引起国人注意。另一篇为李欧梵 1985 年发表的文章《世界文学的两个见证:南美和东欧文学对中国现代文学的启发》,该文被普遍认为是真正向国人介绍昆德拉的第一篇文章。李欧梵撰文的用意在于:一是"呼吁中国作家和读者注意南美、东欧和非洲的文学,向世界各地区的文学求取借镜,而不必唯英美文学马首是瞻"①;二是试图以昆德拉作品的特点及其成功来"启发"中国现代文学。他再次强调世界文学的主张,希望给当时在他看来缺乏"艺术和文化上的主观'视野'"、缺乏艺术性、深受写实主义禁锢的中国现代文学一些有益的借鉴。他选择昆德拉,

---

① 李欧梵. 世界文学的两个见证:南美和东欧文学对中国现代文学的启发. 外国文学研究,1985(4):45.

原因首先在于,东欧小国弱势文学相较于英美文学同样是世界文学的重要组成部分,昆德拉是其中的代表作家;其次,昆德拉的作品写作手法新颖,文学形式独特,面对国内盛行批判现实主义的文学现状,昆德拉的作品对中国作家的写作具有启发意义。正是在昆德拉身上看到了这两点,李欧梵才选择将昆德拉介绍给中国作家及读者,并毫不吝啬地肯定了其文学声誉及获诺贝尔文学奖的必然性。

上述两位学者通过撰文将昆德拉带进中国读者的视野,而真正让中国读者阅读到昆德拉作品的,就是首先将其作品翻译成中文的译者——作家韩少功及其姐姐韩刚。在外国文学作品译介到中国的过程中,作为最为活跃与积极的主体因素,译者所发挥的作用及其对作品接受的影响无须多言。译者在进行翻译活动之前,两个必然要考虑的问题是"为什么翻译"与"翻译什么",只有明确了翻译动机,才能用自觉的翻译原则解决一系列翻译问题。译者的翻译动机与翻译选择受到诸多因素的影响,正如许钧所说:"在众多影响翻译的因素中,最为活跃的是译者的选择视角和动机,而译者的选择,除了个人的追求和爱好,如艺术上的追求、政治上的追求和审美趣味,还要受到社会、时代和政治因素的影响。"①韩少功是首先将昆德拉的作品翻译给中国读者的译者之一,他在与许钧针对该书翻译的交谈中表示,决定要去翻译《生命中不能承受之轻》的原因很简单:一是因为"他的这本小说写得好,眼界和技巧都有过人之处";二是因为"中国与捷克斯洛伐克是两个很不同的国家,但都经历过社会主义实践的曲折。看看捷克作家怎样感受和表达他们的生活,对中国作家和读者是有启发的"②。韩少功肯定了昆德拉作品的审美价值与内在艺术价值,欣赏昆德拉的过人眼界与独特的创作技巧,如韩少功在接受《中国新闻周刊》采访时所说,"那种轻巧的'片断体',夹叙夹议的手法,拓展了文学技

---

① 许钧,宋学智. 20 世纪法国文学在中国的译介与接受. 武汉:湖北教育出版社,2007:24.

② 许钧. 生命之轻与翻译之重. 北京:文化艺术出版社,2007:257.

巧的空间"①,作品的文学价值是他翻译该作品的主要追求之一。而《生命中不能承受之轻》的故事背景与主线无疑使作品在"文革"结束后的20世纪80年代对中国读者来说具有极大的现实意义,这与当时特殊的文学环境下外国文学译介所表现出的特征相吻合,即被译介成汉语的外国文学作品大多是具有现实主义特征的作品,韩少功希望中国作家与读者能从具有共同历史背景的他域中得到启发。他在译作前言中写道,我们对于昆德拉的理解欲求"应该基于对社会主义文化事业的责任感,基于对人类心灵种种奥秘的坦诚和严肃,基于对文学研究和文学创作的探索精进。如果是这样,昆德拉值得一读"②。译者基于自身对作品的理解与思考,希望为读者选择出文学价值与时代意义并举的好作品,显示出其在异域文化交流中的社会责任感与艺术审美。

　　相比于昆德拉在欧美文学界的传播与阅读热度,20世纪80年代中期的国内出版界对于昆德拉的态度尚显冷淡。当时国内出版社经过了"文革"长期的闭塞状态之后,仍然趋向于选择传统经典的外国文学作品,而对新兴作家与作品的态度相对保守,以至于当时的国内文学界并没有充分认识到昆德拉作品的重要价值。幸而,在1985年国家出版局于西双版纳召开的外国文学青年编辑培训班上,当时作为作家出版社编辑的白冰留意到授课专家对作为东欧文学代表人物的昆德拉的推介,考虑到两个国家历史境遇的相似与两国知识分子命运的相仿,白冰有意引进昆德拉的作品。而当时韩少功已经在翻译《生命中不能承受之轻》。最终,完成了译作却一度遭出版社回绝的韩少功于1987年与作家出版社合作,从而促成了昆德拉首本译作在中国的出版。

　　昆德拉最初被译介入中国之时,普遍被认为是一位来自东欧弱小民族的作家,在国内文学界"对西欧、美国、苏俄、日本比较重视,而对东欧文

---

①　杨敏. 米兰·昆德拉如何进入中国. 中国新闻周刊,2013(14):82.
②　韩少功.《生命中不能承受之轻》前言//昆德拉. 生命中不能承受之轻. 韩少功,韩刚,译. 北京:作家出版社,1987:13.

学介绍得不够充分"①的外国文学译介倾向之下,昆德拉是在怎样的契机中引起国内学者注意的? 考察改革开放初期译介者们的译介活动,我们发现其中明显存在两方面的共同特征,而对共同特征的把握有助于我们解决上述问题。

首先,昆德拉虽为东欧小国出身的作家,但其在欧美的影响力使得对于欧美文学有着"大国崇拜"倾向的国内文学界开始注意到他,昆德拉顺理成章地成为被译介的对象。昆德拉先后在欧洲和美国声名鹊起,20 世纪 80 年代已在世界文坛负有盛名,韩少功在其译作前言中也援引了美国文学界对于昆德拉的诸多赞誉:"《新闻周刊》载文认为:'昆德拉把哲理小说提高到了梦态抒情和感情浓烈的一个新水平。'《华盛顿邮报》的书评认为:昆德拉是'欧美最杰出的和始终最为有趣的小说家之一'。《华盛顿时报》的书评认为:'《生命中不能承受之轻》是 20 世纪最伟大的小说之一,昆德拉借此坚实地奠定了他作为世界上最伟大的在世作家(之一)的地位。'此外,《纽约客》《纽约书评》等权威报刊也连续发表文章给予激赏推荐。"②美国媒体对该书的推荐,加上国外学者在国际交流中对昆德拉的重视,引起了处在文坛前沿的作家和学者们的关注,由此引发了他们对于昆德拉的推介意愿。1985 年,作为湖南作协作家的韩少功在赴美交流期间,正值《生命中不能承受之轻》大热之时,他从一位美籍华裔女作家手里借到了英文译本,此后他所译的中文本正是由这个英文本翻译而来,该英文译本由迈克尔·亨利·海姆(Michael Henry Heim)翻译,1984 年由美国哈珀与罗(Harper & Row)出版公司出版。昆德拉的另一名译者,当时留教南京大学中文系的景凯旋也是从一位来访南京大学的美国学者那里受赠了昆德拉的作品《告别圆舞曲》,阅读之后深受吸引,由此开始了他的翻译工作。考察 20 世纪以来我国对国外文学作品的译介情况,不难发现,

---

① 韩少功.《生命中不能承受之轻》前言//昆德拉. 生命中不能承受之轻. 韩少功,韩刚,译. 北京:作家出版社,1987:3.

② 韩少功.《生命中不能承受之轻》前言//昆德拉. 生命中不能承受之轻. 韩少功,韩刚,译. 北京:作家出版社,1987:3-4.

作家在国际上尤其是在欧美大国的地位与影响力一直以来是引进译介相当重要的参考因素。另外,当时昆德拉在国际上所获诸多奖项也进一步肯定了其作品价值,为中国学界译介昆德拉的作品起到了推动作用。昆德拉当时虽尚属于年轻作家,但已通过作品展现了自己在文学上的才华,被多个国际文学奖项所肯定。关于重要文学奖项对作品译介的推动作用,许钧在考察 20 世纪法国作家在国内的译介与接受情况时强调了两点,一是"在翻译史上已有定评的作家被翻译的作品多",二是"获得重要文学奖的作家作品被译介的机会远远要多于其他作家的作品"①,笔者认为这一结论符合 20 世纪所有外国文学在中国的译介状况。显然,"从翻译选择的角度看,文学奖的创立与颁发,对译者或出版社选择作品也同样起着引导作用"②。可以说,欧美尤其是美国文学评论界对于昆德拉的赞誉及国际奖项的青睐使国内早期译介者对其作品产生了兴趣并逐渐重视,由此展开了昆德拉作品的译介活动。值得一提的是,在昆德拉作品译介初期,译者最初阅读的是昆德拉作品的英文译本,此后的翻译工作也根据英文译本进行,然而英文译本因其忠实性问题并未得到昆德拉的认可。中国学者受欧美对于昆德拉译介的影响,以英文本作为翻译原本,"意味着他们在接受和传播昆德拉的作品和小说观念的时候,西方特别是英美文化眼光已经发生了潜在和先期的作用,换一句话说,他们所接受的昆德拉,在相当程度上是经过英美等西方国家的文化过滤的"③。这种二次传播与转译必定会在一定程度上偏离原作,与翻译追求的无限接近原作这一目标背道而驰,这也是造成此后国人对昆德拉的部分误读的重要原因之一。

---

① 许钧,宋学智. 20 世纪法国文学在中国的译介与接受. 武汉:湖北教育出版社,2007:26.
② 许钧,宋学智. 20 世纪法国文学在中国的译介与接受. 武汉:湖北教育出版社,2007:26.
③ 宋炳辉. 弱小民族文学的译介与 20 世纪中国文学的民族意识. 上海:复旦大学博士学位论文,2004:90.

其次,我们注意到,早期译介者们都自觉地将昆德拉及其作品背后的东欧弱小民族的文化背景与中国社会的意识形态和体制探索联系起来,他们希望从昆德拉的作品中得到有益的思想启发与实践借鉴,以反思社会困局,探寻新世纪文学发展的方向。民族命运的相似性成为译介昆德拉的一大动因,而这种译介动机之下,意识形态造成的对翻译的干预是巨大的,它会直接导致译者翻译方法的改变,如造成文本删节与语词含糊等,有悖于翻译"求真"的根本准则。

综上所述,昆德拉作品在西方国家的广泛传播与广受赞誉,昆德拉及其作品所处的文化背景与中国社会进程的相似之处,以及昆德拉作品的可借鉴意义促成了其作品在中国的生命之旅。在韩少功与韩刚合译的昆德拉代表作《生命中不能承受之轻》于1987年9月出版之后,昆德拉作品的译介全面展开。20世纪80年代末到90年代这一时期,昆德拉在中国的译介表现出以下几个方面的特点。

一是昆德拉作品在中国的翻译之全与发行量之大使昆德拉迅速成为当时中国读者眼中的热门作家。除了代表作《生命中不能承受之轻》外,作家出版社先后出版的昆德拉作品还有:《为了告别的聚会》(景凯旋、徐乃健译,1987年8月初版)、《生活在别处》(景凯旋、景黎明译,1989年1月初版)、《玩笑》(景凯旋、景黎明译,1991年2月初版)、《不朽》(宁敏译,1991年11月初版)、《小说的艺术》(唐晓渡译、刘东校,1992年2月初版)。其他出版社也相继投入到昆德拉作品的出版工作中,湖南文艺出版社出版了《欲望的金苹果》(曹有鹏、夏友亮译,1989年7月初版),即昆德拉作品《可笑的爱情》,中国社会科学出版社出版了《笑忘录》(莫雅平译,1992年10月初版)的节译本。至此,短短5年间,在中国几乎出版了昆德拉当时的所有作品。而且我们还发现一个有趣的现象,就是当代多位作家、诗人也参与到昆德拉作品的翻译工作中。其中最著名的就是作家韩少功,他在翻译昆德拉的作品之前已发表了《七月洪峰》《西望茅草地》《飞过蓝天》《月兰》《风吹唢呐声》《文学的根》《爸爸爸》《诱惑》《面对神秘而空阔的世界》等多部短篇小说、中短篇小说和随笔,已获得全国"五四"青年文学奖与全国优秀短篇小说奖,在中国文坛上有一定的影响力。另外,唐晓渡、莫雅平都是当代知名的诗人。他们参与到昆德拉作品的翻译中来,体现了作家、诗人们的世界文学眼光和对于中国文学发展的责任感。

二是昆德拉的同一部作品在短时期内出现了多个译本。如《小说的艺术》除唐晓渡的译本外,又出现了两个译本,一个译本由时代文艺出版社出版,将《小说的艺术》以《米兰·昆德拉论小说的艺术》为题作为第一辑编译入《小说的智慧——认识米兰·昆德拉》一书(艾晓明译,1992 年 2 月初版),另外一个译本《小说的艺术》由生活·读书·新知三联书店出版(孟湄译,1992 年 6 月初版);再如《可笑的爱情》除去曹有鹏、夏友亮合译的版本,安徽文艺出版社再出《可笑的爱情》新译本(伍晓明、杨德华、尚晓媛译,1992 年 9 月初版)。除了对昆德拉作品进行整本的翻译,还有许多节译本发表在报刊上。经李凤亮考察,如《可笑的爱情》中的几个短篇译文于 1987 年至 1989 年间刊登在《中外文学》上①;1994 年《世界文学》第 5 期编发"捷克作家昆德拉小辑",收录了昆德拉在早期撰写的《小说的艺术》中的重要部分《客体世界的唤出》,该篇由杨乐云从捷克文译出,该小辑还收录了余中先从法文译出的《被背叛的遗嘱》的中心章节等②。

三是这一时期昆德拉作品的译介,还出现了中国大陆翻译界与港台出版界合作的现象,通过各方合作继续推出昆德拉作品的译本。尤其在中国于 1992 年 7 月加入《世界版权公约》,并于同年 10 月加入《保护文学和艺术作品伯尔尼公约》(下文简称《伯尔尼公约》)之后,由于昆德拉的作

---

① 刊发译文有:昆德拉. 搭车游戏. 赵长江,赵锋,译. 中外文学,1987(4):92-102;昆德拉. 没人会笑.赵锋,译. 中外文学,1987(6):62-75;昆德拉. 永恒欲望的金苹果. 赵拓,译. 中外文学,1988(4):145-154;昆德拉. 性的喜剧两篇:1.讨论会;2.哈维尔大夫十年后. 赵拓,译. 中外文学,1989(1):47-80.

② 参阅:李凤亮. 诗·思·史:冲突与融合——米兰·昆德拉小说诗学引论. 北京:商务印书馆,2006:327-329. 李凤亮在该书附录中对于米兰·昆德拉著作在中国大陆与港台的中译版本有着非常有价值的整理。

品在大陆未取得作者本人及其法国出版社的中译授权，昆德拉在大陆的翻译出版工作出现了困难，而港台的出版社则获得了昆德拉的授权，这种情况推动了大陆译者与港台出版社的合作。大陆与港台的出版合作在改革开放以后不断增强，进展较为顺利。如韩少功与韩刚所翻译的《生命中不能承受之轻》在大陆出版(1987年9月初版)不久就受到台湾出版界的关注，1988年8月，台湾时报文化出版企业股份有限公司就出版了《生命中不能承受之轻》。而大陆著名法语翻译家王振孙与郑克鲁合作翻译的《不朽》于1991年4月在台北问世，出版方同样为台湾时报文化出版企业股份有限公司。该公司还于1992年10月出版了由景凯旋、景黎明翻译的《生活在别处》，该版本晚于大陆三年出版。大陆译者曹有鹏、夏友亮翻译的《欲望的金苹果》在大陆版发行两年后，于1991年8月由台北林郁文化事业有限公司出版。大陆译者孟湄《小说的艺术》在大陆出版一年后，于1993年在香港由牛津大学出版社出版。1993年，昆德拉的新著《被背叛的遗嘱》在法国问世，牛津大学出版社在第二年，即1994年就出版了该书的孟湄译本，而该译本在一年后，即1995年12月通过上海人民出版社与牛津大学出版社合作得以在大陆出版。应该说，在大陆出版社未取得昆德拉作品版权的情况下，大陆翻译界与港台出版社的合作为昆德拉作品在中国的持续译介提供了条件，使得昆德拉在中国的影响力不断扩大，为昆德拉在中国持续的翻译、出版、接受与阐释做出了巨大的贡献。

这一时期，昆德拉的主要作品在大陆和港台地区得到了全面的译介，而且各部作品译本的发行量也非常可观。据李凤亮统计，作家出版社出版的《为了告别的聚会》首印17000册，《生命中不能承受之轻》首印24000册，《不朽》首印31000册，《小说的艺术》首印3100册。据2003年6月1日《北京日报》报道，上述作品在十多年间先后再版十余次，每本总共印数均逾十万册。其中，《生命中不能承受之轻》于1989年获准公开发行，这一年就发行了70万册，此后该书被连续印刷13次，总发行数逾百万册。其他出版社在考虑市场效应后，也对昆德拉的作品进行了大数量的发行，中国社会科学出版社出版的《笑忘录》首印 20000 册,安徽文艺出版社出版的《可笑的爱》首印 10000 册,生活·读书·新知三联书店出版的《小说的艺术》首印 9000 册。在港台地区,台湾时报文化出版企业股份有限公司于 1988、1994、1995 年三次出版韩少功和韩刚合译版《生命中不能承受之轻》,1995 出版的版本为"发行 15 万册纪念版",2001 年该书的发售量名列台湾岛内十大畅销书排行榜之首。从发行数量来看,昆德拉的作品在中国的初期译介已具有相当大的规模,可以说是当时出版界的一项盛事。

昆德拉的作品在中国的译介无论在速度还是数量上都令人瞩目,而这一过程中也出现了一些问题,如昆德拉作品在这一阶段存在盗版盗印的情况,这种现象因为老版本被新版本淘汰以及文学作品的版权越来越受重视而逐渐消失。

第三节　新世纪昆德拉在中国的重新译介

昆德拉的作品自 20 世纪 80 年代末在中国展开了广泛的译介,在中国于 1992 年加入《世界版权公约》之前,当时出版的几乎所有昆德拉作品都在国内得到了译介。然而,出于各种原因①,大陆的出版社一直未能得到昆德拉本人对于其作品的授权,且当时在大陆出版的昆德拉作品译本基本上都是由英文本转译而来的,针对这一情况,昆德拉在 1993 年的一次采访中表示,当他得知亚洲好多国家在他不知情的情况下将其小说根据美国英文译本翻译出版时他很生气:"当中国的出版人、美国的

---

① 作家出版社曾于 1996 年计划出版昆德拉全集的中文译本,并与昆德拉的经纪人取得联系。据责任编辑白冰在《中国新闻周刊》的采访中透露,其经纪人所提的条件是:"第一,支付从前的版税;第二,从法文版本翻译;第三,不能做任何修改。"对于前两点,出版社表示没有问题,然而出版社无法保证不对作品做出修改,在这种情况下,作家出版社未取得昆德拉作品的版权。与此同时,大陆多家出版社都试图得到版权授权,均未达成合作。

大学研究者佯装对法国在我的创作中所占据的位置毫无意识,那难道不是一种无知吗?"①昆德拉将这种行为视为对他本人及其作品的一种冒犯,显然,我们对于昆德拉的初期译介虽为昆德拉赢得了大量中国读者,确立了其在中国的独特地位,但这期间的昆德拉译介工作仍然存在一些问题。

进入新世纪,在版权问题越来越受到重视,出版行业日益规范的情况下,考虑到昆德拉在中国文学界和普通读者中的巨大影响力,出于对作家的尊重,同时也希望为中国读者带来阅读昆德拉的新的可能性,上海译文出版社总编辑助理赵武平多次前往法国与昆德拉商谈其作品在中国大陆正式授权出版事宜。昆德拉一直以来对译者误译与删改其作品十分敏感,在与赵武平的谈判中,他也一直强调希望其作品能够在中国得到准确且完整的翻译,并表示愿意随时与译者进行交流,以便解答在翻译过程中出现的任何问题。同时,赵武平作为出版者也肯定了作家对待翻译的严谨态度。作家与出版者之间的交流与合作对作品译介起到了积极的影响。最终,上海译文出版社凭借真诚的态度及其在推进昆德拉作品以最真实的面目与读者见面的过程中所做的努力打动了昆德拉,获得了昆德拉 13 部作品的翻译与出版授权。2003 年,上海译文出版社推出了全新的"米兰·昆德拉作品系列"。这不仅是版权意识在国内的胜利,更是昆德拉作品在中国读者中的第一次完美呈现。随后,上海译文出版社又与昆德拉签订了新作的授权,目前上海译文出版社得到授权并出版的著作共16 部:小说《玩笑》《好笑的爱》《生活在别处》《告别圆舞曲》《笑忘录》《不能承受的生命之轻》《不朽》《慢》《身份》《无知》《庆祝无意义》,随笔集《小说的艺术》《被背叛的遗嘱》《帷幕》《相遇》,戏剧《雅克和他的主人》。昆德拉对于在中国出版自己的哪些作品是有其自身考量的。应该说,他授权上

① Bitar,K.E. Milan Kundera,gardien des lettres tchèques. (2009-08-28)[2017-06-18]. http://www.lemonde.fr/le-monde-2/article_interactif/2009/08/28/milan-kundera-gardien-des-lettres-tcheques_1232677_1004868_3.html.

海译文出版社出版的这16部作品最能够体现其创作的文学价值。

昆德拉认为并非所有的作品都是"有价值"的,他始终记得捷克诗人弗拉迪米尔·霍朗(Vladimir Holan)的一句诗:"从草稿到作品,这条路爬着过来。"①即便出自同一作家之手,草稿与真正意义上的作品也是不能同等看待的。他谈到作曲家的一个好习惯:"他们只给他们认为'有价值'的作品一个作品编号。那些不成熟的、应景的或练习性的作品就没有编号。"②没有编号的作品不够优秀也不会令人失望,因为作品的不足是已被告知的。所以,包括作曲家、作家在内的艺术家有责任为听众、读者区分出他们的作品。昆德拉写道:"对任何艺术家来说根本性的问题:他真正'有价值'的作品是从哪一部开始的? ……一个作者可以为他的作品所尽的最起码的义务:将作品周围清理干净。"③

因此,昆德拉对于自己曾写就的作品有明确的划分。1990年《玩笑》在捷克斯洛伐克出版时,昆德拉在"作者注"中围绕着"20年的禁令过后该出版些什么"的问题分析了自己的作品,他将此前的写作分为四类:一是稚嫩、不成熟的写作,包括音乐作品、诗歌,1960年发表的关于弗拉季斯拉夫·万裘拉(Vladislav Vančura)的专著以及戏剧《钥匙的主人》;二是不成功的写作,包括戏剧《出口》以及《好笑的爱》的3个短篇;三是循势应景的写作,包括20世纪60年代的政治—文化文本,70年代出版在法国媒体上评论伟大小说家或捷克语作家的文本,1979年至1983年关于论述捷克斯洛伐克形势的作品以及为捷克语作家著作所作的序言;四是除上述三类外其余的文字,包括小说、戏剧《雅克和他的主人》以及随笔集《小说的艺术》。"在他所写的东西里,只有属于小说艺术的,才能构成他的'作品',才是真正得到'确认'的。"④按他自己的说法,这类文字构成了他的作品,值得再版。

---

① 转引自:米兰·昆德拉. 小说的艺术. 董强,译. 上海:上海译文出版社,2011:192.
② 米兰·昆德拉. 小说的艺术. 董强,译. 上海:上海译文出版社,2011:192.
③ 米兰·昆德拉. 小说的艺术. 董强,译. 上海:上海译文出版社,2011:193.
④ 弗朗索瓦·里卡尔. 阿涅丝的最后一个下午. 袁筱一,译. 上海:上海译文出版社,2011:38.

1995年，昆德拉在《小说的艺术》再版时在"六十七个词"一节中增补了词条"遗嘱"，他明确写道："我所写的（以及我将要写的），不管在世界上任何地方，以任何形式，都只能出版和再版伽利玛出版社最近期的目录里提到的书。而且不能出加评注的版本。不允许有任何改编。"①只有昆德拉所认可的，可以代表自己的文学创作的作品才有机会再次与读者见面，上海译文出版社与昆德拉的出版合作也严格遵照昆德拉的上述要求。

相较于20世纪80年代末开始的国内对于昆德拉作品的第一次译介热潮，新世纪之初由上海译文出版社出版的昆德拉作品系列的全新译本具有突出的几个特点。

一是所有昆德拉作品均从得到昆德拉本人认可的法文本进行翻译。我们知道，昆德拉作品初期在中国的译介基本都从英文本翻译而来，而原作是翻译的基础与出发点，翻译所根据的原文本不同，在目的语中的语言转化势必出现差异。在这个层面上，新世纪昆德拉在中国的译本较之于前译，在文本选择上具有作家首肯的准确性。

二是为了保证昆德拉作品在新世纪能得到尽可能忠实的翻译，向中国读者呈现一个真实的昆德拉，上海译文出版社集结了当代国内最优秀的法文翻译家来翻译昆德拉的作品。其译者马振骋、许钧、郭宏安、袁筱一、余中先、王振孙、郑克鲁、蔡若明、王东亮、董强等都是国内很有影响力的法国文学专家、翻译家。译者作为翻译活动中起到最积极作用的主体因素，其翻译观念、翻译原则、翻译策略、翻译方法都对译文有着直接的影响。相较于在昆德拉初期译介时，作家、诗人对翻译工作的参与，上海译文出版社所邀请的翻译阵容在文本理解的准确性、翻译原则的把握及翻译方法的运用上都有明显的优势，有利于作品的理解与阐释，以及读者的阅读与接受。

三是新世纪的译本积极纠正前译中的误译，根据昆德拉对于作品的修订来进行翻译，并在翻译过程中避免删节，使读者能够在译文中尽可能

---

① 米兰·昆德拉. 小说的艺术. 董强，译. 上海：上海译文出版社，2011：188.

地接近昆德拉作品的本来面目。

上海译文出版社对于昆德拉作品在新世纪之初的全面重新译介引起了国内媒体的极大关注,2003 年,百家媒体纷纷对这一事件进行了报道,予以积极的评价,使昆德拉的译介成为当年翻译界、文学界、出版界的一件盛事。关于这一次出版与销售热潮,2003 年 5 月《文学报》撰文描述了首批 4 部作品①的销售盛况:"'第一批昆德拉作品已在福州脱销,这是近十年来从未出现过的外国文学脱销现象。'上海季风书园近两周畅销书排行榜前十名中,昆德拉的四部作品全部上榜。""昆德拉系列已在各地形成热销之势,北京、福建、广州等地的批销和零售商要求增添供货数目……"②当时在上海译文出版社,所有话题都围绕着昆德拉进行,可见昆德拉的译介工作对于当时文学界、出版社的重要性。

上海译文出版社对于昆德拉的全面重新译介也引发了国内第二次昆德拉阅读与评议热潮,这项译介工作为读者及学者提供了建立在译文准确性基础上重新认识与解读昆德拉的可能。

回顾昆德拉在中国的译介历程,我们可以看到翻译之于昆德拉文学生命的重要性,也可以发现,一个作家的译介之路在不同的历史时期会呈现出不同的面貌与特点。在早期,"昆德拉的命运是被误读的,他的作品被贴上'畅销小说、性爱小说、政治讽刺小说、文体实验小说'诸多标签"③。《文学报》撰文认为第一次昆德拉热带有盲从与误读的成分,而第二次昆德拉热是相对客观冷静的。应该说,从翻译文本的选择、翻译主体关系、翻译原则、翻译策略、翻译接受效果及读者阐释等方面来看,这两次译介都存在着明显差异。在中国于 20 世纪 80 年代末与 21 世纪之初这两个具有特殊意义的时期,昆德拉这两次大规模的译介及其影响,为我们考察昆德拉作品在中国的翻译、接受与阐释的整个历程提供了更多参照。

---

① 上海译文出版社"米兰·昆德拉作品系列"首批 4 本为《被背叛的遗嘱》《雅克和他的主人》《身份》和《慢》,2003 年 4 月 9 日面世,4 本总共首印 16.5 万册。
② 李凌俊. 走近更真实的昆德拉. 文学报,2003-05-01 (1).
③ 李凌俊. 走近更真实的昆德拉. 文学报,2003-05-01 (1).

第二章　影响昆德拉译介的因素

　　不论从昆德拉自身的文学创作,还是从其作品在中国于 20 世纪 80 年代末的大量译介及新世纪之初的全面重新译介的过程中,我们都看到了昆德拉作为研究对象的典型性。译介昆德拉的每一步,如翻译动机、文本选择、翻译策略、译文出版等一系列活动都不是孤立的,正如我们一再强调的,翻译不是机械的语言转换,而是一种跨文化交流活动,在这种动态场域中的文学译介自然受到文化语境、翻译主体等诸多因素的影响。由此,对于昆德拉在中国的两次大规模译介的考察必定要置于历史、文化、社会环境等各种因素共同作用的复杂系统之中,作为外国文学译介入中国的典型翻译事件,昆德拉作品译介过程的特殊性使得我们尤其关注影响其译介的各种因素,并将这些影响因素纳入我们考察的重点。许钧对影响翻译活动的一般因素进行过系统的考察,他首先指出,翻译活动最先提出的是"译什么"的问题,在确定翻译对象之后才是"怎么译"的问题。许钧以这两个基本问题为探索路径,将影响翻译的因素分为外部因素与内部因素,包括"文化语境与社会因素""意识形态与政治因素""翻译动机与翻译观念""语言关系与翻译能力""读者接受视野与审美期待"这几个层面①。关于影响翻译的内部因素,即对昆德拉译介中翻译主体因素的考察,我们将在第三章中具体探讨,而在昆德拉这种特殊且典型的译介案例中起作用的外部因素是我们本章中试图阐述的问题,我们发现,随着时代

---

① 　参阅:许钧. 翻译论. 武汉:湖北教育出版社,2003:195-254.

的发展、历史的演进以及人们在交流中认识的不断发展变化,主要影响作品译介的外部因素也在发生变化。结合昆德拉的具体译介,本章中我们将从政治因素、意识形态、翻译伦理因素及读者需求与市场因素四方面对影响昆德拉不同阶段译介的外部因素进行考察。

第一节　政治因素与昆德拉热

影响翻译的外部因素存在于诸多方面,而其中,意识形态和诗学因素被查明建和谢天振认为是中国百年来影响文学翻译的两个最主要的方面,这样的结论来源于他们对于 20 世纪外国文学在中国的翻译历史所做的历时性的细致梳理与深入研究。在纵观漫长的翻译史、考察不同时期的翻译特点之后,他们对这两个因素对于翻译文学的重要影响作用做了肯定:"不同时期的意识形态(特别是政治意识形态)和诗学(特别是文学价值观)决定了各个时期的文学翻译选择和翻译规范,从而也就决定了各个时期的文学翻译特点及其价值意义。"①就"政治意识形态"来说,它作为意识形态的重要组成部分,对文化的生产与传播起到了不可忽视的导向作用,如许钧所说,意识形态与政治因素"这两者往往是紧密地结合在一起,采取政治行为,如以颁布政策的形式,对翻译加以干涉"②。这一点在我国漫长的历史进程与文化交流中不难得出,翻译活动作为异域文化互通的必经手段,作为对时代所需的意识形态与诗学的补充与介入,必然受到这种政治、权力因素的直接干预与影响;而文学价值观,是文学活动主体对文学所起作用的认识和判断的观念体系,其中被认为起到核心和统摄作用的内涵要素,即"审美理想","所谓'理想',是指对未来事物的想象或希望。而'审美理想',则是指人们对至善至美境界的想象与向往,其中

---

① 查明建. 翻译的文化操纵与自我书写——20 世纪中国文化语境中的外国文学翻译//查明建,谢天振. 中国 20 世纪外国文学翻译史(下卷). 武汉:湖北教育出版社,2007:1444.

② 许钧. 翻译论. 武汉:湖北教育出版社,2003:223.

包括思想、道德、情感等丰富内容。真正的文学艺术家都有自己的审美理想和追求,包括社会美、道德美、人性美,以及艺术本身的美等等,这一切都将内化为文学主体的文学价值观念"①,从文学翻译活动来看,译介者的文学价值观及对诗学的追求也影响着他从翻译文本的选择到翻译作品的生成的全过程的价值选择和判断。这两个因素对于外国文学的选择与翻译的影响都非常显著,然而,查明建也谈到"意识形态的要求和文学理念的追求,这两者在文学翻译中大多数情况下并不能协调一致,因为并不是所有文本都能同时满足特定的意识形态的诉求和文学性的追求"②,那么当翻译选择上出现两难时,我们往往倾向于服务于意识形态,如查明建在回顾外国文学在中国的整体译介状况时所说:"任何一个时期的文化多元系统中,政治意识形态往往占据主导地位,因此,虽然时有选择上的犹豫、困惑,但最终,往往还是按政治意识形态的要求来决定翻译选择对象,而放弃了文学性标准。"③

参看查明建与谢天振所著《中国 20 世纪外国文学翻译史》④一书的编排,进一步印证了上述观点。据该书前言所述,两位学者以"时代文化语境"和"文学翻译选择的特点"为依据,对近现代及当代外国文学作品在中国的翻译做了六个时期的分期,仔细比照不同的历史时期——"五四"前后、解放初期、"文革"期间、改革开放,与这些时期内中国对外国文学的选择,我们不难看出,这里所说的"时代文化语境"的主要内核即受政治因素的影响:"20 世纪初,在国人觉醒启蒙的重大文化转型时期,文艺界、翻译界的知识精英们在翻译选材方面就大力提倡译介反映西方科学和民主精神的作品,作为打倒'孔家店'的工具。在翻译语言的裁决上也曾展开过

---

① 赖大仁. 文学价值观问题探析. 贵州社会科学,2013(5):58.
② 查明建,谢天振. 中国 20 世纪外国文学翻译史. 武汉:湖北教育出版社,2007.
③ 查明建. 翻译的文化操纵与自我书写——20 世纪中国文化语境中的外国文学翻译//查明建,谢天振. 中国 20 世纪外国文学翻译史(下卷). 武汉:湖北教育出版社,2007:1444.
④ 查明建,谢天振. 中国 20 世纪外国文学翻译史. 武汉:湖北教育出版社,2007.

与封建八股文这一充分凸现政治权力的文体的辩论和斗争。新中国成立之初,由于政治形势的需要,翻译活动被摆到了帮助巩固和加强政治统治的位置,从事翻译的工作者只能遵从隶属国家权力机关的翻译机构的指示和监管,以致翻译明显地带有配合意识形态准则的痕迹。'文革'期间,由于个人权威提高到了前所未有的高度,在任何领域包括翻译界都无法进行对话,翻译工作者们在意识形态方面的考虑就更多了。因为一旦有超越或违背政治权力话语的译作或译论出现,马上就会受到诸多掣肘,更不可能在官方渠道出版发行了。直至80年代以后,各个学术领域都得到了空前发展,当然翻译理论与实践也同样获得了新的活力与生机。由于政策的宽松和实际的需要,各类书籍如雨后春笋般被翻译传播到了中国,使学术研究得到极大推进。"①通过对历史的回顾,我们发现,不同时期外国文学的译介往往被当时所处的政治环境的要求所左右,政治因素直接影响了翻译的选择,这一点也为学者所普遍认同。如李明喜和叶琳在考察政治因素对于翻译的影响时就谈道:"翻译的发展历程证明,翻译是不可能在'真空'里进行的,它多少会受诸如政治、权力之类因素的影响。我国每一次翻译高潮的兴起和沉寂都充斥着与政治、权力的顺应或冲突关系,这便是最好的例证。"②也正是因为如此,我们才能并行不悖地同时以"时代文化语境"和"文学翻译选择的特点"两方面为依据得到一个统一的翻译史分期。

回到昆德拉作品译介的个案上来说,昆德拉作为当代外国文学在中国的译介历史中一个极具代表性的作家,政治因素的影响也在他的译介历程中体现出来,在上一章论及昆德拉的初期译介者的译介动机时,我们对此已做了部分论述。在"文革"结束之后的20世纪80年代,开放环境下国内外国文学译介回暖并形成繁盛之势的浪潮中,昆德拉作品的引入掀起了一阵旋风,译者对于昆德拉的选择受到当时特定的历史环境所影

---

① 李明喜,叶琳. 论政治因素对翻译实践的影响. 长沙大学学报,2005(1):88.
② 李明喜,叶琳. 论政治因素对翻译实践的影响. 长沙大学学报,2005(1):88.

响,可以说,政治因素的影响与"昆德拉热"的出现密不可分,体现在外部因素以及作品内部因素两个方面。

首先,就外部因素来说,如上文所述,在特定的历史时期,政治因素体现在国家的文化政策对我们的文化事业与文化生活起着导向作用,昆德拉的作品在 20 世纪 80 年代末能被译介入中国,与当时国内政治环境出现的变化是分不开的,具体来说,它得益于"文革"后文化政策的放开,外国文学的翻译得以挣脱开极左意识形态的束缚。回顾"文革"期间的文学翻译状况,我们发现在当时,翻译工作极大地受政治影响,翻译一度沦为"政治工具",根据查建明的研究统计,当时的翻译活动仅限于对越南、朝鲜、阿尔巴尼亚等社会主义国家的部分作品的译介,到了"文革"后期,在文艺控制有所松动的情况下,我们也只对苏联无产阶级作家的作品和少量日本文学进行了译介,不符合当时意识形态的作品只能少量地以"内部发行"的形式,并且是从政治批判的功能出发,予以出版。相比于此,随着特定历史阶段的终结,在政治意识形态有所松动的情况下,八九十年代的文学翻译具有了世界文学视野,主要译介的作品为美国、英国、法国、德国、拉美国家及苏联的文学作品,正是此时的文化开放之势使昆德拉进入中国成为可能。

其次,就作品内部因素而言,昆德拉早期所生活的捷克斯洛伐克,其政治历史环境与中国社会变革时期有着相似性,昆德拉在这种境遇之中的自身经历以及他的小说中的政治背景与作品中和政治相关的描写,也是吸引国内学者与读者共同关注,引发昆德拉阅读热潮的重要原因之一。昆德拉作品在中国的译介与接受初期,政治因素参与到他的译介中来,并对读者的接受产生了重要影响,主要表现在以下两个方面。

一是译介者对于读者的阅读引导。我们在第一章中就对昆德拉最初被译介的情况做了介绍,韩少功与韩刚是首先将昆德拉的作品翻译给中国读者的译者,我们充分肯定他们在开启昆德拉作品在中国的生命之旅的过程中所做的努力与贡献。译者作为在翻译活动中起着最积极作用的翻译主体,对作品的翻译好坏直接影响读者的接受,同时译者对作品的介绍与评论也值得关注,如安妮·布里塞在《翻译的社会批评》中谈道:"编辑机制如何来营造'异'的形象是我们首先要研究的问题。由此,我们要对副文本进行研究,而副文本即指与译本相结合的序、后记、生平介绍、评价及插图,其中插图也是文本的另一种符号形式。"①昆德拉在中国的早期译介中,我们发现作为作品副文本的译者前言引导着读者的阅读,对作品接受造成直接影响,因为"副文本围绕并伴随着正文本,补充甚至强化正文本"②,它们与文学作品形成了互补的关系,是对作品的补充和延伸,译介者在前言中的论述与表达有助于读者理解作品。译本前言是译本的重要组成部分,韩少功通过《生命中不能承受之轻》译本前言对昆德拉其人和原著进行了介绍,补充了作品发生的历史背景并阐述了其翻译意图,他在文化与文学两个层面出发来选择了昆德拉。在文学上,他充分肯定了昆德拉作品的价值,尤其有感于昆德拉在文学上的探索精神,而在文化层面上,韩少功则是出于当时捷克斯洛伐克与中国相似的历史境遇,而有意地想要从昆德拉的作品中在文学和社会变革两个层面寻得启示,有所借鉴,政治因素对他的翻译选择的影响也就在这其中体现出来。韩少功在前言中谈道:"东欧位于西欧与苏俄之间,是连接两大文化的结合部。那里的作家东望十月革命的故乡彼得堡,西望现代艺术的大本营巴黎,经受着激烈而复杂的思想文化双向冲击。同中国人民一样,他们也经历了社会主义发展过程中的曲折道路,面临着对未来历史走向的严峻选择。那么,同样正处在文化重建和社会改革热潮中的中国作家和读者,有理由忽视东欧文学吗?"③韩少功的这段论述表明了其对东欧文学的关注首先来源于东欧地处两种意识形态博弈的特殊位置及其与中国面临同样历史发

---

① Brisset, A. *Sociocritique de la Traduction*. Québec: Editions du Préambule, 1990: 38.

② 耿强. 翻译中的副文本及研究:理论、方法、议题与批评. 外国语(上海外国语大学学报),2016(5):105.

③ 韩少功.《生命中不能承受之轻》前言//昆德拉. 生命中不能承受之轻. 韩少功, 韩刚,译. 北京:作家出版社,1987:3.

展问题的境遇。我们发现,虽然新时期文学翻译的选择标准发生了重大变化,转向对于文学性和审美价值的关注,但受政治意识形态影响的考量模式仍然存在着历史的延续性。而后韩少功更是直接表明了对于捷克斯洛伐克社会主义改革的看法和立场,即"不同意他们对于社会主义事业缺乏期待的信心和耐心,不同意他们对革命信念和强权罪恶不作区分或区分不够",而"对于没有亲身体验今天中国式社会主义改革的他们",韩少功表示"我们态度明朗无意迎合,却也无须过分苛求",因为"我们不能不敬重他们面对入侵和迫害的勇敢正直,不能不深思他们对社会现实的敏感批判,不能不深思他们惶惑、虚弱以及消沉"①。韩少功作为译介者对作品在政治上的联想与解读,对作品的现实意义的阐述和个人政见坚定的表达在一定程度上为读者的阅读设置了政治性的预设,必然对读者产生重要的阅读导向作用,引发他们对作品中政治因素的关注,从而影响到作品的接受。

二是昆德拉作品引起的文化界对于历史及文学的反思。上文中提到的韩少功由昆德拉作品而起的种种"深思",与"文革"之后文化界对于历史的反思,与我们对解开历史困惑的诉求和探索文学的出路不谋而合,如赵稀方所说:"共同的社会主义历史,是我们与米兰·昆德拉的机缘所在。"②出于历史阶段及国情的相似性,中国读者对昆德拉作品中的历史背景相对熟悉,对小说人物的一些经历感同身受,这种命运的比照使得昆德拉的作品与 20 世纪八九十年代的中国社会文化具有相当高的契合度。而赵稀方认为"文革"过去后的 80 年代,我们并没有能够对历史做出清醒反省,昆德拉来自同样是社会主义国家的捷克斯洛伐克,他对于斯大林主义的反思,在此给我们提供了切实的启示。相似的历史际遇,使得昆德拉的作品在被译介的初期更多地得到的是政治层面上的关注与解读,如徐

---

① 韩少功.《生命中不能承受之轻》前言//昆德拉. 生命中不能承受之轻. 韩少功,韩刚,译. 北京:作家出版社,1987:6.

② 赵稀方. 二十世纪中国翻译文学史:新时期卷. 天津:百花文艺出版社,2009:203.

宜修所述:"在昆德拉被译介到中国后,人们首先就注意到这位东欧社会主义国家族裔的作家对其国家政治现状的批判态度,这马上就让告别'文革'话语、反思'文革'悲剧的中国读者产生了认同感。虽然昆德拉本人从不愿别人视自己的作品为'政治小说',将这种看法视为读解其作品的'最陈腐的方式',然而对读者而言,'政治小说'恐怕仍是对昆德拉接受过程中最初的也是最首要的印象。"①

如果说政治因素引发了广大读者与学者对于昆德拉的好奇与关注,形成了被赵稀方称为"奇迹"的昆德拉阅读热潮,那么真正使"昆德拉热"广泛而持续地发展下去的原因,无疑是"他的小说的过人之处,确实在于着眼'政治'却又能超越'政治'"②,加以解释即指"昆德拉无意于写纯粹的'政治小说'或'问题小说',他总是从'政治'切人,而最终使小说的意味和意义大大地撑破了'政治',具有了浓郁的形而上意旨"③。对于昆德拉作品深入的阅读带来的是,文化界从政治环境下对共同命运的关注,转向到对政治视角下的当代文学的反思。这与当时国内"文化热"背景下,中国文学的探索与困惑不无关系,李凤亮就认为对于昆德拉的阅读热潮及文学界的热烈讨论源于20世纪80年代中后期的两个思想因素:"一是80年代文学创作在经历了一条'伤痕文学'——'反思文学'——'改革文学'——'寻根文学'的探寻轨迹之后,作家对创作新路的求索充满激情,但不时面临困难;二是新时期文艺界广泛引进西方各种思潮并将之嫁接于中国本土,但事实证明,手法的借鉴无疑可行,而彻底地照搬洋人则此路不通,因为文化根底的差异似乎质疑着这一尝试的有效性。"④在这样的思想因素影响下,中国文学界需要有启发意义的作家,昆德拉的走红正为

---

① 徐宜修. 米兰·昆德拉在新时期中国译介的意义评述. 湖州师范学院学报,2015(5):53.
② 王彬彬. "姑妄言之"之四:对昆德拉的接受与拒绝. 小说评论,2003(5):16.
③ 王彬彬. "姑妄言之"之四:对昆德拉的接受与拒绝. 小说评论,2003(5):16.
④ 李凤亮. 诗·思·史:冲突与融合——米兰·昆德拉小说诗学引论. 北京:商务印书馆,2006:12-13.

文学界注入了活力。

那么昆德拉作品的高明之处与借鉴意义体现在哪里呢？赵稀方将当时国内的文学作品与昆德拉的作品做了一个比较,同样是反思"文革"、叙述历史,国内的"伤痕文学""反思文学"作品中正反面人物界限分明,好人受尽压迫仍坚定着对党的信仰,坏人虽得意一时但终将失败,他认为"中国的'文革'故事尽管血泪斑斑,但凄美而悲壮,既不令人恐怖,也不令人绝望,反倒给读者提供了历史的安全感。这种叙事策略体现了中国现实政治的需求,也体现了国人缓解内心焦虑的心理需求。米兰·昆德拉的处理方式与我们大不相同。米兰·昆德拉的小说表现的是斯大林主义统治下的捷克斯洛伐克,但他并没有仅仅满足于暴露伤痕和抗议政治,而是要探究这政治背后的人性"①。这种政治背后的人性被昆德拉归结为人性的"媚俗",对于"媚俗"的阐释,在这里不做展开,我们将在第五章中加以论述,如赵稀方所说,昆德拉的作品不在于控诉历史,他描写政治是为了揭露人性的"媚俗"。李彬彬从中国文学应当跟昆德拉学些什么的角度,也做了一番比较:"与昆德拉相比,中国的作家在反思政治灾难时,便大为逊色。他们能写出苦难的'苦难性',却写不出苦难的'苦难性'丧失;他们能透过政治层面进入对文化的反思,却不能写出人类生存的某种荒诞意味;他们能站在主流立场上总结'教训',却不能以个人自由和尊严的名义对'极左政治'进行控诉。"②他认为昆德拉在反思历史时所运用的"存在论"眼光以及评价历史时所具备的"个人主义"价值观是其作品相比中国同类作品更为高明的地方。

回顾我们对于昆德拉的译介和接受,政治始终是个绕不过去的问题,应该说,特定的历史、政治与文化境遇之中,昆德拉作品中的政治因素使之更好地契合了中国从译介者、学者到读者的期待视野,由此才能形成持续的昆德拉阅读与阐释热潮。

---

① 赵稀方. 二十世纪中国翻译文学史:新时期卷. 天津:百花文艺出版社,2009:203-204.
② 王彬彬. "姑妄言之"之四:对昆德拉的接受与拒绝. 小说评论,2003(5):17.

第二节　意识形态与文本删改

　　在一定程度上,政治因素也是意识形态的一个重要组成部分,相较于传统翻译研究多围绕具体文本的翻译忠实性展开,自 20 世纪 80 年代起意识形态对于翻译的影响与操控已引起翻译界的重视。在最近几十年的研究中,学者们发现意识形态影响了译介者对于翻译文本的选择,支配了读者对于作品的解读倾向,也干预了译者在翻译过程中的翻译策略,而"翻译中的删改,是意识形态,特别是主流意识形态干预翻译的最典型的例证"①。

　　在探讨这个问题之前,我们先要明确"意识形态"概念的定义。查阅《现代汉语词典》,"意识形态"即指"在一定的经济基础上形成的,人对于世界和社会的有系统的看法和见解,哲学、政治、艺术、宗教、道德等是它的具体表现。意识形态是上层建筑的组成部分,在阶级社会里具有阶级性。也叫观念形态"②。这种认识具有普遍性,而庄柔玉认为从翻译研究的视角,布朗所说"意识形态泛指许多社会或个人行为背后的思想及解释系统"③的说法具有代表性,庄柔玉从翻译学的角度出发,进一步指出:"翻译的意识形态,即翻译行为背后的思想和解释系统。"④也就是说,翻译行为背后的思想和解释系统支配了翻译活动,在翻译过程中,翻译观念以及政治、社会、文化等各种因素对于翻译选择、翻译方法、翻译策略等方面造成影响。

　　那么,意识形态是如何具体影响翻译活动,造成文本删改的? 安德

① 许钧. 翻译论. 武汉:湖北教育出版社,2003:220.
② 中国社会科学院语言研究所词典编辑室. 现代汉语词典. 7 版. 北京:商务印书馆,2016:1556.
③ 庄柔玉. 用多元系统理论研究翻译的意识形态的局限. 翻译季刊,2000(16、17 合刊):123.
④ 庄柔玉. 用多元系统理论研究翻译的意识形态的局限. 翻译季刊,2000(16、17 合刊):125.

烈·勒菲弗尔的"翻译操纵论"可以帮助我们来理解这一问题,他提出"意识形态、诗学和赞助人是操纵文学翻译的三种主要力量"①。根据勒菲弗尔的理论,这里的"赞助人"指的是"那些可以促进或阻碍文学的阅读、书写或重写的力量,可以是一些个人、宗教团体、政党、社会阶层、权力机构、出版商,以至于报纸、杂志、电台、电视台等传播媒介等"②。在翻译的过程中,除了译者自身的意识形态会对翻译造成影响,赞助人也有可能会以某种形式将意识形态强加给译者,造成对翻译的影响。许钧在研究意识形态对于翻译造成的影响时,就指出了对原文进行删改所可能存在的三种情况:"当出版社或译者选择了一个文本进行翻译后,在翻译过程中,译者有可能会在主流意识形态的直接干预下或译者自愿认同主流意识形态,将原文中与目的语国家的主流意识形态有可能发生冲突的文字删去。当译者完成了翻译,将译文交给出版人或委托人后,出版社编辑仍有可能根据所在国的主流意识形态对译文加以删改。除译者、编辑之外,出版管理部门也有可能对译文加以删改,若与主流意识形态发生根本冲突的,甚至有可能干脆禁止译文出版,进入流通领域。"③

具体到早期对于昆德拉作品的翻译,我们发现,其中有译者在主流意识形态下对于作品不同程度的删节。比如,施康强在 1996 年 4 月香港中文大学翻译系举行的翻译学术会议上,发表演讲,他对于作家出版社 1993 年出版的昆德拉作品《不朽》中译本中所出现的删节情况做了考察。

在该中译本的第六章《天宫图》中,存在着删节的情况。第六章描写的是主人公之一鲁本斯的爱情与性生活。该章中的第十六节篇幅很短,被整节删去,这一节翻译成中文如下:

> 起初他心怀羞涩,总在黑暗中做爱。然而他在黑暗中睁大眼睛,

---

① 转引自:查明建,谢天振. 中国 20 世纪外国文学翻译史:下卷. 武汉:湖北教育出版社,2007:1443.

② Lefevere,A. *Translation*,*Rewriting and the Manipulation of Literary Fame*. Shanghai:Shanghai Foreign Language Education Press,2004:15.

③ 许钧. 翻译论. 武汉:湖北教育出版社,2003:220.

以便每当有微弱的光线透过窗帘时,也能多少窥见一点什么。

后来,他不仅习惯于光明,而且要求光明。假如他发现对方紧闭双目,他就迫使她睁开眼睛。

然后,某一天,他惊奇地发现自己虽在明亮的光照下做爱,眼睛却是闭着的。他在做爱时,深深地回忆往事。

在黑暗中睁开眼睛,

在光明中睁开眼睛,

在光明中闭上眼睛,

生命的天宫图。①

针对这段删节,施康强提出了自己的质疑,认为对于书中情爱相关描写的删节存在着随意性:"不太好理解的,是本章前十五节里有的是更落形迹的有关性的描写和叙述,出版者却未予删除。可见对外国文学作品中的色情描写或被认为有色情之嫌的描写的删除,并没有系统的、精确的标准,在操作上有很大的随意性。"②

通过学者们对于昆德拉作品早期在中国的翻译文本的考察,我们发现,中译本中关于性爱的描写存在大量删节情况。关于昆德拉作品中频繁出现的性爱题材,菲利普·罗思曾对昆德拉提出过这样的问题:"几乎你所有的小说,事实上你的近作的每一部分都以激烈的性交场面为结局。就连以'母亲'的圣洁名义为题的那一部分也纯粹是一段长长的三角性游戏,只不过加了序幕和尾声而已。对于小说家的你来说,性意味着什么呢?"③针对这一问题,昆德拉表示他并不是为了性而描写性,他回答道:

① 转引自:施康强. 译或不译的取舍标准——一个个案分析//金圣华. 翻译学术会议——外文中译研究与探讨. 香港:香港中文大学翻译系,1998:88.

② 施康强. 译或不译的取舍标准——一个个案分析//金圣华. 翻译学术会议——外文中译研究与探讨. 香港:香港中文大学翻译系,1998:88.

③ 菲利普·罗思.《笑忘录》跋——菲利普·罗思与昆德拉的对话. 高兴,译//李凤亮,李艳. 对话的灵光——米兰·昆德拉研究资料辑要(1986—1996). 北京:中国友谊出版公司,1999:526.

"目前,在性俗不再是禁忌的情况下,单纯的性描写,单纯的性自白,显然已变得令人厌烦。……你说得不错,我的所有作品确实都以激烈的色情场面而告终。我感到性爱场面能产生一道极其强烈的光,可以一下子揭示人物的本质,展现他们的生活境况。……性爱场面是小说中所有主题的聚焦点,同时也是小说中所有秘密深藏的地点。"[①]通过昆德拉回答,我们可以看到,昆德拉描写性爱是为了展现人类生存的境遇,从而在他的创作中实现其小说观——关于存在的一种诗意思考。

国内诸多学者与广大的读者都注意到性爱题材在昆德拉作品中的广泛运用,针对这个题材所具有的内涵与存在意义,李凤亮在其文章《政治与性爱:公众视角与私人情境——米兰·昆德拉小说题材的历史内涵与存在意味》中有过深入的探索与分析。李凤亮认为昆德拉之所以通过这个题材来探索存在,作者的思考是极其巧妙与深刻的:"性爱生活大概是文明社会人类最隐秘、最私人的部分,而政治生活则相反,居于人们公共生活的核心。在性爱和政治这两类或私人化或公众化的生活中,人类都能够爆发出惊人的狂热,这狂热犹如两道强光,照亮人们的心底世界。昆德拉正是凭借着性与政治这两柄利剑,挑明了一系列存在题旨的真谛。而就在他完成对历史情境的存在分析的同时,他也把小说写成了历史——现象学意义上的心灵史。"[②]

反观中国文学界,性爱主题一直是最为敏感的题材之一。李凤亮在2003年发表的文章中写道,该题材长期"被列入'诲淫诲盗'或'意识形态'的写作禁区,迄今尚无根本的改变",中国作家一旦涉及这个领域,"基本上是遮遮掩掩,欲说还休;一些作品的描写力度略重一些,便会招致种种

① 菲利普·罗思.《笑忘录》跋——菲利普·罗思与昆德拉的对话. 高兴,译//李凤亮,李艳. 对话的灵光——米兰·昆德拉研究资料辑要(1986—1996). 北京:中国友谊出版公司,1999:526-527.
② 李凤亮. 政治与性爱:公众视角与私人情境——米兰·昆德拉小说题材的历史内涵与存在意味. 暨南学报(哲学社会科学版),2003(2):66.

批评之声"①。这种现象是由我们的意识形态因素造成的,以至于不管是中国文学界中作家们自身的创作,还是译介外国文学进入中国的过程中,针对这个题材都有特殊的处理,反映在外国文学的翻译情况上,就表现为对原文性爱描写的部分段落与词句的删改,或者在"出版说明"或"译后记"这些译文副文本中针对书中价值观与中国社会当前的意识形态的不符之处加以批判或说明,起到对读者的引导作用,或如施康强所说,这是一种无可厚非的某种意义上的事先推卸责任的做法②。如在作家出版社1993 年出版的《不朽》中译本的"出版后记"中提及了对于作品中文字的删改:"为了对广大读者负责,我们对小说中极个别的文字作了细微的改动,希望能得到谅解。"③译者与出版者因意识形态冲突而对作品做出删节或加以文字说明的情况在国内出版界非常普遍。如许钧在谈到他在翻译法国作家吕西安·博达尔所著的自传性小说《安娜·玛丽》④之时就因为意识形态的因素而对作品做了删节处理,"在翻译的具体过程中,作为该小说的主要译者,我还是对小说中的某些文字作了删除和'淡化'处理,而促使我们这样做的,同样是意识形态的因素,因为该小说中有数段文字对主人公吕西安母亲安娜·玛丽的美貌,甚至对她的身体作了在当时看来过于'露骨'的描写"⑤。

　　除去译者自身对于作品的删改以外,"赞助人"角度所要求的删改也出现在昆德拉作品的翻译中。如韩少功针对《生命中不能承受之轻》中译本中出现的删节的原因做解释时,就谈道:"有些性描写也不符合当时的

① 李凤亮. 政治与性爱:公众视角与私人情境——米兰·昆德拉小说题材的历史内涵与存在意味. 暨南学报(哲学社会科学版),2003(2):65.

② 施康强. 译或不译的取舍标准——一个个案分析//金圣华. 翻译学术会议——外文中译研究与探讨. 香港:香港中文大学翻译系,1998:84.

③ 转引自:施康强. 译或不译的取舍标准——一个个案分析//金圣华. 翻译学术会议——外文中译研究与探讨. 香港:香港中文大学翻译系,1998:84.

④ 参阅:吕西安·博达尔. 安娜·玛丽. 许钧,钱林森,译. 南京:江苏人民出版社,1988.

⑤ 许钧. 翻译论. 武汉:湖北教育出版社,2003:221.

出版审查标准。"①我们从韩少功翻译的实例中也可以看到在翻译的过程中,除了译者自身的意识形态会对翻译造成影响,赞助人也有可能会以某种形式将意识形态强加给译者,造成对翻译的影响。

同时,我们还发现一个值得深思的现象,对于昆德拉作品原文的删节不仅发生在中国早期对于昆德拉作品的译介中,在西方国家对于昆德拉作品的译介中也有发生,而且因为东西方主流意识形态的差异,双方对于同一作品删节内容的选择也是有差别的。在第一章中,我们谈到昆德拉特殊的生活境遇,使得他对斯大林主义极其厌恶,其作品在捷克斯洛伐克禁止出版,最终迫使他出走西欧,投向另一种政治体制。昆德拉将他所身处的历史背景写进他的小说,尤其在他早期的创作中,小说故事都发生在他所亲身经历的这一段特殊的历史时期。昆德拉的作品走出捷克斯洛伐克,首先在法国翻译出版,在法国主流意识形态的影响下,其作品的法译本中有关对极权主义的批判内容被完整保留并凸显出来,昆德拉曾自述道:"我的小说最初是被难以想象的最陈腐的方式接受的。我的作品大多被视为反苏联政权的文学。"②小说中关于政治的描写使得昆德拉作品在法国引起了读者极大的关注,使昆德拉在法国文学界一炮而红,这与中国对于其作品的删节形成对比。另外,在昆德拉作品的英译本中也存在着删节的情况,昆德拉在与乔丹·埃尔格雷勃里的谈话中谈到了《玩笑》最初的英译本的糟糕翻译,"编辑删去了大量思考性段落;例如所有写音乐的段落。在改动章节顺序方面,他走得更远,硬给这部小说套上了另一种结构"③。英译本的出版社出于读者期待的需要,突出了书中对于政治的

---

① 吴铭."生命之轻"的对话——作家韩少功和翻译家许钧教授专访. 社会科学报,2003-09-18(8).
② 乔丹·埃尔格雷勃里. 米兰·昆德拉谈话录. 杨乐云,译//李凤亮,李艳. 对话的灵光——米兰·昆德拉研究资料辑要(1986—1996). 北京:中国友谊出版公司,1999:482.
③ 乔丹·埃尔格雷勃里. 米兰·昆德拉谈话录. 杨乐云,译//李凤亮,李艳. 对话的灵光——米兰·昆德拉研究资料辑要(1986—1996). 北京:中国友谊出版公司,1999:478.

描写与批判,却将文中最具昆德拉特色的思考性段落删去了,这也造成了昆德拉对其作品初期译介的失望与愤怒,致使他开始对自己作品的法文、英文、德文、意大利文译本进行校对与修订。昆德拉作品在中国与西方国家的翻译过程中因意识形态因素造成的不同处理,为我们更好地理解意识形态对于翻译的影响提供了很好的素材。

随着社会的发展以及人民观念的不断进步,意识形态也在历史进程中发生着变化,意识形态的变化势必会给翻译提供不一样的空间,带来不一样的面貌。与改革开放之前相比,昆德拉的作品能在 20 世纪 80 年代进入中国已然是国内主流意识形态发生一定程度变化的情况之下,外国文学在中国翻译出版的阶段性进步,如施康强在考察《不朽》的翻译取舍问题时谈道:"自从实行改革、开放政策后,各出版社在奉行四项基本原则的同时,在一定程度上放宽了对外国文学作品的审查尺度。当代一些重要的,提出或涉及敏感的意识形态问题的作品得以翻译出版。"①面对外国文学作品较高的文学价值,大多数与当时意识形态有冲突的作品在 80 年代都通过部分内容的删改以达到翻译的合法化,而我们也发现,这些删改的内容在几年之后的新译本中又重新被翻译了出来,出版环境进一步放开。如前文中我们提到的许钧与钱林森合译的《安娜·玛丽》于 1988 年出版时对于部分与主流意识形态不符的内容有所删改,而该书在 1997 年在江苏人民出版社再版时,其中被删去的文字在新译本中基本都被翻译了出来。

通过上述分析,我们可以看到,意识形态因素的影响是造成译者或赞助人对于原文中与目的语国家主流意识形态相冲突的内容进行删改处理的最主要原因。需要指出的是,我们的研究不在于将昆德拉作品早期的译文与原文进行逐字对比,去整理出中译本中出现的所有删改情况,而在于探究删改现象背后的原因。

---

① 施康强. 译或不译的取舍标准——一个个案分析//金圣华. 翻译学术会议——外文中译研究与探讨. 香港:香港中文大学翻译系,1998:83.

第三节　翻译伦理与昆德拉译介

　　如前文所述,在不同时期,译者在翻译过程中对作品删改的态度有所不同,高方曾就韩少功、韩刚译本《生命中不能承受之轻》中的删节情况与许钧译本《不能承受的生命之轻》中没有对原文本进行删改的情况做了比较,认为"社会文化语境所提供的翻译可能性不同"①是造成两者针对删节采取不同处理方式的根本原因。如我们一直强调的一样,翻译活动是在一个复杂多元的环境中展开的,它受到意识形态、文化、社会、历史等多种因素的影响与制约。就政治与社会环境给予译者的翻译空间来说,韩少功和韩刚翻译时所处的 20 年代 80 年代中后期与许钧翻译时所处的 21世纪之初,这两个时期有着较大的变化,后者所处的政治社会环境随着改革开放的不断深入已较为宽松,因此给了译者翻译更多的可能性,以往需要删改的部分在新世纪则可以保留。在这样的宽松环境下,译者有了从专业角度出发对于翻译工作进行审视的空间。许钧在与韩少功进行翻译对谈的时候即指出:"删节是可怕的事情,它提供给读者的是不完整的东西,不完整就有可能造成误读。昆德拉的作品来中国十几年了,我读了法文本,也非常认真读了韩少功先生(与韩刚合作)的译本,也把很多对昆德拉的介绍和评论进行了阅读。作为一个翻译,一切都要从文学、文本来把握它。如果没有文字的真实性,所有的尝试都只可能是主观性的。"②许钧的这段话,不仅谈到了删节对文学文本造成的伤害,还从文字真实性的角度出发,直击翻译的忠实性问题。忠实性是翻译伦理的根本要求,我们所说的伦理因素就是要使译文与原文之间建立一种传承的血缘关系。

---

① 高方. 文学生命的继承与拓展——《不能承受的生命之轻》汉译简评. 中国翻译,2004(2):53.

② 吴铭. "生命之轻"的对话——作家韩少功和翻译家许钧教授专访. 社会科学报,2003-09-18(8).

不可否认,自昆德拉的作品被译介入中国,误读就一直伴随着他。究其成因,李凤亮认为:"这种误读状态的成因不一而足,但误译无疑是一个极为重要的方面。"①尤其是中国早期对于昆德拉的译介中删节的部分与做模糊处理的部分都对读者阐释昆德拉造成了一定的障碍。这些恰恰是受意识形态的影响,限制了翻译的空间与翻译的可能性,使得译者在文本处理当中采取了不够忠实的态度与方法。认识到翻译的不忠所带来的严重后果,李凤亮更是将准确地翻译与正确地解读昆德拉的作品上升到一种责任的高度,认为:"正确地翻译和解读昆德拉,使其作品与思想在中国读书界得到学术纯净意义上的传播,是(20)世纪末中国翻译界、评论界、出版界及创作界不可推卸的一条共任。"②在这样的背景之下,基于学者普遍的诉求,对于昆德拉作品翻译的忠实性问题被摆到了中国翻译界、出版界的面前,尤其在新世纪翻译环境更为宽松的情况下,翻译的忠实性成为重新译介昆德拉作品过程中最根本的翻译原则。而翻译的忠实不仅仅是译者在进行翻译活动时所应该遵循的翻译原则,也同时涉及翻译的本质以及翻译的伦理要求。

从翻译本质出发,许钧在其《翻译论》中为翻译下了定义:"翻译是以符号转换为手段,意义再生为任务的一项跨文化的交际活动。"③基于对翻译这样的理解,刘云虹认为:"从根本上讲,翻译的目标在于打破文化隔阂、促进不同文化之间相互了解与融合,是自我与他者之间的一种双向交流活动。从这个意义来看,翻译活动中涉及的许多重要问题,就本质而言,是伦理层面的,也就是如何认识和对待自我与他者的关系问题。"④应该说,从翻译本质上看,伦理问题存在于翻译活动的整个过程之中,"翻译

---

① 李凤亮. 诗·思·史:冲突与融合——米兰·昆德拉小说诗学引论. 北京:商务印书馆,2006:337.
② 李凤亮. 诗·思·史:冲突与融合——米兰·昆德拉小说诗学引论. 北京:商务印书馆,2006:337.
③ 许钧. 翻译论. 武汉:湖北教育出版社,2003:75.
④ 刘云虹,许钧. 异的考验——关于翻译伦理的对谈. 外国语,2016(2):71.

所建立起的关系,其实是人与人之间的关系,只不过这是一种异常复杂的人伦关系,它深藏于由各种文化关系、社会关系、政治关系、历史关系、经济关系等人类关系所构筑的关系网络之中。只要有翻译行为发生,译者的任务就是协调相关的两种文化、两种语言、各翻译主体之间以及隐藏在它们背后的具有高度历史性、社会性及实践性的不同伦理关系,让它们在分化、组合、变异中构筑新的关系网络,从而完成翻译的任务。事实存在的翻译行为其实是各种不同的人伦关系在翻译中交锋、碰撞、融合的产物。"①由此可见,伦理问题的确存在于翻译的各个层面,而在新世纪,学者们逐渐认识到翻译伦理问题的重要性,这一问题在翻译界被越来越多地提及,在学界被称为翻译的伦理转向,而在上述伦理层面不同的关系之中,围绕"异"所展开的伦理关系是目前我们所关注的重点。

翻译的伦理概念,来自法国翻译学家安托瓦纳·贝尔曼,他于1984年在《异的考验——德国浪漫主义时代的文化与翻译》一书中对"异"与"同","他者"与"自我"有着独到的见解。贝尔曼指出,马丁·路德通过翻译《圣经》,通过接触"异"来确立了"自我","正是在这个意义上,我们可以说'异'与'同'之间,展示了'自我'与'他者'的深刻关系。'他者'是'认识自我'的一个参照,是'丰富自我'的一个源泉,是'确立自我'的一个途径。"②贝尔曼通过对"异"与"同","他者"与"自我"之间关系的阐释,充分肯定了翻译对吸收异质文化所起到的重要作用以及翻译应该承担的职责。"异"的概念在翻译研究中,不光指两种语言之异,更有文化之异、社会之异、思维之异等等,在翻译伦理的要求下,这些层面的"异"都应该在交流的主旨上经由翻译展现在目的语国家读者的面前。

我们意识到,因外部因素影响而造成的不完全忠实原文的翻译方法给理解原作带来了障碍,在这种情况下,与昆德拉早期译介相比,在新世纪,我们试图走近并了解一个真实的昆德拉,追求对于原文忠实的翻译,

---

① 王大智.“翻译伦理”概念试析. 外语与外语教学,2009(12):63.
② 许钧. 生命之轻与翻译之重. 北京:文化艺术出版社,2007:181.

以避免对于昆德拉作品的误读。在这样的期待之下,就要求我们对"他者"与"自我"有一个清醒的认识,在翻译的过程中求同存异,对待文学与文化时避免以"我"为中心,以达到对于他异性的尊重。贝尔曼就认为,忠实"是人对于自我、对于他者、对于世界和对于经验,当然也是对于'文本'的某种'态度'"①。由此,在跨文化交流中,在正确地看待语言文化之间异质性,正确地对待他者文化的翻译伦理要求下,追求文学译介中翻译的忠实性是新世纪对昆德拉作品的译介的基本诉求,忠实的翻译方法就是实现这种诉求的必要手段。

通过以上的论述,我们肯定了翻译伦理是翻译内部的一种本质追求,但我们在这里要强调的是:翻译伦理要求翻译的忠实性,而这种忠实性同时是昆德拉本人的追求,也是其作品的出版者与读者在译介的新世纪想要走近真实的昆德拉时的一种诉求。我们有必要通过以下几点进一步说明。

第一,在昆德拉的作品被翻译到世界各国的过程中,昆德拉本人对翻译有明确的认识,他倡导的是一种忠实观,昆德拉认为好的译本最重要的是要努力做到忠实,关于这一点,我们已在第一章中加以了探讨,而这种忠实观是从伦理的角度提出来的,做到忠实才能不割裂原作与译作之间的关系,才能保证原作与译作之间这一种血脉的联系。

第二,当一个作品进入另一个文化语境中时,也要充分考虑到作品接受的完整性,因为意识形态的因素往往导向了一种误读,译介者、读者,包括作者都充分认识到,由于意识形态因素的影响,昆德拉作品的接受在中国是不完整的,对其作品的原意的理解是有所偏误的,在这样的情况下,作品的某些价值往往容易被忽视,难以得到深刻的理解,而只有对原文本的忠实的呈现,才能够创造一个更广泛的阐释的空间。所以,在新的历史时期,译者在关注翻译伦理问题的同时,试图呈现一个完整的昆德拉,将

---

① Berman, A. *La traduction et la lettre ou l'auberge du lointain*. Paris: Editions du Seuil, 1999: 74.

更加真实的昆德拉介绍给读者。

第三，在新世纪，除了读者有对阅读真实的昆德拉的渴望，出版社本身就有一个非常明确的准则，那就是呈现一个完整的、"原汁原味"的昆德拉。在翻译伦理保留"异"的要求下，上海译文出版社与译者们在新世纪之初对昆德拉作品进行全面重新译介的过程中做了许多努力。在第一章中，我们就新世纪之初这套昆德拉作品系列的全新译本，与20世纪80年代末开始的中国对于昆德拉作品的第一次译介热潮时期的译本做了对比，指出了新译本具有的几个突出特点：一是，所有昆德拉作品均从得到昆德拉本人认可的法文本进行翻译。在这个层面上，新世纪昆德拉在中国的译本较之于前译，在文本选择上具有作家首肯的准确性。二是，为了保证昆德拉的作品在新世纪能得到尽可能忠实的翻译，向中国读者呈现一个真实的昆德拉，上海译文出版社集结了当代国内最优秀的法国文学专家与法文翻译家来进行昆德拉作品的翻译。相较于昆德拉初期译介，上海译文出版社所邀请的翻译阵容在文本理解的准确性、翻译原则的把握及翻译方法的运用上都有明显的优势。三是，新世纪的译本积极纠正前译的误译，根据昆德拉对于作品的修订来进行翻译，并在翻译过程中尽量避免删节，使读者能够在译文中尽可能地接近昆德拉作品的本来面目。这些举措无不以对原作的忠实作为根本目标，以保存昆德拉作品中遣词行文之异、表现方法之异、哲学思想之异、意识形态之异，为我们重新理解昆德拉，更好地阐释昆德拉带来了新的可能性。

我们应该看到，新世纪这种翻译伦理的要求符合时代发展的需要，也符合文学接受的基本规律，即从一开始可能的误读，越来越走向深刻的理解、全面的理解，使前后的译本形成一个继承与发展的关系。

第四节　读者需求与市场因素

在前文中，我们谈到了昆德拉作品在中国的两次译介热潮中巨大的发行数量：在20世纪八九十年代，作家出版社出版的《为了告别的聚会》

首印 17000 册,《生命中不能承受之轻》首印 24000 册,《不朽》首印 31000 册,《小说的艺术》首印 3100 册。据 2003 年 6 月 1 日《北京日报》报道,上述作品在十多年间先后再版十余次,每本总共印数均逾十万册。其中,《生命中不能承受之轻》于 1989 年获准公开发行,这一年就发行了 70 万册,此后该书被连续印刷 13 次,总发行数逾百万册;而在新世纪之初,上海译文出版社出版的昆德拉作品系列中,《不能承受的生命之轻》于 2003 年 7 月投放市场,首印 15 万册,一个月之内印到 30 万册,至 2010 年已经达 102 万册,截至 2017 年,销量共计 230 多万册。该系列中昆德拉的其他作品按照平均数来说,每本书的印刷数量都达近 10 万册。出版社对于昆德拉中译本巨大的发行数量的制定并不是盲目的,在市场经济的作用下,对于昆德拉作品的发行数量是出版社充分考虑读者需求与市场因素的结果。

然而,读者市场并非一直都是外国文学在中国出版过程中最受重视的因素。据王炜的考察,"外国文学名著的出版从实际上经历了从市场到国家计划再到市场的一个完整的过程。这个过程很直观地表征着我们国家从'五四'时期到现在非常巨大的变化"①。西方文学从清末被译介入中国,直到 1937 年抗日战争全面爆发,这一时期的西方文学译介并非由出版者做出最终的选择与决定,作家与知名人士在其中扮演了很重要的推手的角色,读者市场在当时也受到关注,然而"当时的读者市场还处于欠发达状态,因为读者市场更多地接受教育和资本主义市场发育的约束。在新中国成立前,即使在中国资本主义的黄金时期(20 世纪 30 年代),资本主义市场和自由教育制度的建立还处于早期阶段。因此读者市场不可能超越时代物质条件的制约。但是在当时的出版和商业性追求中已经开始考虑读者的要求,并努力引导这种要求。因此当时的出版行为是社会价值行为和商业行为的结合"②。当时制约西方文学在中国翻译出版的因

① 王炜. 外国文学名著的出版与读者市场. 编辑之友,2006(3):22.
② 王炜. 外国文学名著的出版与读者市场. 编辑之友,2006(3):21.

素不光有市场因素,更主要的是社会文化因素。新中国成立之后到"文革"期间,外国文学在中国的出版主要考虑的是政治因素。而在改革开放之后,出版社对于外国文学的出版有了更加自主的空间,经济因素对于出版社的影响越来越大,读者需求与市场因素被逐渐提高到最重要的参考要素之一,"读者是文学总体活动中的一个重要的纬度,也是图书出版发行应参考的一个重要因素。图书出版与读者的社会文化心理之关联,读者的阅读反应与图书的良性互动是图书畅销的又一因素"[①]。这也是昆德拉作品被大量译介的重要原因之一。

在 20 世纪八九十年代昆德拉作品第一次大规模译介时期,如前文我们提到的一样,由于中国与捷克斯洛伐克有着相似的历史境遇,中国读者对昆德拉作品中的历史背景相对熟悉,对小说人物的一些经历感同身受,这种命运的比照使得昆德拉的作品与八九十年代的中国社会文化具有相当高的契合度,"文革"过去后的 80 年代,在我们并没有能够对历史做出清醒反省的情况下,来自同样是社会主义国家的捷克斯洛伐克的昆德拉,他对于斯大林主义的反思,符合读者试图从中寻求启示的阅读心理。对于历史、文化问题的契合是这一时期昆德拉作品形成市场效应的重要原因,"文化的问题因素是读者市场重要的背景"[②],王炜对此的见解是:"读者市场是从出版社的角度进行的描述,但是从读者的角度来看,文化问题恰恰就是读者形成某种群体或者阅读消费倾向性的重要依据。所以出版或者翻译了解读者市场其实就是要了解特定读者群体的文化选择和价值伦理。因为读者群体总是要选择自己的知识来源,并选择自己的表达途径或者表征方式的。"[③]此外,在作家出版社出版了一系列昆德拉作品之后,其他出版社正是看到火热的市场反应,才纷纷投入到昆德拉作品的翻译与出版中来,市场因素对文学作品的出版、译介的影响也从中直观地体

---

① 罗蓉蓉,文汝. 出版视野中的昆德拉作品. 重庆科技学院学报(社会科学版),2014(1):89.

② 王炜. 外国文学名著的出版与读者市场. 编辑之友,2006(3):21.

③ 王炜. 外国文学名著的出版与读者市场. 编辑之友,2006(3):21.

现出来。

读者需求与市场因素在 21 世纪初昆德拉第二次大规模译介时期中体现得更为明显。《文学报》记者曾在译本出版初期通过书店了解到,昆德拉作品阅读者年龄层大致为 25 岁至 45 岁,从大学生到成熟读者,其中有不少读者曾经阅读过昆德拉的作品,"'昆德拉'在他们心目中就是一个金字招牌,而上海译文一贯的高品质也让他们很放心"①。从中反映出两个问题,首先,昆德拉的作品在 20 世纪八九十年代第一次大规模译介时期已积累了广泛的读者,尤其是韩少功与韩刚翻译的《生命中不能承受之轻》为读者了解昆德拉,确立昆德拉在中国的特殊地位做出了重要贡献。读者市场的阅读惯性是昆德拉作品在新世纪持续火爆的原因之一。其次,上海译文出版社对于昆德拉作品系列的市场推广做出了努力,吸引了大量读者的关注,主要体现在:一是,上海译文出版社获得昆德拉作品在中国大陆出版的独家版权,为系列作品树立了权威性;二是,上海译文出版社翻译出版了昆德拉所指定的所有重要作品,昆德拉本人授权的作品全集在一年内集中出版,具有规模效应;三是,上海译文出版社通过邀请国内最知名、最负权威性的法国文学专家与翻译家对昆德拉作品进行翻译,通过译者进一步强化了昆德拉作品系列的品牌形象;四是,在装帧风格上,上海译文出版社更是邀请昆德拉为作品封面亲自作漫画,作品精美的装帧也使得读者对系列作品充满信赖与好感。另外,出版社围绕读者市场所开展的书展、签售、广告等形式也同样吸引了读者的目光。出版社出于自身的追求以及对读者需求的考虑,为增强译本的吸引力而做出的努力又进一步得到了读者的肯定。

在昆德拉译介新时期,除去读者的阅读惯性以及出版社从市场因素出发所做的努力外,随着社会发展演化出的对昆德拉作品新的解读也符合新一批读者的文化心理与期待视野,这也是昆德拉作品持续热卖的一大原因。罗蓉蓉、文汝在考察昆德拉作品在新世纪与普通读者的社会文

---

① 李凌俊. 走近更真实的昆德拉. 文学报,2003-05-01(1).

化心理的契合度时指出:"昆德拉在中国传播的几十年间已被大众传媒形塑为与杜拉斯、村上春树、张爱玲一样具有小资情调的文化人物与流行话题,是否阅读昆德拉甚至成为是否有生活品位与文化素养的标准之一。在此文化心理背景下,读者们重掀昆德拉作品阅读热。在当代多元化的文化背景中,大众对昆德拉作品中对宏大历史的解构、对自由生命存在的表达在心理层面具有认同感。"①王宏图从反思自身文化的角度,认为形成昆德拉热的深层原因在于"构成他作品内核的鲜明的自由主义伦理学,以及隐含的犬儒主义倾向起了关键性的作用。它与当代中国的文化语境构成一种微妙的对应关系"②。我们看到,昆德拉作品在新时期得到广泛关注与读者的阅读审美、心理需求及文化反思都是有密切关系的。

由此可见,昆德拉作品的经典之处就在于,在 20 世纪八九十年代与新世纪之初这两个不同的阶段,读者都能从中挖掘出符合自身阅读期待、适合社会心理的阅读角度。读者的阅读与阐释扩展了昆德拉作品的后续生命,这种读者热潮也从市场角度推动了昆德拉作品的大量发行,两者相互作用共同营造了昆德拉作品在读书界与出版界的火热盛况。

---

① 罗蓉蓉,文汝. 出版视野中的昆德拉作品. 重庆科技学院学报(社会科学版),2014(1):89.
② 王宏图. 昆德拉热与文化犬儒主义. 探索与争鸣,2007(3):28.

第三章　昆德拉译介的
主体因素与互动空间

当代外国文学在中国译介的历史中，如我们在上文观察和探讨所显示的那样，昆德拉是一个具有代表性的作家。在 20 世纪的 80 年代末和新世纪之初这两个有着特别意义的时期，其作品在中国的译介不仅在知识界、读书界引起深刻的反响，在普通读者中也有着广泛的影响，而且其影响持续不断。在上一章中，我们对昆德拉在中国的译介历程进行梳理，并在此基础上对影响昆德拉在中国翻译与接受的因素做了有重点的探讨。就此而言，我们有必要进一步说明，在当代译学的发展中，随着我们对翻译本质认识的不断加深，翻译活动已不再被当作语言层面简单的一项转换活动，而是在一个"各种翻译要素相互作用，同时与翻译外部的历史、文化与社会语境相互协力的动态过程"[1]。对昆德拉在中国译介的考察，有必要如高方指出的那样，应该将之"置于包括语言、社会、文化与意识形态在内的各种因素汇集的复杂系统中加以思考与考察"[2]。正是在这样的研究思想的指导下，我们对结合昆德拉进入中国语境中所遇到的有关翻译与接受的问题，就影响昆德拉译介初期的政治因素、意识形态因素及影响新世纪昆德拉译介的伦理因素和市场因素进行了考察和研究。通

---

[1]　高方. 中国现代文学在法国的译介和接受. 南京：南京大学博士学位论文，2008：摘要 6.

[2]　Gao，F. *La traduction et la réception de la littérature chinoise moderne en France* （coll.《Perspectives comparatistes》）. Paris：Classiques Garnier，2016：23.

过研究,我们可以看到翻译活动是在一个复杂多元的语境中展开的,除了影响翻译的外部因素之外,还有起着决定性作用的主体因素。在本章中,我们将集中讨论昆德拉译介与接受过程中的主体活动,考察在文化场域中的主体互动空间与活动形式,重点考察在昆德拉译介中作者、出版者、译者、读者之间的互动关系及其对昆德拉作品传播的推动作用。

第一节　作者、出版者与译者的合力

在以往对翻译主体的考察中,我们主要关注作者与译者的关系。关于翻译的主体,国内翻译界有过深入的讨论,但到目前为止,意见还未统一。在《翻译论》一书中,许钧在"翻译主体论"一章做了较为全面的讨论,指出翻译主体有狭义与广义之分。关于狭义的主体,袁莉在其《关于翻译主体研究的构想》一文中,在法国翻译理论家安托瓦纳·贝尔曼"走近译者"的主张的影响下,认为译者是原作、译作和世界"这个阐释循环的中心,也是唯一的主体性要素"[1]。而著名翻译家杨武能则以丰富的翻译实践为基础,结合对翻译的生产过程的历史考察,在现代阐释学理论指导下,认为除了译者这个主体之外,应该还包括作者和读者。他特别指出:"与其他文学活动一样,文学翻译的主体同样是人,也即作家、翻译家和读者;原著和译本,都不过是他们之间进行思想和感情交流的工具或载体,都是他们的创造的客观。而在这整个的创造性的活动中,翻译家无疑处于中心的枢纽地位,发挥着最积极的作用。在前,对于原著及作者来说,他是读者;在后,对于译本及其读者来说,他又成了译本生产者。至于原著的作者,自然是居于主导地位,因为是他提供了整个活动的基础,限定了它的范围;而译本的读者也并非处于消极被动的无足轻重的地位,因为

---

[1]　袁莉. 关于翻译主体研究的构想//张柏然,许钧. 面向 21 世纪的译学研究. 北京:商务印书馆,2002:406.

他们实际上也参与了译本和原著的价值的创造。"①这是有关翻译主体的两种最有代表性的意见。

最近几年,译学界倾向于将翻译的生产活动置于一个更为开阔的场域中加以考察,除去以往我们研究较多的主体作者、译者、读者外,甚至将出版者也纳入了考察范围。如祝一舒在考察中国文学在法国的译介与传播中,发现出版者在翻译的生产中起到了重要的作用:"在文学对外译介和传播的过程中,出版者起到了巨大的推动作用。从译本的选择,翻译文本的编辑与出版,译本的推广与传播,再到市场的开拓与读者的接受,都是出版者要考虑的问题。出版者在其中自始至终都起到重要的作用。"②本节以此观点为参照,以昆德拉作品在中国的译介为例,就作者、出版者与译者的关系做一探讨。

一、"信任":合力的基础

关于昆德拉在中国的译介,我们在第一章中已经对整个翻译出版历程做了历史的梳理,就整体而言,可以分为两个时期,以中国加入《伯尔尼公约》的 20 世纪 90 年代为界。中国加入《伯尔尼公约》之前的翻译,对于昆德拉来说,那是他不愿看到的一个局面。出于历史的原因,在那个时期,他的作品和其他所有当代外国作家的作品一样,版权没有得到保护。上海译文出版社的赵武平在 2011 年赴巴黎与昆德拉商谈购买版权事宜,他在访问记中用很细腻的文字写下了昆德拉夫妇看到《生命中不能承受之轻》中译本时的尴尬:"我告诉昆德拉,我不仅在伦敦买了《身份》英文版,还带了老早就读过的《生命中不能承受之轻》中译本。'也是海盗本,嗯,想不到。'昆德拉接过书,皱着眉头随便翻了一下,顺手递给维拉。维拉看看书的封面,用铅笔写上'盗版'的字样。塑封很光滑,她写得费劲,

---

① 杨武能. 翻译、接受与再创造的循环——文学翻译断想之一//许钧. 翻译思考录. 武汉:湖北教育出版社,1998:227-228.

② 祝一舒. 翻译场中的出版者——毕基埃出版社与中国文学在法国的传播. 小说评论,2014(2):4.

笔迹模模糊糊。'也许不能叫盗版本',我试图加以辩解,说明中国加入国际版权公约前,这书就已译出。但令我感到汗颜的是,这本初译于80年代的小说,却标明1995年1月初版,而且是补充修订过的版本。"①昆德拉夫妇对盗版的不屑是明显可见的。而赵武平的到访,恰恰是在要赢得昆德拉夫妇的信任,购买到昆德拉作品在中国大陆的简体字出版权的新的历史时期。"信任",是翻译过程中的基础一环。乔治·斯坦纳在其《通天塔之后——语言与翻译面面观》一书中,就将翻译的过程,也就是他所说的"阐释的运作"总结为信任、侵入、吸收与补偿四个步骤。许钧认为:"任何译者在从事阐释活动中,都有一种先验的'信任',相信文本中'存在意义',阐释活动由'信任'始,这在实践上有人类的理解经验为基础,在理论上也为翻译的'可行性'打开了一条通道。因为人类都有理解的需要,而对'理解',对'存在意义'这一原始的信任为人与人之间的交流提供了社会的基础。"②这里指的"信任",就其根本意义而言,是伦理性的。就出版社与作者的译介出版而言,合法性是建立"信任"的基础。而对于上海译文出版社而言,该社作为中国最专业的外国文学出版社之一,有着丰富的经验。赵武平在试图取得昆德拉信任的交谈中,强调的正是这一点,比如昆德拉夫人维拉特别看重的,就是该社"出过格拉斯,多丽丝·莱辛、福克纳和海明威"③。那么,昆德拉在与出版者的交流中,注重的主要是哪些问题呢?在赵武平的访问记中,我们至少可以得到两个方面的信息。一是昆德拉特别关注其作品在中国可能的传播力度,衡量的标准就是出版的印数,就市场而言,就是销售情况。昆德拉问赵武平:"格拉斯,他的哪本书,销数多吗?"紧接着又问:"你估计我的书销路如何?"赵武平对昆德拉的问题自然非常敏感,他特别注意到昆德拉是"关切地问"④。考察一个作家的译介与传播情况,作品的销路是个重要的参照因素。除了作品的传

① 赵武平. 左岸隐士米兰·昆德拉. 文景,2003(4):13-14.
② 许钧. 翻译论. 武汉:湖北教育出版社,2003:98.
③ 赵武平. 左岸隐士米兰·昆德拉. 文景,2003(4):13.
④ 赵武平. 左岸隐士米兰·昆德拉. 文景,2003(4):13.

播可能性之外,翻译的质量是昆德拉关注的第二个重点。而具体涉及与出版者的关系,那就是出版社会选择购买昆德拉的哪些书? 具体文本的翻译会依据哪个版本? 会选择哪些译者? 昆德拉在与赵武平的商谈中,同样也很关切地询问翻译依据的版本是法文本还是英文本。我们都知道,出于政治的原因,昆德拉的作品在其祖国长时间遭禁,而且其早期的作品是用捷克文创作的,这在很大程度上影响了其作品在国际范围的译介和传播。翻译对于昆德拉而言,便有着特别的意义。一方面,昆德拉的作品要产生国际的影响,必须有主流语言的译介,比如英语的译介和法语的译介;另一方面,对于昆德拉来说,作品的销路固然重要,但对于一个以思想见长,以探索小说艺术、探索人类存在的可能性的作家而言,翻译的"真"是第一位的,所以他将译本的质量看作最为重要的一点。赵武平对此显然是理解并认同的。在回答昆德拉关于《生命中不能承受之轻》中译本是不是从法文版译的问题时,他这样写道:"昆德拉对翻译质量的在乎,自然不光是因为这书是他的代表作,更是源自他对粗劣译本的忧虑和恐惧。他是无法知道,这本书的底本,正是他所厌恶的美国版:《生命中不能承受之轻》的美国译本花了我三个月,多么令人厌烦的三个月! 反复阅读自己作品译本,并且参与校对和修订,这样的作家为数甚少,昆德拉即其中一位。只要有细心的译者提问,无论问题大小,他都会耐心释疑。他不愿看到任何细节的错译。昆德拉示意维拉取来小说的伽利玛版本,翻到版权页,给我看上面的一行小字:1985 到 1987 年间,作者和译者合作修订译本。他要求我们的译者,将来一定要以这个版本做底本。"①昆德拉对于翻译所依据的版本的选择,有着明确的态度和要求。基于他对其作品法文译本的积极参与和严格把关,他对法文译本持肯定的态度,而且在法文本上,除标有赵武平所说的上半句外,还有对翻译学者而言具有特别价值的下半句:"与捷克文本具同一的真实性。"②要求翻译之"真",版本的可靠

---

① 赵武平. 左岸隐士米兰·昆德拉. 文景,2003(4):14.

② 许钧. 生命之轻与翻译之重. 北京:文化艺术出版社,2007:66.

是非常重要的因素。而上海译文出版社之所以能赢得昆德拉的信任,其重要的原因之一就是出版社承诺,作品的汉译一律采取昆德拉所认可的伽利玛版本,并选择尊重作者、理解作者、"忠实"于作者的译者。赵武平在回答深圳《晶报》有关出版社在处理昆德拉作品的翻译版权和译介问题的提问时,回答说:"从 2002 年第一次和作者见面,到 2005 年《无知》的出版,这中间我和作者就翻译文本中的各种问题进行的传真通信,累加起来二三百页是有的。对我个人而言,昆德拉对中国翻译家与出版社编辑的尊重和支持,是所有参与 16 部昆德拉作品中文版出版工作的编辑莫大的欣慰。"①上海译文出版社与昆德拉进行了一个 10 年的合作之后,又于 2012 年签订了第二个 10 年的翻译版权合同。可见昆德拉与其作品的中文出版者之间已经建立了非常稳固的合作关系,这对于保证昆德拉中文译本的质量,推进其作品在中国的深度传播和持续研究,起到了不可忽视的重要作用。

二、"求真":合力的共同目标

考察昆德拉在中国的译介,传统的研究首先考虑的应该是原文与译文之间的关系,原文是中心,尤其是传统的文本对比,一切都会指向原文。但如我们在上文所述,在现代的阐释循环中,原文不再处于中心的位置。同时,如果要考察翻译生产的动态历史过程,我们更要考虑到在原文与译文的背后,有作者与译者的在场。在实际的译介与传播活动中,尤其涉及当代文学的译介,作者与译者之间的关系是一个值得特别关注和研究的方面。许多研究在考察助推中国当代文学英译与传播的积极因素时,发现"作家与译者之间的合作与互动因素"是推进作家作品译介与传播的重要因素。在当下的中国文学外译的研究中,译者是考察的重点之一。

在作家作品译介和传播的过程中,有很多有关作家与译者之间密切合作,深化原作理解,不断提高翻译质量的个案。就中国文学外译而言,

---

① 刘忆斯. 赵武平:人人都有自己的昆德拉. 晶报,2014-09-07(A09).

高方就中国当代具有代表性的作家的文学译介问题,与莫言、苏童、余华、毕飞宇、贾平凹、阎连科、池莉、韩少功等作家有过深入的交流。在他们的交流中,几乎每一位作家都谈到他们与译者之间的合作关系。比如池莉,她的作品在法国有持续的译介和广泛的影响,在她看来,与译者的合作是一个重要的促进因素。她在与高方的对谈中,这样谈道:"我几乎和所有翻译我书的译者,都有联系。在翻译期间,联系还会比较频繁。比如德国的,日本的,韩国的,美国的。十几年来一直有比较多联系的,应该是何碧玉教授了。最初何碧玉的名字并不叫何碧玉,那时候我对法文也还很陌生。何碧玉写信联系我,名字是法文缩写,以至于我一直以为她是个男生,直到她在巴黎火车站接我,原来是一个苗条玲珑精致的法国女人。何碧玉身边还有安比诺教授,他也是一个了不起的人。还有邵宝庆教授以及其他几位法国翻译家。他们都被何碧玉团结在一起,前前后后翻译我的多部小说。何碧玉教授的文学感觉特别细腻精准,不放过每一个细节,常常会询问我许多问题,力图让法文版更加完美。这种良好合作,对我来说,就是很理想的关系。我要说感谢都嫌轻浅,我真的很感恩。"①看池莉的谈话,对比昆德拉与译者的关系,我们可以看到一种共性,那就是在原文理解、阐释的层面,译者与作者之间常常会建立一种相互探讨与合作的关系。在上文中,我们看到,无论是昆德拉为《生命中不能承受之轻》的英译本的修订所做的努力,还是他投入心血,与其作品的法译者一起校改译作,都充分地证明了昆德拉对于翻译质量的关注。

昆德拉对翻译质量的关注有其特殊的原因,如我们在研究中所指出的那样,在昆德拉于国际上的文学影响和国内"经典作家"地位的慢慢形成过程中,翻译是一个根本的途径,在很大的程度上,如许钧所说,是"翻译成就了昆德拉"。昆德拉把很多精力投入到与法文本译者的合作之中,把其著作的法文译本视为"与捷克文本具同一的真实性"的文本,这在译

① 高方,池莉."更加纯粹地从文学出发"——池莉谈中国文学译介与传播.中国翻译,2014(6):51.

介史上是少见的案例,说明在文学文本的生命历程中,翻译不仅仅是原文的依附,而可以说是在新的历史与文化语境中拥有的新的生命。对其作品新生命的延续,昆德拉自然非常珍惜。他对于翻译问题的关注,不仅仅表现在对自己的作品翻译的关心和投入,还表现在对一些重要的经典作家在法兰西语境中的译介所存在问题的关注。昆德拉对翻译有着自身的见解,他曾在作品中对译者理解原作、阐释原作和原作的再创作过程中存在的一些倾向做了分析,比如译者往往在词汇的层面有一种"同义词化"的倾向,看似是同义词的简单替换,实际上涉及的是作家意图是否得到深刻理解的有关译介忠实性的原则问题①。

　　昆德拉探讨的翻译问题,在其具有重要影响的作品《被背叛的遗嘱》中有集中的表达,而这部著作的中译本,先有孟湄的译本,后又有余中先的复译。有关昆德拉与中文译者的交往情况,我们注意到,也许是语言的障碍,昆德拉与中文译者之间少有合作的记录,但是他对译文质量近乎挑剔的苛求,确是深入每一个中文译者之心。在翻译昆德拉的中文译者中,有两位重要译者与昆德拉有过交往,一位是翻译《小说的艺术》《身份》《帷幕》的董强,另一位就是翻译《被背叛的遗嘱》《好笑的爱》《告别圆舞曲》的余中先。董强和余中先在回忆与昆德拉交往的文章中,不约而同地强调昆德拉对"自己作品翻译的重视"。董强作为译者,是把昆德拉视为"小说大师"的,对昆德拉自然怀有一份尊重。在回忆与昆德拉交往的文章《走近小说大师米兰·昆德拉》中,董强说是在"经济上与精神上的双重危机"时刻,得知"米兰·昆德拉在高等社会科学研究学院(EHESS)开研讨班,收博士研究生","聆听大师成了唯一的希望与出路",他向昆德拉发了长信,得到他的肯定,"正式成了他的学生"②,建立了精神上的联系。翻译昆德拉,对于董强而言,必须首先理解昆德拉,懂得昆德拉。他在回忆文章中,特别谈道:"昆德拉对于自己作品的翻译十分敏感,而且是极少数几个

① 参阅:米兰·昆德拉. 被背叛的遗嘱. 余中先,译. 上海译文出版社,2011:115.
② 董强. 走近小说大师米兰·昆德拉. 文景,2003(4):5.

对翻译问题提出精辟看法的作家之一。他在《小说的艺术》与《被背叛的遗嘱》中都表达了他关于翻译的真知灼见。昆德拉的文风十分独特。他一方面有善于提炼出惊人的高度凝练的哲学概念式句子的大手笔,另一方面在小说中追求一种浅显、易懂、平和的风格。这位小说圣手主要在强调解读的时候才是形式主义大师,而在语言上抱几乎古典的态度,所以才会对翻译如此高度重视。"①在这段文字中,作为昆德拉的学生也同时作为昆德拉译者的董强,一方面把昆德拉尊为"大师"与"圣手",带有强烈的精神认同感,但另一方面对昆德拉的写作风格与语言追求又有着清醒的理性分析。译者与作者之间存在的深刻的精神联系和译者对作者作品的深刻认识,对于译者的翻译态度、翻译方法和翻译途径的选择,都起着重要的影响作用。董强就昆德拉在中国的译介提出了一个具有根本性的问题:"这次中文版的翻译,也就成了一次考验:如何尽可能忠实地还昆德拉一个本来面目?"提问中的"考验"之说,有着不明言的译学指向,暗含着安托瓦纳·贝尔曼在《异的考验——德国浪漫主义时代的文化与翻译》②一书中所提出的类似"异"的考验的问题。对于如何"尽可能忠实地还昆德拉一个本来面目",董强在理解昆德拉的基础上,"从翻译角度",提出了"两个基本的态度"。他认为"首先,译者本身应是对西方文化的历史与体系十分了解的专家。他应当知道怎么还昆德拉的小说的艺术一个正确的大视野。不管我们中国读者如何通过自己的聪颖与悟性,与他的小说世界如何的认同,译者还是需要一种起码的距离感,高度审慎地区分'此'与'彼'"③。作为译者的董强,在这里表明了译者的一个基本态度,那就是译者要在对昆德拉小说赖以生成的历史、昆德拉小说艺术的视野有深刻了解的基础上,把握昆德拉小说的特质。言下之意,就是在翻译中,不要过分地将"彼"当作"此",拿贝尔曼的话,就是要保存异,区分"他者"与"自

---

① 董强. 走近小说大师米兰·昆德拉. 文景,2003(4):8.

② 详见: Berman, A. *L'épreuve de l'étranger: Culture et traduction dans l'Allemagne romantique*. Paris: Gallimard, 1984.

③ 董强. 走近小说大师米兰·昆德拉. 文景,2003(4):5.

我"。这样的翻译态度或者说翻译观念,对翻译中识别与保存昆德拉小说的独特价值是非常重要的。在董强看来,比如,对中国读者而言,"存在""家园""身体"这些词语也许只是些普通的词语,但对于译者而言,应该清醒地认识到这是一些"带有现象学背景与深度的词",处理起来,要"审慎"。董强所提出的第二个基本态度是,"要将他的虚构的小说与带有理论性的随笔放到同样的价值平面上来看待。昆德拉的最大成就是对小说形式的革新,使得小说这个古老的旧瓶成了一种可以盛现代的新酒的容器。他对小说的钟情是对被他改造了的小说形式的钟情。这一小说形式使他可以顺利地将各种艺术形式都熔于一炉,可以在最抒情的爱情篇章中大段插入评论与'离题',在最大白话的场景中引入诗篇,等等。所以要想理解他,就必须把一些随笔与形式探讨同样看作'创作',是与虚构的、有故事的小说一样有价值的东西",因此,"具体落实到翻译上,就是这两者的语言应当是一致的"①。译者对于作者的全面理解与价值把握,对于译者还"昆德拉的本来面目"是一个基本的保证,中西方的"文化价值体系不同,虽然汉语与法文有许多质上的区别",做好了董强所说的这两点,在他看来,我们就"不会背叛昆德拉"②。董强作为译者,他对于如何理解昆德拉、翻译昆德拉有着明确的追求。在他的回忆文章中,我们可以看到他所强调的那些词语,如"理解""质""文化价值体系""背叛"等等,涉及的都是翻译的一些根本问题。在此意义上来看作者昆德拉与译者董强的关系,可以发现"忠实性"无论对于作者而言,还是对于译者而言,都是一个应该恪守的原则,是一个应该不断追求的目标。也正是在这个意义上,昆德拉对翻译的看重,重在其对"真"的追求。这一要求,与出版者和译者是一致的。

除了董强,译者中与昆德拉有过直接交流的,还有余中先。余中先与昆德拉的联系,也是紧紧地围绕着文本译介活动。余中先对此有文字说

---

① 董强. 走近小说大师米兰·昆德拉. 文景,2003(4):8.
② 董强. 走近小说大师米兰·昆德拉. 文景,2003(4):8.

明："我作为他的《被背叛的遗嘱》《告别圆舞曲》《好笑的爱》三本作品的译者，自然也跟昆德拉打过交道。不过，那只是通过信件和传真，来回提出翻译中的问题和解答。当然，昆德拉先生还在我的翻译过程中，为我寄过这三本书的英译本，希望我能有所参照。"①余中先的这段记载，清楚地表明了昆德拉对译者在翻译中遇到问题时的一贯态度，余中先在翻译过程中通过信件与传真，就文本中遇到的问题，向昆德拉求教，一起探讨，来来回回，这样的关系，对推动译介活动，提升翻译质量是颇为有效的。值得关注的是，昆德拉还向余中先寄了三本英文译本，作为参照。这一举动，也从另一个方面反映了昆德拉对于翻译在其作品的生命延续中所起作用的重视。为了《不能承受的生命之轻》的英译本，昆德拉曾经费了那么多精力，原因也在于此。多一个语种的翻译，就开拓了文本传播的另一个天地。据赵武平介绍，昆德拉对翻译不仅仅是重视，还身体力行，把自己用法文创作的作品翻译成捷克文：昆德拉"花费很多精力，用在翻译《不能承受的生命之轻》等作品的捷克文译本上面。我们知道，在伽利玛出版法文本后，昆德拉要求所有的其他语种译本，都把伽利玛的权威法文本作为翻译底本，即使捷克译本也不例外。比较特殊的是，昆德拉自己承担了自己作品捷克译本的译者——《被背叛的遗嘱》《身份》《慢》《无知》《帷幕》《相遇》和《庆祝无意义》，原作都是用法文写成的"②。从昆德拉给中文译者寄英译本的举动，可以看到不同语言的翻译，哪怕翻译的质量达不到昆德拉的要求，也都有一种参照的价值。需要说明一点，《好笑的爱》的英文译者是著名美国作家菲利普·罗斯，罗斯的《美国牧歌》获美国最高文学奖普利策文学奖，他还获得过美国艺术文学院文学金奖、美国国家杰出贡献奖之小说金奖。2011 年，他又获得了布克国际文学奖。他翻译昆德拉《好笑的爱》，无论就其翻译的动机，还是其翻译的方法和特色，都有探讨和研究

---

① 余中先. 在巴黎约会昆德拉//作从巨. 叩问存在——米兰·昆德拉的世界. 北京：华夏出版社，2005：281.
② 刘忆斯. 赵武平：人人都有自己的昆德拉. 晶报，2014-09-07(A09).

的必要,也确实值得关注和参照。

　　除了与昆德拉来回通信讨论翻译问题,余中先还以文学翻译家身份于 2013 年夏秋季节访问法国,在巴黎约见了昆德拉。在他所写的访问记中,我们特别注意到余中先与出版者赵武平、译者董强一样,都强调了昆德拉对于版本与翻译的重视。余中先这样写道:"昆德拉对自己作品的翻译是相当重视的,他只允许翻译家从他认可的法语版本来译他的作品,而不能从其他版本转译,尤其是不能从英译本转译。"①昆德拉的原则是明确的,而在译者与昆德拉的交流中,昆德拉对于翻译是否"忠实"于原文有着不同一般的关切。余中先与昆德拉约定在他家所在的街上的一家餐馆见面,"刚刚落座,还没来得及点菜,昆德拉便给我看了他带来的法文版《被背叛的遗嘱》,上面画了不少的绿杠杠,他说绿杠杠是这一版跟以前各版相比改动的部分。我拿出中译本给他看,他便问我是不是按他改动过的新版本译的。我说'当然'。他或许是想验证一下,就翻开其中一页,说这是改动最多的地方,只要这一段对了,版本就算对了。我早就听说过昆德拉对其作品译本的挑剔,却没料到他会来这样一手。来而不往非礼也!我便三下五除二地找到相应的中译本段落,像一个口译者,从容不迫地把自己以前从法文译过来的中文句子再回译成法文。昆德拉听了之后连说:'没错,没错!'得到了昆德拉的认可,这使我的虚荣心得到了极大满足,也更坚定了我对翻译的信心。"②细细阅读译者余中先的这段描述,我们可以从多个方面看到作者和译者之间的关系对于翻译的影响或促进作用。首先,从作者的角度看,昆德拉见到译者,最为关心的便是翻译的质量。而对于翻译的质量而言,版本的选择是非常重要的。昆德拉的作品,在各个不同的时期,有时会加以修订,尤其是《被背叛的遗嘱》,有过多次或多或少的修订。昆德拉要求译者从法文本译出,还时刻关注着译文是

①　余中先. 在巴黎约会昆德拉//仵从巨. 叩问存在——米兰·昆德拉的世界. 北京:华夏出版社,2005:283.

②　余中先. 在巴黎约会昆德拉//仵从巨. 叩问存在——米兰·昆德拉的世界. 北京:华夏出版社,2005:282.

否按最新修订版译出,说明了作者对其作品在异域的译介是非常看重且时刻关心的,拿余中先的话说,昆德拉是把这些译作"当成自己孩子一样,生怕别人亏待了它们"①。作者视译本为其作品生命的延续,昆德拉和译者的关系从实践的层面说明了原文与译文之间割不断的血脉的联系,也从本质的意义上说明了作者对于译者,都有着一种忠实性的"诉求"。其次,译者与作者之间,"信任"的关系是合作的基础,也是译文质量提升的一种保证。昆德拉对译文的验证,余中先"从容不迫"地回译,建立的不仅仅是相互信任的关系,对于译者而言,更是一份"信心":对翻译质量的追求与自信。在以往对作者与译者的关系的研究中,基本是从原文与译文的关系角度加以考察的。有学者认为:"翻译家与作家、译作与原作,是翻译中的基本二元关系,由此形成了翻译家的从属性与主体性这一双重特征。"②从我们在上文对于昆德拉与出版者和译者的关系的梳理与分析中,可以看到翻译场域中的关系更为多元。

讨论作者、出版者与译者的关系,主要是围绕着翻译过程中译本转换阶段的活动展开的。从我们在上文对昆德拉与上海译文出版社编辑和有关译者的关系看,昆德拉对翻译的重视与有关翻译底本和翻译质量的要求,跟他的创作与人生的特殊经历有着密切的关系,跟他的作品的译介与传播也有着直接的影响。对于译介研究而言,这是一个值得深入研究的课题。

第二节　译者与译者的对话与交流

在翻译活动中,译者的地位较为独特。许钧指出:"在整个翻译过程中,译者处在一个非常独特的位置上,一方面,他要作为读者去阅读、理解

---

① 余中先. 在巴黎约会昆德拉//作从巨. 叩问存在——米兰・昆德拉的世界. 北京:华夏出版社,2005:287.

② 王向远. 翻译文学导论. 北京:北京师范大学出版社,2004:28.

作者及其创作的作品,另一方面,他又要作为阐释者,通过语言的转换,让作者创作的作品脱胎换骨,在另一种语言中获得新生,以译作的形式去面对新的读者,开创新的阅读与阐释空间。译者之地位的特殊,在于作为原作的一个普通读者,他的理解的深刻或肤浅,全面或片面,准确或错误,那纯粹是个人的阅读,其经验其感受固然可能会在一定程度上为其他读者提供某种参照,但那毕竟是作为个人的阅读经验而存在的;但问题是译者不仅仅是一个普通的读者,他还担负了作者的代言人,原作阐释者的重担,他的声音,他的阐释,即译者用另一种文字所表现的文本,对于不懂原作的众读者来说,则是意欲进入原作世界的唯一通道。"①译者在翻译过程中的独特地位,也在一定意义上,说明了译者在原文本进入新的文化语境的文本转换过程中起着重要的作用。关于译者在翻译活动中的地位与作用,译学界有不少讨论。具体到昆德拉在中国的译介与阐释,我们不仅注意到译者的积极作用,更注意到译者与译者之间的互动关系。在本节中,我们将有重点地结合昆德拉在中国的译介过程,对学界少有关注的不同译者之间的关系展开探讨与考察。

在对于译介与接受的研究中,针对翻译主体身份的考察常常会指向对于翻译动机及翻译选择的探讨。高方在对中国现代文学在法国的译介与接受的研究中,对早期的译介主体有深入的考察,其中涉及标志着中国现代文学在法国译介之开端的《阿Q正传》的译者敬隐渔,论及了罗曼·罗兰与敬隐渔的关系以及罗曼·罗兰向《欧罗巴》杂志主编推荐《阿Q正传》法译文的情况,凸显了敬隐渔对中国现代文学的外译所做的开拓性贡献②。通过高方的研究,我们可以看到鲁迅的翻译在法国是一个不断发展不断推进的过程,其中涉及译者数十位,在各个不同的历史时期起着各自的作用。昆德拉是一个当代作家,他的地位与鲁迅在国内的历史地位也许无法相比,但是就昆德拉在中国的译介而言,译者的作用不可忽视,值

----

① 许钧. 翻译论. 武汉:湖北教育出版社,2006:315.
② 参阅:高方. 鲁迅在法国的传播与研究. 文艺争鸣,2011(9):113.

得特别关注。而高方对于译者身份与作用的考察,对于昆德拉在中国的译介研究在研究途径上具有参照意义。

昆德拉在中国的译介之旅,如果以赵长江、赵锋翻译的短篇小说《搭车游戏》和景凯旋、徐乃健翻译的长篇小说《为了告别的聚会》为其开端的话①,到今年已逾 30 年。这些译者的译介活动,对于国人发现昆德拉,推动昆德拉在中国的持续译介、传播与研究起着开拓性的作用。而著名作家韩少功与他姐姐韩刚翻译的《生命中不能承受之轻》,更是为国人了解昆德拉、研究昆德拉、确立昆德拉在中国的独特地位,起到了无可替代的作用,有评论者认为:"著名作家韩少功(与韩刚合作)翻译的《生命中不能承受之轻》(作家出版社)1987 年 9 月的出版因译者之名把昆德拉带入了更多中国读者、评论者、研究者的视野里。此后之十余年,也便出现了昆德拉的书热卖、昆德拉其人其书被热说热论之腾腾气象。"②昆德拉在中国能得到持续的译介与研究,其根本的原因自然不可能归于"译者"之名,但在译介过程中,一位作家与一位译者的相遇,确实如许钧所言,可以促成一桩美好的"姻缘",形成"历史的奇遇"。作家韩少功翻译昆德拉,对昆德拉而言,是值得庆幸的。然而,2003 年,上海译文出版社推出了昆德拉的全新译本,由此给我们探讨昆德拉的译介提出了新的问题,或者可以换一种角度,给我们提供了译者与译者关系考察的新的可能性。

客观地说,韩少功所做的翻译为昆德拉作品在中国的传播起到了相当重要的作用,因为他个性化的阐释与语言表达为在中国重生的昆德拉赢得了大量读者,以至于在中国今天的市场上,还能不时见到韩少功与韩刚合译的《生命中不能承受之轻》的盗印版。在第一章中,我们对昆德拉在中国的译介过程做了历史梳理。从中我们可以看到,20 世纪 80 年代至 90 年代翻译的昆德拉的作品,在 2002 年上海译文出版社与昆德拉签订了

---

① 赵长江、赵锋翻译的《搭车游戏》发表在《中外文学》1987 年第 4 期上,景凯旋和徐乃健翻译的长篇小说《为了告别的聚会》由作家出版社于 1987 年 8 月出版。

② 仵从巨. 昆德拉与我们(代序)//仵从巨. 叩问存在——米兰·昆德拉的世界. 北京:华夏出版社,2005:3.

版权后,除了个别的作品,几乎全部重译,其中最为根本的原因,就是根据昆德拉的要求,汉译本必须根据他所修订的法文译本来译。根据这一原则,我们可以看到,凡是根据英文本译出的昆德拉中译本,包括由韩少功和韩刚合译、拥有众多读者且在学术界产生了重大影响的《生命中不能承受之轻》,都组织了重译,而根据法文本翻译的,则有选择性地保留了个别译本,如蔡若明翻译的《玩笑》。从 2002 年起,上海译文出版社陆续推出了昆德拉的 16 部作品的中译本。根据英法两个不同版本翻译的昆德拉作品在中国便形成了一个值得关注的现象:一部作品,先后有不同的译者。就昆德拉作品的接受来看,有了对昆德拉同一部作品的不同译本,就有了对译本的评价与认同的问题。而同一部作品的不同译者,比如《不能承受的生命之轻》,前有韩少功、韩刚的译本,后有许钧的译本,台湾有尉迟秀的译本(皇冠出版社)①,他们各自对于作品有怎样的理解?翻译中遇到了哪些问题?他们之间形成了怎样的关系?如何对待不同的译本?这些问题,是讨论昆德拉在中国的译介时应该关注的一些问题。在 20 世纪 90 年代初,法国文学名著《红与黑》一下出现了 10 余个汉译本,就《红与黑》的翻译,曾展开了一次具有重要意义的讨论,学界多有参加,著名翻译家方平先生在为谢天振的《译介学》所写的序言中,就《红与黑》的汉译讨论这样写道:《红与黑》是深受读者欢迎的经典名著,半个世纪来出现了十来种新旧译本,在中国译坛上已初步形成了各具特色的不同艺术流派,其间的是非得失,有待细与评说。1995 年,南京大学许钧教授得到《文汇读书周报》的大力支持,就读书界十分关注的名著复译问题,不失时机地发起了一场面向社会、有读者参加、历时半年的关于《红与黑》汉译的讨论和争鸣(以书面形式为主)。它规模大,历时长,涉及面广,讨论热烈,可说

---

① 市场上还不时可以见到一些其他版本,如 2000 年九州出版社的《生命中不能承受之轻》(译者署名周洁平)、2001 年贵州人民出版社的《生命中不能承受之轻》(译者署名马洪涛)、2003 年时代文艺出版社的《生命中不能承受之轻》(译者署名程一荣),其中有的明显是盗印盗版本。在考虑译者因素时,盗版本的所谓译者自然不在讨论之列。

是新中国成立以来文学翻译界前所未有的盛举,相信会带来深远的影响。"①在这场讨论中,我们特别注意到了不同译者之间的对话,从中可以折射出译者不同的翻译观和对译文的不同处理。

就我们所考察的昆德拉不同的译者之间的关系而言,出于版本和版权的原因,从译本的出版来看,前后的译本存在的关系与《红与黑》多个译本并存的情况有别:从法律的角度看,上海译文出版社购买版权后,以前的译本不能再出版,前后看似是一种"排斥"的,或者说是"替代"的关系。但是从译本的实际阅读与传播来看,先前的译本以纸质本存在,在图书馆和个人藏书中依旧存在,读者的审美期待与个人喜好不同,接受也便不同,不可能出现"替代性"的情况。鉴于此,我们考察昆德拉在中国的译介与阐释状况时,就不能完全割裂前译与后译的关系,就有必要对昆德拉的译者之间的关系及不同译者对昆德拉汉译的思考做一探讨。

一、前译与后译的关系

译介的问题,涉及从文本选择、文本理解、文本阐释、文本转换、文本出版到文本传播的整个过程,我们讨论昆德拉作品的前期译本与后期译本的关系,不能仅仅从文本的转换角度来展开。实际上,对于翻译的研究,传统的研究方法之一就是对比:原文与译文的对比、同一作品不同译本的对比。而对比,主要是从理解和再表达两个层面展开的。这样的静态对比,自然有其语言与文学层面的价值。但是,翻译是跨文化层面的交流,其社会、文化与思想层面的因素,就有可能被忽视。刘云虹就此问题有过深刻的思考,以在中国翻译史上具有代表性意义的林纾与鲁迅的翻译为例,指出不同的研究与思考的视角,会对他们的翻译得出不同的结论:"文学翻译批评从来都不可能是一种简单、直白的'好'或'坏'的评判,也不应该仅凭表面现象就轻率地对译文或译者横加责难。为何林纾用达旨、译述的翻译方法并获得了巨大的成功?为何鲁迅作为伟大的文学家

---

① 方平. 序二//谢天振. 译介学. 上海:上海外语教育出版社,1999:3.

却坚持'宁信而不顺'的主张,哪怕损害译文的可读性也在所不惜? 对于林纾、鲁迅二人所代表的中国翻译史上两个极为重要的翻译现象,与其陷入种种经验主义的二元对立中无法摆脱,多问几个'为什么'显然是非常有必要的。"①讨论前译与后译的关系,刘云虹指出的多问几个"为什么"为我们的思考指向了更为宽阔的思考和评价空间。

作为昆德拉的代表作《不能承受的生命之轻》的译者,许钧对前译采取的就不是一种"排斥性"或"替代性"的态度,而是从翻译的本质出发,对韩少功与韩刚合作翻译的《生命中不能承受之轻》有着高度的评价。在许钧看来,翻译就其根本而言,是一种跨文化的交流活动,文学翻译是原文本在新的文化语境中生命的再生与延续。在中国,一个新译本的出现,从推销的策略看,往往会渲染对于旧译本的超越。后译与前译也常常被媒体炒作为一种对立与替代的关系。许钧既是译者,也是翻译学者,他对翻译活动有着深刻的认识,对于翻译的"历史性"更有着清醒的把握。所以,当上海译文出版社邀请他翻译《不能承受的生命之轻》时,他没有贸然接受,而是加以了认真思考。在一篇谈他翻译《不能承受的生命之轻》的文章里,他回顾了当时有关翻译的一些想法:"2002 年年初,听说上海译文出版社要全面系统地译介米兰·昆德拉,我心里真的很高兴:为中国有今天这样开放的社会政治环境而高兴,更为广大读者能有机会进一步了解昆德拉而高兴。但当赵武平兄邀我重译昆德拉的代表作《不能承受的生命之轻》时,我心里却很犹豫,一是因为当时正忙着写《翻译论》一书,担心出版社催得太紧,时间没有保证;二是韩少功(与韩刚合作)十几年前主译的这部书红遍了大陆和港台地区,担心自己的翻译没有什么突破,为广大读者带不来什么新的东西;三是自己在几年前曾参与过国内有关《红与黑》汉译的大讨论,对文学名著的重译提过了自己的看法,认为文学复译应该有所超越,至少应该对原著有一点新的理解,新的阐释。"②后译与前译的

---

① 刘云虹. 翻译批评研究. 南京:南京大学出版社,2015:245.
② 许钧. 生命之轻与翻译之重. 北京:文化艺术出版社,2007:65.

关系,有着某种割不断的承继的关系,无论在理解上还是在阐释上,前译都有着开拓性的意义。就昆德拉而言,我们都知道,在 20 世纪 80 年代,昆德拉对于中国来说还是陌生的,对昆德拉的文学与思想,在其作品大量译成中文之前,中国文学界知之甚少,是韩少功和韩刚发现了昆德拉作品的特质。在这个意义上,后译只是在原作的基础之上,对原作的理解加以拓展。从文化的角度看,许钧将"复译"视作一种"积累"。面对学界习惯于将原文与译文、译文与译文进行语言层面上的比较,许钧从翻译所可能涉及的各种因素加以考虑,明确地指出:"常有记者朋友问我,'你的翻译与韩少功的到底有什么不同?'要真正回答这个问题,必须要有扎实的文本比较为基础。我不可能在电话采访的仓促作答中或千把字的文章中作一令人满意的回答。但简要地谈,我想至少有三个方面的不同:首先是韩少功与我所依据的版本不同;第二是影响与制约翻译的社会、政治环境和对翻译产生直接影响的一些重要因素,如意识形态因素在今天已经不同,换句话说,今天的翻译环境较之韩少功翻译时已有很大不同,翻译的可能性增多了,当初出于种种原因必须删改或作委婉处理的文字,也许今天就不用删改或处理了;第三是义学翻译是一种再创造,韩少功与我对原文的理解、领悟和阐释必然会有所不同。这种种的不同,想必在翻译文字上会有明确的体现,相信有心的读者会有自己的发现,会有自己的体会,也会有自己的评价。既然文学复译是一种文化积累,前译与后译不应该是一种对立的关系,而应该是一种互补的关系,是一种继承与拓展的关系。韩少功先生的译本为国人了解昆德拉起到了重要作用,而这次重译若能为广大读者进一步了解昆德拉提供新的可能性,就是译者的大幸了。"①细读许钧关于其译本与韩少功和韩刚的译本之间的差异与关系的论述,我们可以发现,译本之间的关系,尤其是有价值的译本之间的关系,是一个不断加深对原作的理解、更加深刻地对原作加以阐释的过程的体现,其中有很多方面的因素在起着作用,包括历史的、政治的和文化层面的因素。我

---

① 许钧. 生命之轻与翻译之重. 北京:文化艺术出版社,2007:67.

们在考察文学的译介历史中,可以看到复译是一个重要的翻译现象,从文化积累与文学生命拓展的角度来对前译与后译的关系加以探讨,无疑可以深化我们对于不同历史阶段的译本和复译的价值的认识。

二、译者与译者的对话关系

对于不少翻译家来说,译者与作者之间的关系,在很大的程度上是一种对话的关系。而同一部作品或同一个作家的不同译者之间,也可以建立一种对话的关系。在中国改革开放以来的外国文学翻译中,当复译成为一种必要,当后译有可能取代前译时,译者与译者之间的关系,便有可能变得非常微妙。但就总体而言,翻译界普遍认识到复译的必然性与必要性。著名翻译家杨武能认为:"时代和社会在不断地前进和发展,语言和审美标准也随之发生变化,哪怕再成功的译本也迟早会过时,会走味,因而必然被新译所取代。"①杨武能是德语文学翻译家,20世纪80年代,在中国社会科学院师从冯至读研究生的时候,他对歌德的《少年维特之烦恼》和郭沫若翻译的版本进行了深入研究,"在研究《维特》这部作品及中译本的过程中,深感产生于60年前的郭老的译本已经失去了当初拥有的巨大魅力,语言也显得陈旧过时,不再能为现代的读者特别是青年接受。于是,在当时掀起的思想解放运动的大背景下,动了重译的念头,为的是使它在中国赢得新的读者"②。名家的译本在前,后译者要想对得起原作者和前面的译者,在杨武能看来,后译或者新译"要真正新,要真正能超越前人的译本,或者至少要得出自严肃的译者之手并具有一定特色"③。

杨武能的观点,受到了《不能承受的生命之轻》新译本的译者许钧的

---

① 杨武能,许钧. 漫谈文学翻译主体//许钧. 文学翻译的理论与实践——翻译对话录. 南京:译林出版社,2010:134.
② 杨武能,许钧. 漫谈文学翻译主体//许钧. 文学翻译的理论与实践——翻译对话录. 南京:译林出版社,2010:133.
③ 杨武能,许钧. 漫谈文学翻译主体//许钧. 文学翻译的理论与实践——翻译对话录. 南京:译林出版社,2010:134.

认同。如上文所述,对于许钧来说,韩少功与韩刚的译本在中国已经产生了巨大的影响,新译本的价值,就在于为广大读者"理解昆德拉提供新的可能性"。基于他对前译的价值的充分肯定,作为后来的译者,为了使自己的新译具有新的价值,许钧主动地向韩少功请教,就翻译观念、翻译方法、翻译障碍,以及对原作的理解等问题,与韩少功展开了对话。这是一场双重意义上的对话。许钧和韩少功的谈话最早发表在《译林》杂志上,题目很明确,就叫《关于〈生命中不能承受之轻〉:新老版本译者之间的对话》①。形式上是一层意义上的对话,两位译者在对话过程中,始终平心静气,相互交流;精神上是另一层意义上的对话,其对话的目的就是深刻地理解翻译,更好地理解昆德拉的作品,走近昆德拉,阐释昆德拉。有研究特别分析了两位译者的视域对翻译的影响,如华东师范大学外国语学院的陈剑就此展开研究,撰写了硕士学位论文《译者的视域——论〈不能承受的生命之轻〉在中国的两次翻译》,作者在论文的摘要中这样写道:"捷克作家米兰·昆德拉的小说《生命中不能承受之轻》在中国的两次翻译,是中国近代翻译史上具有代表性的文化事件。1987 年,中国作家韩少功(与韩刚合作)的首译,在国内掀起了一场阅读和讨论昆德拉的热潮;16 年之后,翻译家许钧教授应上海译文出版社之约重译了这部小说,再度引起了文学界和翻译界对这一译事的讨论。从 1987 年的初译到 2003 年的复译,从作家韩少功到翻译家许钧,这两个译本究竟有怎样的不同之处? 产生这些不同的原因是什么? 对这两次翻译的比较,能够带给我们怎样的启示?"②论文在论述中,也特别注意到了两位译者之间的对话与互动关系。

对于许钧和韩少功之间的这场对话与两个不同译本的特色和价值,高方有过比较深入的研究,她在文章《文学生命的继承与拓展——〈不能

---

① 参阅:许钧,韩少功. 关于《生命中不能承受之轻》:新老版本译者之间的对话. 译林,2003(3):202-205.

② 陈剑. 译者的视域——论《不能承受的生命之轻》在中国的两次翻译. 上海:华东师范大学硕士学位论文,2010:摘要 1.

承受的生命之轻〉汉译简评》中，从两位译者的"翻译选择、翻译观与翻译原则"和前后两个译本的"文本的差异及其成因"这两个重要方面入手，展开了理论的探讨和细致的分析。翻译，是一种发现，是对异域的发现。在翻译活动中主要体现在对拟译文本的选择上。就《不能承受的生命之轻》这一作品的发现与选择而论，高方指出："对于处在文化重建和社会改革热潮中的中国而言，把目光投向与中国具有相同境况的东欧，选择反映这一历史的文学作品来翻译，把它介绍给中国读者，不能不说是站在历史、文化高度上的一种积极选择。但是文学文本的选择，仅仅限于文化层面的考虑是不够的。韩少功的选择，还基于对昆德拉这部重要作品的文学价值的认识，尤其是对昆德拉敢于进行文学革新和探索的精神的肯定。"①相对于韩少功的发现之功，高方认为："许钧在翻译文本的选择上，虽然没有韩少功基于文化和文学双重考虑基础上所表现出的积极性。从某种程度上说，许钧接受上海译文出版社的邀请翻译该书，是在韩少功对原文本的价值深刻理解的基础上，对韩少功的选择的一种认同。正如许钧本人所说的：'韩少功在上个世纪80年代选择翻译昆德拉的《生命中不能承受之轻》，不仅仅需要文学的目光，更需要文化的意识和政治上的勇气。'相比较而言，就文本的选择，韩少功是有自觉追求的勇敢的先行者。而许钧为了'拓展文本解读的可能性'而接受重译，只是一个继承者、拓展者。显然，前者的贡献要大于后者。"②这样的评价，是基于对翻译过程中文本选择的重要性的深刻认识和对两位译者的选择动机与眼光的正确把握才得出的。而关于两位译者的翻译观念和翻译原则，我们通过高方的分析，可以看到两位译者的相通之处，也可以发现两位译者的不同特点。围绕着文本选择、对翻译的理解，以及翻译原则这几个重要问题，该文章对韩少功与许钧的相关思想观点做了梳理和对比，从中明确了三点："一是相对

① 高方. 文学生命的继承与拓展——《不能承受的生命之轻》汉译简评. 中国翻译，2004(2):51.
② 高方. 文学生命的继承与拓展——《不能承受的生命之轻》汉译简评. 中国翻译，2004(2):51.

于许钧,韩少功在对原文的选择上表现出作家特有的社会责任感、文化意识和文学价值的判断力,为中国读者了解昆德拉做出了奠基式的贡献;二是对翻译的理解,两人基本一致,都认为翻译是一种再创造,但韩少功更注重作品的'新生',而许钧更强调译作与原作之间血缘关系的继承与拓展;三是就翻译原则而言,韩少功强调做到'忠实'的困难,而许钧则有明确的原则和自觉的追求。"①翻译的动机和翻译的观念会影响译者翻译的方法,加上两位译者,"一位是当代中国文坛具有相当影响的作家,一位是有着丰富的翻译实践,多年来从事翻译教学与研究的翻译家和翻译理论家"②,在对文本的理解和阐释与再表达的层面,必然会有差异,高方在《不能承受的生命之轻》前后"文本的差异与成因"的考察中,根据译者许钧在《复译是一种文化积累》中提供的思路,从"所依据的文本不同""社会文化语境所提供的翻译可能性不同""对原文的理解与阐释的不同"三个不同的层面展开了细致的分析,最后指出:"文学翻译不是一个纯个人的语言行为,也不仅仅是语言的简单变异,我们若要对不同的版本做出有价值的评价,仅仅靠语言的对比与正误性的判别是不够的,而要结合文本的对比与分析,对影响翻译的各种因素有着客观的把握,在指出文本差异的同时,对产生这些差别的深层原因做出解释。在这个意义上,文学翻译批评的根本目的不是进行优劣的评判,而是要在理论上开拓翻译的可能性,帮助译者在深刻地理解翻译活动的基础上,在实践中探索更可行的翻译方法,使原作生命在新的文化语境中得到拓展与延伸,获得再生。"③通过这样的研究,我们不难看到,在文学译介的研究中,对于译者之间,特别是对于前后译本的译者间关系的考察,有利于对翻译活动的全过程建立起发

---

① 高方.文学生命的继承与拓展——《不能承受的生命之轻》汉译简评.中国翻译,2004(2):52.

② 高方.文学生命的继承与拓展——《不能承受的生命之轻》汉译简评.中国翻译,2004(2):51.

③ 高方.文学生命的继承与拓展——《不能承受的生命之轻》汉译简评.中国翻译,2004(2):55.

展性的观念,更有助于我们正确认识与把握不同译本,尤其是前后译本的价值。

除了昆德拉同一部作品的不同译者之间的互动关系之外,我们在考察过程中,也了解到昆德拉作品的不少译者之间也有交流与探讨,而且这样的交流与探讨有助于深化对昆德拉作品的理解和阐释。在外国文学中译的历史中,尤其是一些名著的翻译,都会涉及译者之间的对话与交流的问题,比如乔伊斯的《尤利西斯》的翻译,普鲁斯特《追忆似水年华》的翻译,其中凸显的一些有关译者关系的问题,值得研究。如《追忆似水年华》的第一个版本是合作翻译的,涉及 15 位不同译者,不同的译者有不同的翻译观念,不同的翻译方法,那么全书的风格如何统一? 为了解决这样的问题,出版社就组织了译者的讨论会。就昆德拉的译者的交流而言,除了《不能承受的生命之轻》新老版本译者之间的对话,我们通过了解,发现译者与译者之间的交流是多方面的,比如法语文学翻译家马振骋与许钧在先锋书店就展开过对话,有报道说:"捷克著名作家米兰·昆德拉最新小说《庆祝无意义》的中文译本,由上海译文出版社正式出版发行。米兰·昆德拉以 85 岁的高龄再著新作,所以该书未出先热,读者格外期待。昨日,该书译者、翻译文学翻译家马振骋和另一位翻译了昆德拉《不能承受的生命之轻》《无知》的许钧,在先锋书店就昆德拉写作的脉络进行对谈。"①另外,昆德拉《生活在别处》的译者袁筱一、《生命中不能承受之轻》《无知》的台湾译者尉迟秀等,以各种不同的形式都有过交流。

通过以上论述,可以看到,翻译是一个跨文化意义上不断积累、不断深入、不断发展的过程。"对原文的理解与阐释,不是一个译者一次就能彻底完成的。尤其是个性强的原作,往往有相对来说比较大的阐述空间,

---

① 黄佳诗. 从《不能承受的生命之轻》到《庆祝无意义》——译者马振骋、许钧对话:昆德拉的意义. 东方卫报,2014-09-15(A12).

需要一代又一代译者不断去挖掘。"①前译与后译的关系,是一个互补的关系,译者之间的交流与对话,对于理解原作、深入阐释、译本传播,都有重要的促进作用。

第三节　译者与读者的互动

近 40 年来,翻译理论探索不断发展,不断深入。较之于传统的翻译理论,其中有一个重要的转变,就是在对翻译过程,尤其是对翻译传播的研究中,对读者予以了特别的关注。如果说传统的翻译研究是以作者为中心,那么当代翻译研究则以更加宽阔的视野,将读者纳入了译介活动的考察之内,且给予其重要的位置。杨武能就认为:"译本的读者也并非处于消极被动的无足轻重的地位,因为他们实际上也参与了译本和原著的价值的创造。"②读者是与文本相对而言的。按常理论,读者面对的是文本,一般都与作者发生或直接或间接的关系。但就翻译而言,一般的读者是面对译本,而非原作,读者是经由翻译而对文本有了阅读的可能,于是与译者便有着不可避免的联系。

一、文本译介中读者的地位

在外国文学的译介中,外国作家常常有机会与中国读者建立直接的联系。考察外国文学在中国的百年史,国外许多重要的作家都到中国访问过,与读者有一定的接触与交流。如在 20 世纪 20 年代,确切地说,在 1924 年与 1929 年,亚洲第一位获得诺贝尔文学奖的印度诗人泰戈尔就先后两次访问中国,尤其在其第一次访问中,与中国文学界有广泛的接触。而在 21 世纪,诺贝尔文学奖得主法国作家勒克莱齐奥多次来中国,甚至

---

① 许钧. 传统与创新——代引言//许钧. 文学翻译的理论与实践——翻译对话录. 南京:译林出版社,2010:14.
② 杨武能. 翻译、接受与再创造的循环——文学翻译断想之一//许钧. 翻译思考录. 武汉:湖北教育出版社,1998:228.

应邀到南京大学讲学,在讲学期间,先后到国内近十所大学以及图书馆为普通读者做公开演讲,在上海读书节期间,他为读者签名,与读者交流,还到中学去与中学生交流。这些活动对于促进其作品在中国的阅读和理解,有着不可忽视的直接作用。然而,就昆德拉而言,出于其个人原因,他很少与读者直接打交道,对于中国读者而言,无缘与他见面和交流。而在他看来,读者读他的书便可,在他的书上,对他本人的介绍,他认为都是多余的,比如在其作品的中译本上,经他授权,只能看到一行字的介绍:米兰·昆德拉(1929—   ),小说家,出生于捷克斯洛伐克布尔诺,自1975年起,在法国定居。除此介绍之外,据出版者赵武平介绍,昆德拉不允许中文译本有任何形式的副文本,比如译序、译后记、出版者的话、作品简介等等。也许,他要读者直接面对他的作品,让读者不受影响地独立阅读。因此,排除了与读者的直接接触与交流,译文便成了连接作者昆德拉与广大读者的唯一载体。昆德拉之所以对译文的要求很高,其原因也许就在于此。而对于我们的研究而言,读者是经由译文去阅读昆德拉,理解昆德拉,对于译文便也有期待和要求。鉴于昆德拉作品译介在中国的具体情况和读者对于译文的特别关注,我们在本节中,将着重讨论译者与读者的关系。

与作者、编者、译者相比,读者是一个很宽泛的概念,有显性的读者,也有隐含的读者。按照接受美学的观点,读者对于作品的理解与阐释,实际上是参与了作品的再创造。萨特对此有深刻的论述,在他看来,作家"只有通过读者的意识才能体会到他对自己的作品而言是最主要的,因此任何文学作品都是一项召唤。写作,这是为了召唤读者以便读者把我借助语言着手进行的揭示转化为客观存在"[1]。著名作家、茅盾文学奖获得者陈忠实对读者之于作家的积极作用也有深刻的认识,他在讨论《白鹿原》的创作过程中给汪健的回信中说:"对于作家来说,他是用作品和这个世界对话的,作品其实就是他的从生活体验进而到生命体验的一种展示,

---

[1] 让-保罗·萨特. 萨特文学论文集. 施康强,译. 合肥:安徽文艺出版社,1998:101.

而展示的最初的和终极的目的都是为了与读者进行交流和沟通,能与读者完成这种沟通和交流才是作家劳动的全部意义所在。进一步说,文学沟通古人和当代人,沟通着不同肤色操不同语言的人。沟通心灵,这才是从事文学创作的人痴情矢志九死不悔的根本缘由。"①文论家姚斯从文学作品生命生成的角度,对读者的重要性做了这样的阐述,"文学作品的生命体现在不同时代读者对其意义的重新阐释与认识上",一部有独特价值的文学作品,总是"渴望读者阅读、希求与接受者对话"②。在文学翻译与传播的整个过程中,读者也是以各种不同的形式,或直接或间接地参与到译介活动中去,有时还起到非常重要的影响作用。因此在我们对昆德拉的译介研究中,一方面我们要关注昆德拉的作品在中国的翻译,尤其是接受途径,另一方面要考察读者是怎样参与这个译介活动的,又呈现出怎么样的参与性接受姿态,有何积极的价值。对于第一方面,我们在第一章做了部分的梳理,在第四章将集中讨论昆德拉的接受、传播途径。而对于读者在昆德拉译介过程中的参与及影响,则是本节考察的重点。

对于译者而言,读者的期待与读者的审美需求,是一个在翻译活动中起着重要作用的影响因素。著名翻译理论家奈达在对翻译活动进行定义时,就把读者反应的因素考虑在内。在中国的翻译理论研究中,曾虚白对读者的作用就有自己的理解,他提出:"我们译书的人应该认清我们的工作之主因,是为着不懂外国文的读者,并不是叫懂得外国文的先生们看的。……所以我们训练的进行应该就着这一班人的心理来定我们的方针。"他认为,"我们应该拿原文所构成的映象做一个不可移易的目标,再用正确的眼光来分析它的组织,然后参照着译本读者的心理,拿它重新组合成我们自己的文字"③。在《翻译中的神韵与达——西滢先生〈论翻译〉的补充》一文中,曾虚白还特别强调:"至于翻译的标准,应有两重:一在我

---

① 陈忠实. 关于《白鹿原》的通信. 深圳特区报,2016-05-05(B1).

② 转引自:王岳川. 后现代主义文化研究. 北京:北京大学出版社,1992:54.

③ 转引自:陈西滢. 论翻译//罗新璋,陈应年. 翻译论集(修订本). 北京:商务印书馆,2009:478.

自己,一在读者。为我自己方面,我要问:'这样的表现是不是我在原文里所得的感应?'为读者方面,我要问:'这样的表现是不是能令读者得到同我一样的感应?'若说两个问句都有了满意的认可,我就得到了'神韵',得到了'达',可以对原文负责,可以对我自己负责,完成了我翻译的任务。"①曾虚白的观点和理论与奈达的读者反应观有相通之处,值得指出的是,曾虚白是在 1929 年提出的,比奈达要早近半个世纪。以此读者观为参照,我们再去检视昆德拉译介活动,可以更为深刻地认识到读者与译者之间的互动的重要性。如曾虚白所论,在译者的翻译活动中,读者的影响是深刻存在的,他的"二为"论,强调的是译者对原文的感应与读者对译文的感应的一致性。但是,我们也应该看到,在当今社会,由于教育的发展,在当代中国,昆德拉的读者中懂英语的大有人在,懂法语的也有,因此译者面对的不仅仅如曾虚白所说,是不懂外文的"读者"。而且,译者对原文的理解与感应还存在是否符合作者意图和文本意义的问题,对此,当代中国不少懂外文的读者时刻都有可能参与到讨论中来,提出不同的意见,何况有不少昆德拉译文的读者是专家,是昆德拉的研究者。此外,昆德拉的作品在中国还有不同时期的译本,对后来出版的译文的阅读和接受,还有前译为参照,因此译者与读者之间便形成了多种互动的可能。

二、读者批评之于译者的作用

与别的作家在中国的译介活动有所不同的是,由于昆德拉在中国的关注度很高,其主要作品的英文本在中国又有很大的市场,加上网络的传播力,对昆德拉作品的接受不同于一般情况,因此除了读者对作品的阅读与阐释之外,读者还对翻译本身予以了特别的关注。就译者而言,读者的接受心理,尤其是对前译的接受习惯,以及广大读者在前译的影响下对原作的审美期待,在翻译活动中,都是应该关注和考虑的因素。考察读者对

---

① 曾虚白. 翻译中的神韵与达——西滢先生《论翻译》的补充//罗新璋,陈应年. 翻译论集(修订本). 北京:商务印书馆,2009:489-490.

于翻译问题的关注与参与,我们充分注意到了文本的批评对于开拓翻译的可能性、促进对原文的理解的重要作用。

就我们目前掌握的材料看,从翻译的角度对昆德拉译本的批评,与对昆德拉作品的理解与阐释相比,要少得多。但是就文本批评对翻译的作用而言,专家型读者对于译本的批评和商榷有着独特的价值。刘云虹对翻译批评的功能有深入的思考和研究。她认为,翻译批评一方面有对"译者"的指导功能,"翻译作品不仅体现译者的技巧、能力,更包含着他对翻译的态度和立场。译者具备了相当的语言能力和审美情趣,这并不意味着他一定能够奉献出令人称赞的译作。因此,鼓励译者在翻译过程中进行能动的再创造并使之保持在适度的范围内,避免一切因主观性而可能导致的理解、诠释的过度自由或盲目,这些都是翻译批评必须承担的重任,翻译批评责无旁贷地应当给予作为翻译主体的译者更为深切的关注,引导翻译行为走向成熟与自律"①。另一方面,翻译批评也有对"读者"的引导功能,她指出:"批评者凭借自身的审美感悟能力和翻译专业知识,向读者传达自身的阅读感受和审美体验,为读者提供一种或几种理解原文意义和译文意义的可能性,并鼓励和引导读者积极发挥其主观能动性,对译作进行不同角度、不同层次的创造性解读,以吸引读者充分享受阅读的乐趣,进而促使更多的人喜爱翻译作品,关注翻译事业。"②刘云虹指出的翻译批评之于译者与读者的作用,为我们考察昆德拉作品的翻译提供了可能的路径。对于韩少功来说,他和韩刚合作翻译的《生命中不能承受之轻》发表之后,在大陆和台湾有广泛的传播。就翻译本身而言,学界有一些批评和商榷,高方对此有所关注,在她简评《不能承受的生命之轻》的两个版本的翻译时,特别注意到萧宝森和林茂松两人合作,从"文法、语序、字词、语言、隐喻、注释"等六个方面对韩少功、韩刚的译本与其依据的英文本进行的对比与分析,这篇批评文章针对的就是韩少功、韩刚译本所存

---

① 刘云虹. 翻译批评研究. 南京:南京大学出版社,2015:216.
② 刘云虹. 翻译批评研究. 南京:南京大学出版社,2015:218.

在的问题,而且提出了比较严肃的批评:"译文文笔优美生动、简洁流利,这或许与两位译者本身皆从事写作工作,驾驭文字的功夫纯熟有关。然而书中的错误却也不可胜数。该书共分七章,在第一章中,韩本明显误译之处居然达 40 处之多,其他值得商榷之处更是不胜枚举。这些谬误虽然部分可能是因匆匆赶译、忙中有错所致,但比例仍然偏高。由错误的性质我们可以发现,以从事翻译工作者应具有文字素养而言,韩本译者对英文的理解程度实嫌不足,时常发生误解原意的现象,形成读者在了解原作过程中的严重障碍。"①对于如此严厉的批评,作为译者的韩少功没有抵触,而是从积极的方面予以肯定。他还根据读者的一些批评和建议,对译文做了修订。在与许钧的对谈中,他诚恳地表示:"修订版也在台湾出版 10 来年了,我这些年忙着一些别的事,说实话,没有工夫考虑这本旧书。如果还有人指正,再版时还乐意继续吸纳正确的意见,力求好一点。"②这是文本的批评之于译者的作用。而翻译批评对读者的引导作用,在高方的批评中有明确的体现。比如,她在评论中就昆德拉作品中一些有着深刻的"哲理意味"的词语的翻译做一认真的对比分析,她指出:

> 在全书的翻译中,韩少功对"轻"这个具有统领全书精神作用的关键性的哲学词语,在处理上显得比较随意,常用"轻松"轻易替换"轻",失去了原文表达中那种凝重而深刻的哲学意味。在书中,除了生命之"轻"与"重"的对立之外,还有与之相联系的生命的"偶然"与"必然"的对立。轻为偶然,重为必然。书中反复出现的那个"非如此不可"(Muss es sein)的音乐动机,便是对生命之必然的一种拷问与质疑。在该书的第一部分的第 17 章,小说以富有哲理的语言谈论爱情的偶然与必然,在不足一千字的叙述中,我们发现"偶然"一词在许钧

---

① 萧宝森,林茂松. *The Unbearable Lightness of Being* 两个中译本的比较分析//李凤亮,李艳. 对话的灵光——米兰·昆德拉研究资料辑要(1986—1996). 北京:中国友谊出版公司,1999:733.

② 许钧,韩少功. 关于《生命中不能承受之轻》:新老版本译者之间的对话. 译林,2003(3):205.

的译本中先后"十次"出现,并围绕着"偶然"一词,用了"突然""自然
而然"等词加以铺垫,将"突然""偶然"与"自然而然"和"必然"连成了
一条线,以传达原文"偶然"与"必然"之间的联系。而在韩少功的译
本中,我们看到了"机缘""机会""碰巧"与"偶然"等多种表达,明显重
表达的文学性,哲学的意味并不像许钧的译本浓重,两者的差异十分
明显。这种差异在前文提及的关于两元对立的词语表述中也同样可
见,对比韩少功笔下的"光明/黑暗,优雅/粗俗,温暖/寒冷",与许钧
笔下的"明与暗、厚与薄、热与冷",意义上的差别暂且不论,单从词语
含义而言,韩译多色彩,导向"感性世界",而许译冷峻,导向"理性世
界"。①

　　细读这段评论文字,我们可以看到,这样的批评不仅仅对于译者的翻
译与词语处理有参照作用,而且对引导读者从词语层面去加深对原文的
理解,也不无积极的作用。

　　读者对于翻译的关注,在昆德拉作品汉译中表现得尤为突出,这在其
他作家的翻译中比较少见。究其原因,应该说有两个方面值得考虑:一是
翻译是一个不断深入不断发展的过程,如我们在上文所讨论的那样,前译
与后译之间形成一种互动的关系,前译如果在读者中产生过广泛的影响,
后译便要经受考验,经受来自读者的批评。这样的批评往往是以前译为
参照,对后译提出的批评。其二,昆德拉在中国具有重要的地位,在他的
作品于中国有了译介后,国内有很多读者成了他的"粉丝",加上昆德拉的
作品的英译本在国内流传,许多读者可以根据英译本和前译本对后来问
世的译文进行批评。我们特别注意到,在文学翻译的接受过程中,前译一
旦形成影响,在读者的接受中便成为一种"约定俗成"的力量,后来译者的
相关改动,哪怕在意义的传达上更准确,更符合原意,都有可能受到读者
的批评,乃至抵制。浏览网络上有关昆德拉在中国译介的一些报道或材

---

① 高方. 文学生命的继承与拓展——《不能承受的生命之轻》汉译简评. 中国翻译,
　2004(2):54.

料,比如昆德拉的代表作 *L'insoutenable légèreté de l'être*（英文译名为 *The Unbearable Lightness of Being*）的书名的翻译,因为韩少功与韩刚的译本在前,其翻译的《生命中不能承受之轻》被广大读者所接受,而且这一句式被媒体所喜爱,很多文章的题目都借助这一句式,已经沉淀为接受者的"昆德拉记忆"。关于书名的翻译,韩少功与许钧的对话中有讨论,这里不再赘述。问题是当许钧根据法文版书名,将《生命中不能承受之轻》改为《不能承受的生命之轻》后,昆德拉的一批老读者便予以反对,有的读者在网络讨论版留言,说凭许钧改了书名,就不接受新版。译者对于读者的意见自然会考虑,但译者也有其遵循的原则。许钧的翻译有着明确的原则:翻译以信为本,求真尚美。他坚持自己的原则,在不同场合多次与读者交流,阐述他修改书名的原因:

> 翻译昆德拉的困难绝对不仅仅限于文字转换的困难。作为复译者,我充分认识到,文学复译是一个文化积累的过程,韩少功的翻译为昆德拉在中国的被接受与传播起到了重要的作用,他的文本经由广大读者的接受而融合了中国文化的语境。作品的译名,有些关键词的处理,一旦被读者接受,就难以改变,哪怕当初译得并不贴切。在这个意义上,我在翻译中,应该说是充分尊重读者的选择的,像书名,尽管就意义与精神的传达而言,用"存在"远比用"生命"准确,但我还是保留了"生命"的译法。但由于"生命中……轻"与"生命之轻"在意义上有着巨大的差异,就如"生命的长与短",并不能等同于"生命中的长与短"一样,我还是冒着对"读者不敬"的危险,作了改动,将《生命中不能承受之轻》改译为《不能承受的生命之轻》,以传达昆德拉直面生命的拷问,但愿广大读者能理解我的良苦用心。①

作为复译者,面对前译在读者中间产生的巨大影响,许钧既考虑读者的接受心理与汉语的表达习惯,但同时又坚持原则,将自己改译书名的

---

① 许钧. 生命之轻与翻译之重. 北京:文化艺术出版社,2007:66-67.

"用心"袒露给广大读者,与他们一次次交流。随着时间的推移,许钧翻译的新书名因更切合昆德拉作品的原义,逐渐被学界和广大读者接受。这样的一个过程,充分地说明了翻译是一项具有"历史性"的跨文化交流活动,读者与译者之间的交流互动,有助于深化对原作的理解,也有助于提升翻译的质量。

三、译者的求真与面对批评的积极回应

读者与译者的交流的互动性,并不表现在两种观点的一致。不同观点的交流或交锋,都是一种互动性的体现。就昆德拉作品的翻译本身而言,我们发现有的读者的观点非常犀利,批评也很尖刻。比如昆德拉的《被背叛的遗嘱》的新译文本问世后不久,读者反应强烈,在国内新闻界很有影响力的《新京报》于2004年8月6日与8月14日连续发表读者评论文章,第一篇的题目为《对米兰·昆德拉的强暴》。单就批评文章的题目,便可见评论者的尖刻。该文署名卡尔文,在文中,作者对《被背叛的遗嘱》的前后两个译本进行了比较,挑选了有关段落,对新译本的译者余中先的译文提出了尖锐的批评。该文首先认定昆德拉的这部书已经"有着令人百看不厌的出色译本,翻译者孟湄。"然后写道:

> 我们先来欣赏一段由孟湄所作的译文:"……今日小说生产的大部分是由那些在小说历史之外的小说组成的:小说化的忏悔,小说化的报道,小说化的清算,小说化的自传,小说化的披露隐私,小说化的告发,小说化的政治课,小说化的丈夫临终之际,小说化的父亲临终之际,小说化的母亲临终之际,小说化的失去童贞,小说化的分娩,没完没了的小说,直至时间的终结,说不出任何新的东西,没有任何美学的雄心,为我们对人的理解和为小说的形式不带来任何变化,一个个何其相似,完全可以在早晨消费,完全可以在晚上扔掉。"

> 重复的精心设计与顺畅的节奏相结合,使得叙述的形式与内容充分融合为血与肉的关系。而译文正是恰到好处地表现出了这一关系,使我们非常清晰地把握住作品的思路与表达方式。

我们再来看看新版余中先先生的译文："……今天绝大部分的小说创作都是在小说史之外的作品：忏悔小说、报道小说、付账小说、自传小说、秘闻小说、揭内幕小说、政治课小说、末日丈夫小说、末日父亲小说、末日母亲小说、破贞操小说、分娩小说，没完没了的各类小说，一直到时间的尽头，它们讲不出什么新东西，没有任何美学抱负，没有为小说形式和我们对人的理解带来任何的改变，它们彼此相像，完全是那种早上拿来可一读，晚上拿去可一扔的货色。"

这位余先生竟能在弹指之间将一支乐曲的美剥得精光，却又洋洋洒洒不动声色地从头翻到尾。我想请问余先生，什么叫作"末日丈夫"？"末日父亲"？"付账小说"？"末日母亲"……？有哪个疯子能理解这些词汇的确切含义？①

批评者的口气看去十分激烈，而且在批评中还用了"强暴"昆德拉的语句。在这篇文章见报一个星期之后，又见另一篇署名鲁平原的文章，题目叫《"分娩小说"与翻译怪胎》，文章还是就卡尔文列举的那一段，对翻译提出批评，继而表达了作者对优秀翻译的怀念："这不得不让我又一次念想到那些名字：傅雷、戈宝权、田德望、周煦良、卞之琳、罗大冈，还有郝运、草婴、王了一……那些曾经给我最美好的异域梦幻的翻译家，那些给害怕外国文学的人以阅读信心和美好体验的翻译家，那些不仅熟通外文更能精通异域文化、文学造诣颇高的翻译家。只是，他们或已逝去，或已苍老，笔墨久搁，让我们徒留空洞的悲哀。"②读了这样的文字，我们可以做出这样的判断：这两位批评者都是外国文学的忠实读者，对外国文学有着出自内心的喜爱，对优秀的翻译家有着难得的崇敬之情。卡尔文对孟湄的译文是"百看不厌"，认为其是"出色"的，他表达的是"欣赏"。作为一位有着责任感、不断求真的译者，面对读者对外国文学的这份热爱，译者余中先没有计较文章尖刻的语气、尖锐的批评，而是以求真的态度，做出了积极

① 卡尔文. 对米兰·昆德拉的强暴. 新京报, 2004-08-06.
② 鲁平原. "分娩小说"与翻译怪胎. 新京报, 2004-08-13.

的回应。又是相隔一个星期,同样在《新京报》上,我们读到了余中先的回应文章,题目也很醒目:《余中先:更正我的一段翻译》。余中先是我国著名的法语翻译家,在国内读书界具有很大的影响。《被背叛的遗嘱》是昆德拉很重要的作品,译者又是翻译界的著名译家,有关翻译的批评,自然也引起了比一般的作品或译者要高得多的关注度。余中先从尊重读者、理解读者的态度出发,直面自己的翻译,欢迎读者的批评:"从《新京报》上读到了卡尔文和鲁平原对我所翻译的昆德拉的《被背叛的遗嘱》的批评意见,我觉得很高兴,严格意义上的文学批评就应该如此一针见血。"基于对批评的这一态度,余中先坦诚地承认了自己译文出现的问题:"见到批评文章后,我又翻阅了一下原著,发现我的这一段译文确实大有问题。"然后,他又认真分析了出现错误的原因:

> 关键的问题是对"romancé"一词的理解和转达。这个词来源于"小说"(roman),可以理解为"把……写成小说体裁""使之小说化"。孟湄女士的译本对这一段的处理很好,把这个词译为"小说化的";当然也可以译成"小说式的"或"写成小说模样的";而我的译本把它们译成"××小说",则十分生硬,尤其妨碍理解。而且,仅只这一个词,在原文中重复了十二次,于是在译文中形成了十二次别扭。①

余中先分析了原因之后,又谦逊地参考了孟湄的翻译,对译文做出了更正:

> 卡尔文的文章中批评我"洋洋洒洒不动声色地从头翻到尾",而竟然没有觉察到译文中完全没有了美感。这种说法是有一定道理的,至少就这一段译文而言。
>
> 在借鉴了孟湄女士的译文后,我认为,这一段应该翻译成这样:"今天绝大部分的小说生产都是在文学史之外的作品:小说化的忏悔、小说化的报道、小说化的清账、小说化的自传、小说化的透露秘

---

① 余中先. 余中先:更正我的一段翻译. 新京报,2004-08-20.

闻、小说化的揭发、小说化的政治课、小说化的丈夫临终、小说化的父亲临终、小说化的母亲临终、小说化的破贞操、小说化的分娩,没完没了的各类小说……"①

余中先还明确表示:"我要感谢卡尔文和鲁平原等批评者。如有再版,以上这一段文字一定会改过来的。当然,在今后的翻译工作中,我会做得更加认真些,力求对得起读者。"②在上文中,我们不厌其详地介绍有关《被背叛的遗嘱》中译的批评,大段地引用两位读者和译者的文章,目的在于忠实地再现读者与译者之间的关系,凸显批评与被批评之间那种深刻的互动性的价值。译者余中先从批评中想到的是"力求对得起读者",是在作品再版时"更正"译文。这样的互动关系,开拓了翻译的可能性,也为读者能够读到更符合原作精神、"神韵"的译文提供了可能性。尤其余中先作为在国内翻译界享有盛名的翻译家,面对读者的批评所表现出的大度与求真的勇气,对中国翻译界,具有典范性的意义。

译者与读者的关系,是多方面的。我们在本节着重讨论了译者与读者围绕翻译本身的互动关系,其中凸显的价值,对我们国内有关翻译的讨论有着重要的参照性,比如前些年围绕马尔克斯的《百年孤独》的新旧译本的争论、村上春树作品的不同译者的翻译的讨论,或许可从中获得某些启示,有进一步加以检视和思考的必要。

第四节　主体因素与互动空间

在上文中,我们就昆德拉译介的主体及其关系做了考察、论述与分析。如我们在本章研究开始前所说明的那样,关于翻译主体,我们取的是广义的界定。实际上,关于翻译主体的界定,与对翻译本质的认识密切相关。我们在对昆德拉在中国译介、传播与阐释的考察中,将翻译看作一个

---

① 余中先. 余中先:更正我的一段翻译. 新京报,2004-08-20.
② 余中先. 余中先:更正我的一段翻译. 新京报,2004-08-20.

动态的过程,而不是一种静态的结果。法国哲学家布尔迪厄对文化产品的生产有深入的考察与思考。他对文化产品的分析,尤其是对社会场域的揭示,可以为我们的研究提供有益的参照。旅法哲学家高宣扬对布尔迪厄的社会理论做过系统的研究与分析,他认为,布尔迪厄"把文化再生产过程看作充满可能性的生命运动。如果把文化产品仅仅当作文化生产过程的一个结果,文化生产过程中的一切可能性就将因活动的中止而消失殆尽。布尔迪厄认为,可能性是文化再生产的实际生命的重要表现和重要活动。严格地说,文化再生产的生命之所以充满着活力,就在于它的任何一个刹那,都存在着或包含着多种多样的可能性"①。布尔迪厄对于文化生产活动生命力的重视,尤其是对"可能性"的论述,在很大程度上,与昆德拉对文学生命的理解是相通的。对于昆德拉而言,小说写作的主要任务,就是拓展人的存在的可能性。而与此一致的是,对于我们的译介研究而言,尤其是翻译批评而言,其主要任务就是开拓翻译的"可能性"。在这个意义上,我们将翻译看作一个不断变化、不断运动、不断发展的过程,而正是从这个过程中去考察,才有可能发现参与译介活动的,不仅仅有原文背后的作者和译文背后的译者,还有出版者、读者等重要的主体因素。

　　基于对译介活动多主体因素的认识,我们在上文中,结合昆德拉在中国译介的实际状况,从三个大的方面,就作者、出版者与译者,译者与译者,译者与读者的关系做了有重点的梳理与分析。应该进一步加以说明的是,这样的安排既有方便论述的考虑,也有分析重点的选择,但这三个方面的关系,不是单向的关系,而是呈现出一种多向度、多变化的关系。比如在我们的考察中,没有就出版者与译者之间的关系做专门的梳理与分析。此外出版者与读者之间也存在着各种联系。为了进一步探寻参与昆德拉在中国译介的各种主体因素的相互关系与合力,我们有必要将译介活动置于一个互动的空间里加以考察。

---

① 高宣扬. 布迪厄的社会理论. 上海:同济大学出版社,2004:52.

要探讨论及译介活动各主体因素的互动,我们意识到,互动必是在一定的"空间"中展开的。如果说翻译活动是一项跨文化的交流活动,那么其活动就会受到"文化空间"的影响。对于"文化空间",学界有明确的界定,有其特定的含义。我们在此仅仅取其相对来说比较狭窄的含义,看看在昆德拉的译介与传播过程中,出版者、译者与读者是在一个怎样的活动空间和具体的交流活动中形成互动关系,并推动昆德拉作品的接受的。

在以往对于外国文学作品译介与接受的研究中,我们往往只重视纸质文本的销售与阅读,而忽视了对参与译介活动的主体在不同的文化空间的互动活动。译文一旦问世,便进入流通的环节,其传播的推动要借助于一定的交流空间与活动形式。我们之所以在研究中,与以往的研究路径不同,就昆德拉的译者、读者、出版者在昆德拉的中文译本进入流通环节之后的互动空间与活动形式做一探讨,主要的目的有二:一是拓展译介研究的视角;二是通过这样的观察与研究,为推动外国文学译介与接受开拓有益的渠道,优化互动的交流空间。

通过我们对昆德拉作品译介与接受的考察,我们发现图书馆、学校、书店、图书展会、读书会等等,构成了具有促进作品接受与传播功能的重要的活动空间或互动形式。在学界论及"文化空间"的探索中,图书馆是常被学者提及的一个主要的"公共文化空间"形式,其中王晴认为:"作为公共文化空间的重要形式之一,图书馆在文化服务中发挥了重要的作用,已经成为公众生活中不可或缺的场所。图书馆作为公共文化空间表现出了伦理性、社会性和人文性等诸多价值特征。"[①]关于图书馆,博尔赫斯有句名言:天堂应该是图书馆的模样。图书馆这一场所汇聚了人类文化的结晶,使人类精神得以交流、人类知识得以传承。作为公共文化空间,图书馆有着重要的象征力量,向读者发出呼唤,在博尔赫斯所言意义上的这一公共文化空间里,人们与故去的哲人、智者交流,传承知识,进而促进知

---

① 王晴. 论图书馆作为公共文化空间的价值特征及优化策略. 图书馆建设,2013 (2):77.

识的生产和精神的交流。在外国文学的译介与传播过程中,图书馆这一公共文化空间发挥了重要作用,成了既具有象征意义也有着巨大召唤力的互动场所。在考察文学译介,尤其是中国文学外译的一些研究文章中,在分析作品的影响力或接受度时,图书馆的馆藏,成了一个重要的衡量因素。比如谢天振指导的博士生在考察霍克思与杨宪益的《红楼梦》译本的影响力或接受度时,就用了有关的数据:"以馆藏量为依据,以美国伊利诺伊州(Illinois)为样本,全州 65 所大学的联合馆藏书目(I-Share)表明,13所大学存有霍克思译本,只有两所大学存有杨译本。"①图书的馆藏数量、图书借阅的记录、阅读者的身份、阅读的动机等等,实际上都可以成为我们考察译介接受与影响力的重要因素。

尤其值得注意的是,在图书馆这个公共文化交流空间里,常常举办一些重要的交流活动,比如作者与读者的交流、译者与读者的交流、研究者与读者的交流。昆德拉在中国的译介,也充分利用了这一互动空间。据我们所了解,2002 年上海译文出版社得到昆德拉的 13 种作品的正式授权,昆德拉作品的新译问世之后,图书馆是译者与读者交流互动的重要空间。单以百度搜索到的有关消息,就可以看到国内各地有不少图书馆(或类似图书馆的公共文化空间),都组织以讲座为形式的读者交流活动。以上海为例,如在上海图书馆、上海长宁图书馆等,举办多场讲座,就法国文学在中国的译介组织了多重形式的交流活动。《不能承受的生命之轻》问世的当月,新版译者就受上海书城邀请,做了有关这部作品的讲座。次年,即 2004 年 8 月,许钧又受上海图书馆邀请,在上海图书馆做了题为"翻译与理解——谈《不能承受的生命之轻》"的公开讲座,数百名读者参加了活动,形成了深入的互动。2014 年 11 月 8 日,昆德拉《庆祝无意义》的译者马振骋在上海书城就《庆祝无意义》一书的理解与读者分享自己的心得。2016 年 9 月 24 日晚,第十八期"上海译家谈:译家——读者文学沙龙"在上海长宁图书馆举行,该沙龙由上海翻译家协会与长宁图书馆共同

---

① 转引自:谢天振. 超越文本　超越翻译. 上海:复旦大学出版社,2014:241.

举办。昆德拉的译者许钧、袁筱一和法国文学研究专家杜青钢,就当代法国文学译介、翻译和文化交流以及双语创作等话题,与众多读者进行交流。

有关昆德拉作品理解与阐释的讲座多年来一直是读者所关注的活动。通过图书馆、高等院校、书展等重要的公共文化空间与交流场所,昆德拉的译者、研究者、出版者与读者的互动活动,为深化昆德拉的理解起到了重要的作用。

如在 2004 年 5 月,崔卫平在中国政法大学做的"解读昆德拉"的讲座,对昆德拉的《玩笑》《生活在别处》《生命中不能承受之轻》《雅克和他的主人》等作品做了深刻的解读,为读者进入昆德拉的精神世界提供了独特的视角,这一讲座在读者中,乃至在学界产生了广泛的影响,被视为 2004 年度最佳演讲①。在这里,值得关注的是,崔卫平在演讲中谈到《玩笑》一书在 1965 年出版,"在捷克引起的反响是巨大的,很可能超过了他以后的任何一本书,连续出了三版。1968 年这本书遭到了查禁,从公共图书馆拿掉,从当代捷克文学史中被抹去"②。可见公共图书馆具有重要的象征意义,不仅仅具有文化传承与传播的意义,还有权力与话语层面的意义。

除了崔卫平的讲座,昆德拉作品在中国最早的翻译者景凯旋也多次就昆德拉的阐释与读者交流,如 2005 年 8 月 21 日,景凯旋在老家探亲期间,应成都书友读书会邀请,做了一次在读者中产生了广泛影响的讲座,在这次讲座中,他回顾了自己发现昆德拉、翻译昆德拉的历史。在昆德拉早期的译者中,景凯旋应该是最有影响和学术素养的译者之一,他有很好的中国古代文学功底,对文学有深刻的理解。在他讲座中,他对自己为什么翻译昆德拉做了说明,也对国内学界对昆德拉的理解与阐释的状况作了思考与评价。对这次讲座,他起了一个指向明确的题目,叫《昆德拉与

---

① 崔卫平. 解读昆德拉//李公明. 2004 年中国最佳讲座. 武汉:长江文艺出版社,2005:66-76.

② 崔卫平. 解读昆德拉//李公明. 2004 年中国最佳讲座. 武汉:长江文艺出版社,2005:67.

我们》。"我们"一词,将译者、读者与研究者一下联系在了一起,同时,将"我们"(中国读者)与"他者"(昆德拉)置放到一个相互参照的层面加以思考,就他对昆德拉的理解,对中国文学的理解,以及西方文学的理解与读者做了自由的交流。他在这次讲座中还特别提到了国内学界最早关注并系统研究昆德拉的学者李凤亮。

我们注意到,1971 年出生的李凤亮因其对外国文学研究,尤其是对昆德拉研究的贡献,为学界所广泛认可,年纪轻轻便担任了深圳大学副校长,他在副校长任上,多次应邀做有关昆德拉译介与理解的讲座,最有影响的应该是在 2011 年 3 月 19 日在广东科学馆做的那次讲座,题目为"《生命中不能承受之轻》:米兰·昆德拉与中国",从"错位的人生——米兰·昆德拉为什么离诺贝尔文学奖越来越远?""文学的神话——米兰·昆德拉与中国""政治与性爱——米兰·昆德拉小说题材观""存在与文体——中国作家的软肋""小说死了吗? ——关于小说未来的几种观点""我对昆德拉的小说有几点思考"六个方面对昆德拉的文学地位、昆德拉与中国的"姻缘"、昆德拉小说的书写等进行了深刻的思考,同时对中国当下的文学创作做了检视与批评,继而结合他的小说观对昆德拉小说的特征做了分析。

在公共文化空间图书馆和诸如科学馆、高校报告厅、书店①等具有重要交流功能的场所举办的有关昆德拉译介与解读的交流活动,是其他当代外国作家所不能比的。我们在此加以考察,目的不是一一列举或者全面统计讲座的次数与规模,而是通过一个在以往的译介与传播研究中被忽视的视角,认识公共文化空间以及与读者不同形式的交流对于扩大被译介的外国作家的影响、深化对其的理解、推动译作这一文化产品的流通所起的积极作用。

在昆德拉译介、接受与传播过程的考察中,我们还发现出版者自始至

---

① 如在国内非常有名的北京的风入松书店、南京的先锋书店、苏州的雨果书店,都举办过有关昆德拉作品推荐与解读的读者交流活动。

终起到了某种意义上的主导作用。如我们在本章的第一节所述,昆德拉在新世纪能在中国得到新的译介,作为出版者的上海译文出版社起到了非常重要的作用。昆德拉作品的新译,无论对于作者昆德拉,还是对于中国读者,都具有积极的意义:对于作者,因新译依据的是法文译本,这完全符合作者的血缘,其作品可以得到更为准确的阐释;对于中国读者,新译本为他们开拓了一个走近昆德拉的有益途径。从版权的引进、文本的选择、译者的选择、译文质量的要求、编校质量与图书装帧质量的保证、图书的推荐与宣传、重要交流互动活动的组织,出版者在整个过程中起到了重要的作用。对于出版者在文学译介活动中所起的主体作用,以往的译介研究也同样少有关注,值得学界进一步探索与研究。

在昆德拉译作传播的互动空间中,我们通过上文的探讨,还注意到了一个重要的现象,那就是出版者在选择承担昆德拉作品翻译、参与昆德拉译本推广、与读者互动交流的主体,即译者、研究者、媒体工作者时,都特别重视他们在文化场域中拥有的象征资本。如出版社所选择的新版的译者,有中国社会科学院外国文学研究所的荣誉学部委员、外国文学研究专家郭宏安,著名翻译家、曾任《世界文学》主编的余中先,昆德拉在中国的唯一弟子、法兰西研究院通讯院士董强,著名翻译家、法国文学研究专家王东亮,著名翻译家与翻译学家许钧,法国文学翻译界新生代杰出代表、法国文学研究专家袁筱一,老一辈翻译家、在读者中有广泛影响的马振骋,等等。又如在 2010 年上海书展中,出版者上海译文出版社借《不能承受的生命之轻》发行百万册纪念版之际,在上海书展的中心位置,组织了著名评论家梁文道,著名作家孙甘露,大陆版与台湾版的《不能承受的生命之轻》的译者许钧、尉迟秀就昆德拉的文学生命与阐释,做了深度对谈,在读者中产生了广泛影响。还如我们在上文中所论及的一些重要讲座,演讲者都是在学界具有重要影响力的专家,如昆德拉作品在中国早期的重要译者、文学批评家景凯旋,昆德拉研究专家李凤亮等。昆德拉在中国的译介与传播的互动空间的构建过程中,参与者的象征资本具有不可忽视的号召力与推动力。如果如布尔迪厄所论,社会空间是由各个特殊的社会场域所构成的,那么每个场域"都有它自己特殊的运作逻辑"①,但在文化产品的生产与传播中,市场逻辑始终起着不可忽视的作用,而活动主体的文化资本和象征资本与市场逻辑的运作和权力关系的运用有着密切的关系,这是在译介研究中值得特别关注的。

---

① 高宣扬. 布迪厄的社会理论. 上海:同济大学出版社,2004:146.

第四章　昆德拉在中国的传播途径

通过上一章就参与或影响昆德拉作品译介的主要主体因素及其相互作用所做的考察与分析,可以看到,在我们所探讨的阶段,主体因素间的共同作用主要是围绕着如何保证作品的生命能够得到"忠实"有效的传承来展开的。"传承",是翻译的根本任务之一,"传",就是要把原文本的生命基因与特质,把作者的意图,原作的意义、精神与风貌,通过符号的转换传到译本中,而这里的"传",便有再表达、传达的意思,是承继原作生命的需要。通过翻译,"原作的生命得以在时间与空间的意义上拓展、延续。而原作的生命一旦以译作的生命形态进入新的空间,便有了新的接受历史。在这个过程中,原作依靠译作续写它的历史。但是,在新的文化语境中,开始的不是一个被动的接受过程"①。在严格意义的翻译之后,原作有了新的生命,由此开启了在新的文化语境中的生命历程,面对新的读者,召唤他们的阅读、他们的阐释,这个过程,就是翻译的接受过程。但是,这样的一个过程,不是"被动的接受过程",读者"不仅是认识和欣赏,还包括相互的以新的方式重新阐释。即以原来存在于一种文化中的思维方式去解读(或误读)另一种文化的文本,因而获得对该文本全新的诠释与理解"②。从文本生产的角度看,在这个过程中,还有一个不可回避的环节,

---

① 许钧. 从翻译出发——翻译与翻译研究. 上海:复旦大学出版社,2014:56.

② 乐黛云. 多元文化发展中的两种危险及文学理论的未来//北京大学比较文学与比较文化研究所. 多边文化研究. 北京:新世界出版社,2001:56-67.

那就是翻译完成之后,如何能更通畅地到达读者之手? 原作的意义如何能让读者有更准确与深刻的理解与领悟? 说到生产,便有市场,便有流通。就文学生产而言,译本出版后的营销,召唤更多的读者去阅读,引导读者去理解,对文本进行研究,对原作精神和意义加以阐释,让原作的生命在传承的同时,得到拓展与延伸,这样的一个过程,有一个值得我们关注的"传播"问题。

童庆炳在其主编的《文学理论教程》中指出:"文学接受被认为是一种以文学文本为对象、以读者为主体、力求把握文本深层意蕴的积极能动的阅读和再创造活动,是读者在审美经验基础上对文学作品的价值、属性或信息的主动选择、接纳或抛弃。"①"文学传播是文学生产者借助于一定的物质媒介和传播方式赋予文学信息以物质载体,从而将文学信息或文学作品传递给文学接受者的过程。文学传播是沟通文学创造者与文学接受者之间的桥梁。"②而在翻译学的视角下,接受也许就包含"传播"的内容,而传播学中的"传播"也包含"接受"的内容。德里达对语言和翻译的哲学思考中,意义的传达、承继与再生过程,在一定程度上,是一个"播撒"的过程,传播学中的"传播"便有这个意义。接受,往往是就读者而言,当然包括各个层面的读者的阅读、理解与阐释,但文本生产之后如何通过各种渠道让更多的读者去关心作品? 从出版者的角度,如何吸引读者,能让出版的译本有更多的市场? 或者如上一章中所谈到的,面对出版者赵武平,昆德拉本人特别关心的作品的"销路"问题:如何让作品"销"得多? 这些问题,仅仅从接受的角度,往往难以解释清楚。为了能更为准确地梳理昆德拉在中国的译介过程,我们这里想从"接受"的角度,扩展一下思路,借用传播学中的"传播"之概念,就昆德拉在中国的传播途径进行专门的思考与研究。传播学中"传播"的意义,与翻译学所关注的"接受"有不少共同之处。比如,传播学者威尔伯·施拉姆认为,传播学研究的是人们"怎样

---

① 童庆炳. 文学理论教程. 修订 2 版. 北京:高等教育出版社,2004:317.
② 童庆炳. 文学理论教程. 修订 2 版. 北京:高等教育出版社,2004:308.

相互影响,怎样接受影响,怎样提供信息和接受信息;怎样传授知识和接受知识;怎样愉悦别人和被愉悦①。又如,社会学家查尔斯·库利在他早期的研究过程中对传播有如下定义:"传播是人类关系赖以存在和发展的机制,是一切心灵符号及其在空间上传递、在时间上保存的手段。"②从以上对传播的理解和定义看,无论是信息的提供、传递与接受,还是符号在空间上的传递与时间上的保存,都是翻译学所关心的问题,库利的符号在"时间上的保存"一说,与目前翻译学所关注的"延续"性,也有联系。可以说,传播,涉及精神与物质的交流、知识的传播,存在于社会的不同层面,有各种不同的传播形式或者模式,这些理论性的问题不在我们的探讨范围,我们所关注的,是昆德拉的作品在中国有了译本之后,其物质性的中文译本与精神性的昆德拉作品的意义是通过何种途径进行交流与阐释的。

昆德拉作品需要读者阅读才可能拥有新的生命,作品的接受问题一般在作品的译介中加以探讨,而接受同样涉及作品的传播问题,因为作品的接受需要一定的传播途径。我们结合昆德拉在中国的传播的实际状况,主要从学术途径、传统媒介途径与基于网络的新媒体途径这三个方面展开梳理与探讨。

第一节 昆德拉在中国传播的学术途径

布尔迪厄对社会学的论述,对文学文本的生产与传播有重要的启示作用。在第三章的研究中,我们就昆德拉译介的重要主体的互动空间做了探讨,其中我们特别注意到,在精神与文化产品的生产与流通中,布尔迪厄所说的"市场逻辑"起着重要作用。昆德拉的作品的传播,离不开图

---

① 威尔伯·施拉姆,威廉·波特. 传播学概论. 2 版. 何道宽,译. 北京:中国人民大学出版社,2010:4.

② Cooley, C. H. *Social Organization*. New York:Scribner,1909:61.

书市场的开拓,而要拓展图书市场,扩大销路,争取更多的读者去阅读与理解作品,往往会以出版者为中心来组织一系列的活动。传统的有新华书店的新书征订、新书发布会、讲座、报刊推介与宣传等等。就昆德拉作品的传播而言,除了这些传统的促进图书发行、扩大市场的做法之外,我们通过观察昆德拉作品在中国译介30多年来的情况,发现昆德拉作品的传播有多种途径,最为重要的是学术途径。

学术,意味着学习知识、创造知识。知识的学习与创造,离不开传承,而传承离不开传播。我们在此首先讨论昆德拉在中国的学术传播途径,是因为在我们看来,学术途径是作用最大的传播途径。论及学术,我们想到的是教育与研究,所以"学术"一词也常常泛指高等教育与研究。而高等教育,离不开学校。因此,传播的学术途径离不开学校和课堂。那么,昆德拉的作品通过课堂教传、通过研究一步步加以传播的情况如何呢?

如果说传播的要义,是传播知识、共享知识的话,那么昆德拉的小说艺术探讨与小说创作的实践,在中国的高校受到了持续关注,构成了昆德拉在中国传播最为重要的一个方面。如我们在前文介绍的一样,昆德拉在中国得到译介之前,李欧梵就已经于1985年在《外国文学研究》杂志上发表了一篇长文,文章的第二部分就昆德拉其人、其作品、其思想、其创作的特色与贡献做了很有发现性的探讨,可以说是他首次以学术探讨的形式向中国读者,尤其是中国文学界发出呼吁:"呼吁中国作家和读者注意南美、东欧和非洲的文学,向世界各地区的文学求取借镜,而不必唯英美文学马首是瞻。"①李欧梵认为,捷克作家"昆德拉的作品,哲理性很重,但他的笔触却是很轻的。许多人生的重大问题,他往往一笔带过,而几个轻微的细节,他却不厌其烦地重复叙述,所以轻与重也是他的作风与思想,

---

① 李欧梵. 世界文学的两个见证——南美和东欧文学对中国现代文学的启发//李凤亮,李艳. 对话的灵光——米兰·昆德拉研究资料辑要(1986—1996). 北京:中国友谊出版公司,1999:585.

内容和形式的对比象征"①。李欧梵的这篇文章中对昆德拉的有关创作的论述,可以说是昆德拉在中国传播的开始,而值得特别说明的是,李欧梵是美国芝加哥大学远东语言文化系的教授,著名的中国文学研究学者,他对昆德拉的阐释与介绍,拿布尔迪厄的术语来说,对开启昆德拉在中国的传播之旅具有难以替代的作用,因为美国著名高校的教授与著名的文学研究学者的双重身份赋予了他重要的"文化资本与象征资本",也大大增强了昆德拉在中国译介与传播的号召力和引导的价值。在下一章中,我们将专门讨论昆德拉在中国的阐释,其中会涉及昆德拉的阐释主体,这里不拟深究,但需要首先指出,高校的教师和研究者在昆德拉在中国的传播中,起到了主导性的作用。

考察昆德拉传播的学术途径,我们首先注意到的是高校的课堂,课堂是知识传授与学习的场所,昆德拉的小说理论和小说创作进入中国高校的课堂,是我们关注和考察的重要方面。我们在此的目的不是一一罗列昆德拉进入中国高校课堂的具体境况,而是通过高校教师、教材、讲义、指导、讨论等途径,考察昆德拉是如何在中国得到阅读、研究与阐释的。我们拟选取两所高校的例子来予以说明:一是综合性的北京大学,二是师范类的华东师范大学。

20世纪80年代中期,一位叫吴晓东的北京大学中文系学生特别看重外国文学,甚至"固执地认为,想要了解20世纪人类的生存世界,认识20世纪人类的心灵境况,读20世纪的现代主义文学是最为可行的途径"②。在就读研究生期间,他读毛姆、格林、加缪、纪德、海明威、乔伊斯、昆德拉、博尔赫斯、卡尔维诺,他对同样读这些书的同学说,"'将来如果能留校任教,我一定在中文系讲20世纪外国小说。'两位同屋并没有把我的宣言当

① 李欧梵. 世界文学的两个见证——南美和东欧文学对中国现代文学的启发//李凤亮,李艳. 对话的灵光——米兰·昆德拉研究资料辑要(1986—1996). 北京:中国友谊出版公司,1999:580.
② 吴晓东. 从卡夫卡到昆德拉——20世纪的小说和小说家. 北京:生活·读书·新知三联书店,2017:359.

成呓语,后来当我真的实现了这个愿望,在北京大学中文系的讲坛上讲授外国现代主义小说,心中首先感谢的是这两个同屋当时对我的激励"①。据后来成为北京大学教授的吴晓东介绍,他于 1997 年开始在北京大学开设"20 世纪外国现代主义小说选讲",这门课程原计划探讨 10 位作家,分别是卡夫卡、普鲁斯特、乔伊斯、海明威、昆德拉、马尔克斯、福克纳、博尔赫斯、罗伯·格里耶和卡尔维诺,后来由于时间关系,卡尔维诺没有讲。从介绍的 10 位作家的名字看,除了昆德拉,其他 9 位都是世界公认的文学大师。之所以说除了昆德拉,那是因为在 20 世纪 90 年代,昆德拉虽然在中国已经有较多的译介和广大的读者,有相当大的知名度,但其地位与吴晓东选择的另 9 位作家相比,可以说是不及的。但是,我们要说明的恰恰就是,作为北京大学中文系教师的吴晓东,以自己的理解和衡量标准,也以自己的喜爱和领悟,充分地看到了昆德拉小说理论及其创作的重要价值,具有某种前瞻性地将昆德拉列入了大师之列,在中国文学研究的重镇北京大学中文系的课堂,讲授昆德拉,这一选择对于昆德拉在中国的传播而言,无疑具有象征的意义,也产生了实际的影响。吴晓东选择这些世界性的文学大家,包括选择昆德拉,不是盲目的,而是在思想和艺术两个方面,都有着自己的判断和思考。比如他选择卡夫卡,是因为"从卡夫卡那里领悟世纪先知的深邃和隐秘的思想、孤独的预见力和寓言化的传达";选择普鲁斯特,是因为"普鲁斯特的《追忆似水年华》是探索人类记忆机制和美学的大书,也是人类探索时间主题和确证自我存在的大书";而他选择昆德拉,是因为"昆德拉的《生命中不能承受之轻》则使我了解到现代主义作家对人的生存境遇和存在本身的无穷追索,对小说本身的可能性限度的探询"②。这门课的开设,就昆德拉的传播而言,除了我们所强调的象征意义之外,其价值是多方面的:一是吴晓东对昆德拉有深刻的理解

---

① 吴晓东. 从卡夫卡到昆德拉——20 世纪的小说和小说家. 北京:生活·读书·新知三联书店,2017:359.

② 吴晓东. 从卡夫卡到昆德拉——20 世纪的小说和小说家. 北京:生活·读书·新知三联书店,2017:359-360.

和阐释,他结合昆德拉的《生命中不能承受之轻》这部代表作,就昆德拉所思考的小说本体、小说方式、小说的可能性限度展开了讲解,具有启迪的价值,特别值得指出的是,他在有着多位大师标志的世界文学的坐标上,对昆德拉的小说创作做了有参照性的解读,为我们理解昆德拉打开了有高度的视界;二是如吴晓东在后记里所交代的,这门课吸引了"不少听众",为召唤读者、引导读者的阐释,起到了实际影响;三是这门课的讲义,后来被列入了同样具有重要影响力的"三联讲坛"文库,该文库编辑有着明确的目标:"精选一批有特色的选修课、专题课与有影响的演讲,以课堂录音为底本,整理成书时秉持实录精神,不避口语色彩,保留即兴发挥成分,力求原汁原味的现场氛围,希望借此促进校园与社会的互动,让课堂走出大学围墙,使普通读者也能感知并进而关注当代校园知识、思想与学术的进展动态和前沿问题。"[1]"三联讲坛"文库的这段说明缘起的文字,向我们清晰表明了列入该文库的讲稿的价值及其意义,那就是从教师到学生、从校园到社会,思想与知识得以不断地传播、得到更大范围的传播,昆德拉在这个意义上,是有幸的。

吴晓东是在中国的首都北京,是在北京大学讲授昆德拉的小说,而在世界贸易、金融中心之一的上海,在华东师范大学的讲坛上,也同样有对昆德拉的关注和讲授,其起因与授课的形式,包括后来讲义的出版,都与吴晓东的经历有惊人的相似,也许是昆德拉所言的某种"循环"。吴晓东是中国当代文学研究者,是文学批评家,而在华东师范大学的讲坛上,是法国文学翻译家和研究学者袁筱一,她还是昆德拉的译者。在 2005 年,也就是她翻译的昆德拉作品《生活在别处》新版问世后的两年,她在华东师范大学开设了一门面向全校的公选课,限选 100 名学生,这门课的名称为"当代法国文学"。她选的也是 9 位作家和文论家,不过全都是法国作家,分别是萨特、加缪、波伏瓦、杜拉斯、巴特、萨冈、格里耶、勒克莱齐奥和

① 吴晓东. 从卡夫卡到昆德拉——20 世纪的小说和小说家. 北京:生活·读书·新知三联书店,2017:封面.

昆德拉。袁筱一的选择具有个性化的色彩,也具有前瞻性的目光,比如她选择的勒克莱齐奥 2008 年获得了诺贝尔文学奖,他选择的昆德拉后来又被选入了"七星文库"。袁筱一对昆德拉的解读与阐释也带有个性化的色彩,但有着难得的深刻性,甚至还有某种一针见血的尖锐性。她说:"讲到昆德拉,就会情不自禁地有些宿命。对于我来说,宿命的概念是欲爱、欲恨、欲弃,竟都是不能的感觉。只能够接受,接受他已然来到、已然确定下自己存在的地位的事实,哪怕是一边误解一边接受,一边抵抗一边接受。"①她之所以有这样的感觉,是因为昆德拉之于中国,一开始确实是有着某种命定的误解,那是我们在研究中所涉及的问题之一:意识形态与理解的关系,包括译者和读者的理解与阐释。那么,作为高校教师、翻译家,而且自己会写小说、精通法语,袁筱一选择了昆德拉,要在她开设的"当代法国文学"课上去讲解,其主要目的之一,就是要尽可能从"抵抗"中走出来,走近或者说走进昆德拉的世界,尽可能少一分误解,多一分理解,这对于昆德拉的传播来说,是一种积极的姿态和有益的路径。实际上,袁筱一在她的课上确实也想表明一种态度:"从根本上来说,我不想喜欢昆德拉。不想喜欢他,因为他是一个绝对的非理想主义者。我只可以喜欢绝对的理想主义者,不论这个理想主义者所恪守的道德标准显得多么过时、腐朽和可笑,但是能够忠实于自己的信仰,我始终觉得是一件高贵而不乏悲情的事情。"②这一段话,看似是袁筱一的态度,实际也道出了中国很大一批读者的心态:不想喜欢,因为与受到的教育及信仰是相悖的,因为已经习惯了二元对立,学会了不是轻就是重。她说的是不想喜欢,没有对错的判断。但是为什么昆德拉却能在中国得到译介,得到持续的关注,拥有当代外国作家所不能比拟的最广泛的读者呢? 这样的问题,对考察昆德拉的传播,是不能回避的,因为这涉及接受的心态、接受者的态度,更重要的

---

① 袁筱一.文字·传奇——法国现代经典作家与作品.上海:复旦大学出版社,2008:193.
② 袁筱一.文字·传奇——法国现代经典作家与作品.上海:复旦大学出版社,2008:193.

是,因为有了这样的心态和态度,对昆德拉的理解就会带着定见或者偏见,就有可能导向对昆德拉的误解。对袁筱一来说,既然不想喜欢,为什么又选择昆德拉作为自己讲解的重要作家呢?原来,她的不喜欢,主要是因为昆德拉"用玩笑的方式——因为他坚信,作为一个小说家,他应当继承的是塞万提斯的旗帜——瓦解了我们世世代代曾经奉之为崇高理想的东西:青春、革命、爱情和信仰。瓦解了文学赖以存在的青春、革命、爱情和信仰,因而也瓦解了作为存在方式的青春、革命、爱情和信仰"①。一开始,袁筱一就在她的课上将对昆德拉的理解与接受置于一种两难之中,作为高校的教师,她要做的,如昆德拉那样,就是提出问题、提出疑问,而在袁筱一看来,昆德拉"在误解和接受的夹缝中变成了一个最最矛盾的作家,他写悖论,甚至他本人就是悖论"②。面对二元对立的喜欢与不喜欢,面对难解的悖论,面对对昆德拉命定般的误解,袁筱一一开始就在情感与思想的两个层面提出了问题,展开了思考。这便确定了袁筱一讲解昆德拉的基调和基本路径:从昆德拉的思想、历史境况、对小说的探索到对昆德拉小说艺术的分析,再到对昆德拉的代表作之一《不能承受的生命之轻》的解读,作为高校教师的袁筱一在问题的提出与思考中,引导学生一步步走出对昆德拉的不喜欢,一步步化解昆德拉的悖论以及昆德拉在其小说中展现的人类存在的两难之境,同时也引导学生尽可能地以自己的理解去消除早期对昆德拉的那种误解。教师与学生一起质疑,一起思考,在引导学生的同时,作为讲解者和传播者的袁筱一也在一步步靠近昆德拉,在阅读、阐释与讲解中有了新的发现,甚至有了一点欣喜:"说来是很奇怪的事情,就在我度过了遭到昆德拉尽情嘲笑的绝对青春之后,竟然会这样看重他在'意义延搁'之处,留给我们的这一点'美的闪现'和未曾绝

---

① 袁筱一. 文字·传奇——法国现代经典作家与作品. 上海:复旦大学出版社,2008:193.

② 袁筱一. 文字·传奇——法国现代经典作家与作品. 上海:复旦大学出版社,2008:194.

望到底的平静。"①同时,在小说艺术的层面,她欣喜地看到,"《玩笑》的结构也奠定下了昆德拉直到《不能承受的生命之轻》的所有从音乐那里借用的小说结构特征:对位、复调;也显示了他对传统小说世界的挑战和对自卡夫卡以来的迷宫一般的现代小说由衷的肯定"②。她特别指出,"如果我们放下某种固定的观点仔细阅读,我们会发现,其实,从(20世纪)60年代初期的《玩笑》开始,昆德拉早就超出了意识形态的命题"③,他的小说写作,在其根本意义上,成了对人类"存在的探索",而她对昆德拉进行讲解的这堂课,就叫"小说家是存在的探索者"。通过对袁筱一在华东师范大学讲坛上所开设的有关昆德拉的课堂的梳理、分析,我们可以看到在学校的讲坛上、课堂里,对昆德拉的传播有着与一般的大众传播不一样的特征,在高校中,这样的讲解和传播是学术探讨的一种形式,是思想和知识的一种传递,是在质疑和自问中,带着大学里特有的受众——学生一起思考,在对昆德拉的讲解中,一步步以自己对文本的仔细阅读和理解,消除固定的看法,走出时代因素与意识形态因素所造成的误读的影响,去发现、去理解昆德拉。

上面这两个例子,也许可以充分地说明通过在高校讲堂和课堂里的讲解而实现的对昆德拉的传播,有着自己的特点和价值。这里需要说明的是,上面举的仅仅是两个例子,就我们所了解的情况看,在高等学校的外国文学、世界文学的课程里,不少的课程都有对昆德拉的讲解,如南京大学在著名的"三三制"本科教学改革中,开设了新生研讨课,法国文学研究专家刘成富就在2011年开始,开设了一门课程,为"法国文学作品欣赏",选择法国文学中具有经典性地位的作品进行分析和阐释,引导学生

---

① 袁筱一. 文字·传奇——法国现代经典作家与作品. 上海:复旦大学出版社, 2008:198.

② 袁筱一. 文字·传奇——法国现代经典作家与作品. 上海:复旦大学出版社, 2008:198.

③ 袁筱一. 文字·传奇——法国现代经典作家与作品. 上海:复旦大学出版社, 2008:196.

阅读与欣赏，其中就选择了昆德拉的《不能承受的生命之轻》，多年来，这门课受到了学生的普遍欢迎，对于昆德拉的传播，其作用和影响可想而知。在研究昆德拉的学者中，有许多是高校中的名师，如北京大学的乐黛云、王东亮、董强，南京大学的王彬彬、景凯旋，还有复旦大学的夏中义、俞吾金，南京师范大学的谭桂林等，他们对昆德拉的思考、阐释与研究，是学术性的探索，也是知识与思想的传播。

在昆德拉传播的学术途径中，高校课堂里的讲解是重要一环，与此密切相连的还有一个值得特别关注的方面，也是昆德拉的传播中起到很大作用的一环，据我们了解，在以往外国作家在中国的译介与传播的考察和研究中，很少有研究者关注这一方面，那就是与课程相关的阅读书目的考察，而且这类书目不仅与课程相关，还与社会普遍关注的研究生考试相关。我们了解到，在国内主要高校的有关外国文学课程的设置，以及文学学科的硕士研究生入学考试有关科目的参考书目中，昆德拉是常常被列入的一位当代作家。书目有两种，一种是参考性的书目，一种是必读书目。书目，尤其是必读书目，对于学生而言，具有非同一般的指导性。我们在此不拟对中国高校涉及昆德拉作品的阅读书目做一个全面的梳理，而是以具有代表性和象征价值的北京大学为例。北京大学的中文系有一个必读书目，其中涉及"文学原理"方向的书目中有韦勒克和沃伦合著的《文学理论》、董学文与张永刚合著的《文学原理》、纳博科夫的《文学讲稿》、略萨的《给青年小说家的信》、卡尔维诺的《未来千年文学备忘录》、艾柯的《悠游小说林》、米克·巴尔的《叙述学：叙事理论导论》，还有张大春的《小说稗类》、曹文轩的《小说门》，涉及中外著名的文论家和作家，一般是每人一种，但列入的昆德拉的著作则有三种：《小说的艺术》《被背叛的遗嘱》《帷幕》。这样的书目，给予昆德拉特别的位置，对于指导与引导学生对昆德拉著作的阅读和研究，起到的是方向性的作用。类似于北京大学中文系这样的书目，各个高校都有，有的是专业学习指导性书目，有的是学校人文素质教育推荐书目，有的是研究生考试参考书目。考察传播的学术途径中，书目的作用不可忽视。改革开放以来在中国得到译介的外国作家中,昆德拉是最受关注的作家之一,在各类的推荐必读书目中,我们几乎都可以看到昆德拉的名字,而列入的作品一般可以分为理论探索类与小说创作类两个方面,前者最受关注的是《小说的艺术》,还有《被背叛的遗嘱》;后者则主要是《不能承受的生命之轻》,还有《生活在别处》《玩笑》等等。

除了书目,有关传播的学术途径中,还有论文的写作。如果"学术"一词,意味着高等教育与研究,那么学位论文的撰写便是教育与研究相结合的典型。研究生撰写学位论文,主要目的是培养理解学术的基本理论问题的能力、收集学术资料与开拓学术交流途径的能力、辨别与判断研究价值的能力以及掌握科学的研究方法等能力,这些能力的培养是教育的重要方面,同时研究生通过选择有价值的论文研究对象,在教师的指导下,展开系统、深入的研究。对一个作家而言,其作品是否能被高校的研究生选取为研究对象,是其作品是否有价值、其地位是否被承认的重要衡量标准之一,也是一个作家的作品被传播、研究与阐释的最佳途径之一。根据我们查询与掌握的材料,昆德拉在中国的高校已经成为数篇博士学位论文和130余篇硕士学位论文研究的对象。对这些论文的研究与阐释情况,我们在绪论的研究现状部分,已经有重点地做了一些介绍,尤其是其中有关论文中对昆德拉译介问题的研究。我们在本章研究的重点,不是梳理与分析这些博士与硕士学位论文的研究情况,而是要指出在高校有关学位论文的撰写,是我们考察一个作家在中国的译介与传播情况时所应该关注的。论文写作的首要任务是研究对象的确定,对昆德拉的选择,意味着研究生对昆德拉的作品价值的肯定,通过研究,对昆德拉的思想与创作会有更为深入的理解与认识,传播得以持续,也得以步步深入。此外,我们还注意到一个重要的传承关系,比如原在湖南师范大学工作的谭桂林教授对学生论文的指导就体现出这种传承性。在其指导的龚敏律博士的学位论文《西方反讽诗学与二十世纪中国文学》中有一章的篇幅,对昆德拉所探索的人的存在世界与其构建的文本世界做了探讨,论述了昆德拉"充满暧昧性、丰富性、多义性的世界",这样的文学世界"其实就是一种反讽的表达和反讽的精神"①,在此基础上就昆德拉的讽刺手法对中国当代小说创作,尤其是对韩少功、王小波的影响做了探讨。多年之后,谭桂林基于对昆德拉的理解,认为昆德拉在很多方面值得继续探讨,后来其硕士研究生梁玲在他的指导之下,就昆德拉小说中的女性形象做了研究。又如山东大学的屠友祥教授,他是国内研究索绪尔的最有影响的学者之一,他对符号学有深入的研究,而他则以他所精通的符号学理论为途径,指导硕士研究生郭继伟对米兰·昆德拉的作品进行了研究,题目非常明确,为《米兰·昆德拉作品的符号意向分析》,该论文于 2013 年通过答辩。又如法国文学研究专家吴岳添在湘潭大学指导了硕士研究生徐文惠的论文,就昆德拉的小说理论展开研究,题目为《昆德拉的小说理论——以昆德拉论塞万提斯、卡夫卡和布洛赫为例》,该论文于 2012 年在湘潭大学答辩。还需要指出的是,国内一些著名的学者,在文学批评理论上有自己的探索、追求与理论构建,如原在华中师范大学工作的聂珍钊教授多年来从事文学伦理学研究,构建了文学伦理学,而他指导的硕士研究生宋范娥,以文学伦理学为理论指导,对昆德拉的作品加以解读,其论文很有特色,题目为《米兰·昆德拉小说〈身份〉的文学伦理学解读》,该论文于 2012 年通过答辩。这些例子充分地说明了,高校研究生的论文写作与知识传播及学术传承是为一体的,在传播中有创新,有发展,这是知识传播的目标所在。

以上,我们就昆德拉传播的学术途径做了探讨,对这一途径所涉及的有关环节和重点做了案例性的说明。实际上,在高校,除了课堂里的课程传授之外,还有一个重要的方面,这就是在高校举办的讲座,讲座是传播知识、探讨学术最为重要的方式,在下一章有关昆德拉在中国的阐释的研究中,我们将会就此展开论述。通过我们在上文的简要梳理与探讨,可以看到,昆德拉传播的学术途径探讨主要围绕高校的教育与研究这两个方

---

① 龚敏律. 西方反讽诗学与二十世纪中国文学. 长沙:湖南师范大学博士论文,2008:169.

面展开,这样的传播有学习有研究,有讲授,有探讨,在对昆德拉思想与小说创作的分析与探讨中,推进昆德拉在中国的传播与研究,具有知识传播与学术传承和学术创新共同推进的特征。

第二节　昆德拉在中国传播的传统媒介途径

在前文中,我们特别强调了学术途径中高校,尤其是高校课堂的地位与作用,在那里,教与学互动,传与创结合。而在本节,我们关注的重点转为媒体途径,这有两个方面的考虑:一是文学生产与传播,离不开宣传、推销,而传统媒体是重要的推进器,是推进传播的有效途径;二是考虑到昆德拉在中国的实际传播情况,有必要就传统媒体对昆德拉作品宣传、传播,吸引读者的情况做一梳理与简要的分析。

任何知识要传播,离不开媒介。对于媒介,有很多定义,可以说时代的变迁和发展都会为媒介的定义提供新的内容和新的视角。就目前而言,比较通行的对媒介这一概念的解释有:"媒介(media)是传播学的核心概念之一。但是,媒介一词具有多义性,在不同场合有不同的含义。例如我们可以说语言、文字是传播媒介,可以说电话、电脑、报纸、书籍、电视等是传播媒介;同样,我们也可以说报社、出版社、电台、电视台是传播媒介。概括起来说,传播媒介大致有两种含义:第一,它指信息传递的载体、渠道、中介物、工具或技术手段;第二,它指从事信息的采集、加工制作和传播的社会组织,即传媒机构。这两种含义指示的对象和领域是不同的,但无论哪一种意义上的媒介,都是社会信息系统不可或缺的重要环节和要素。"①我们所关注的,是昆德拉传播的途径,主要涉及上面对媒介定义所论及的载体、渠道和传媒机构。

文学生产,产品一旦完成,必须加以流通,进入市场。无论对于作者、译者还是出版者而言,面向社会,向读者推荐作品,吸引读者阅读,是保证

---

① 郭庆光. 传播学教程. 北京:中国人民大学出版社,1999:147.

作品得以传播的重要条件。传播，需要媒介。在本节中将探讨我们是如何通过传统媒体途径，促进昆德拉作品的传播的。

在第三章中，我们对昆德拉译介的主要主体因素的关系与互动空间做了梳理与分析，其中特别指出出版者在文学文本的生产与传播的过程所起的某种主导性的作用。文本问世后，进入传播环节，传统媒体往往是出版者寻求合作的首要对象。而在传统媒体中，报纸是最为活跃且具有稳定读者的媒体。我们选取2003年昆德拉作品新译出版前后的传统媒体，尤其是重要报纸所做的有关昆德拉作品出版的报道，考察这些报道为传播昆德拉做了哪些重要的努力。

一、主流媒体对新译价值的舆论准备

鉴于昆德拉在中国的译介实际情况，2003年昆德拉作品新译的问世，要经受读者与市场的检验。昆德拉早期的翻译，虽然在版权方面确实存在不规范甚至不合法的问题，但那是时代的原因。就翻译而言，昆德拉部分作品的翻译，已经受到了读者的高度认可和广泛接受，甚至受到了许多读者的喜爱。比如韩少功与其姐姐韩刚合作翻译的《生命中不能承受之轻》，景凯旋与徐乃建合作翻译的《为了告别的聚会》，景凯旋与景黎明合作翻译的《生活在别处》《玩笑》，莫雅平翻译的《笑忘录》，还有孟湄翻译的《小说的艺术》《被背叛的遗嘱》《认》等作品，都具有非常扎实的读者基础。在新的历史时期，上海译文出版社购买了昆德拉作品的版权，组织了新译。从传播的角度看，面对已经拥有广泛读者基础的旧译，如果新译不被认可，那么就不可能打开其市场，赢得读者，昆德拉的作品就不可能得到更持续有效的传播。所以，要做好昆德拉作品的传播，必须要向广大读者说明新译的价值。

我们看到，在新译未问世之前，昆德拉作品新译的出版者便通过主流媒体这一途径，发布有关消息。在中国传播媒体的报纸类中，《人民日报》是中国第一大报，1992年被联合国教科文组织评为世界十大报纸之一，有中国传统媒体的中流砥柱之称，具有权威性和巨大的影响力。1985年7

月 1 日,《人民日报》(海外版)创刊,作为我国对外发行的刊物中最具权威性的日报,《人民日报》(海外版)是海内外交流与合作的桥梁和纽带。就昆德拉的传播而言,《人民日报》在昆德拉作品的新译发行前后,于 2003 年 5 月和 6 月,先后两次刊载有关的报道。

　　一是《人民日报》(海外版)于 2003 年 5 月 5 日发表了署名朱晓华的报道,题目为《南大许钧教授重译昆德拉名著》。这篇报道不长,但指向非常明确:强调"重译"的价值。报道首先指出:"18 年前,作家韩少功根据英文版翻译的《生命中不能承受之轻》使捷克作家米兰·昆德拉被国人所熟知,18 年后,根据法文版重译的《不能承受的生命之轻》让国人对解读昆德拉有了新的可能性,今年 5 月,由南京大学许钧教授翻译、上海译文出版社出版的这部名作即将面世。"①简简单单的一段话,既尊重昆德拉这部代表作在中国翻译的历史,又明确了旧译与新译之间的差别,同时还说明了译者与出版者的客观信息。需要指出的是,对于中国的广大读者而言,上海译文出版社、人民文学出版社以及译林出版社,是国内非常重要、声誉非常好的外国文学专业出版社,而报道标题所强调的"南大许钧教授",是国内最有影响的法国文学翻译家之一,拥有广泛的读者。报道的第二段紧接着写道:"昆德拉本人认为'法文本与原文具有同等的真实性',一直希望别人能从法文版翻译他的作品。此次许钧教授应上海译文之邀重译该书,历时半年多,阅读了大量相关资料文献,在接受记者采访时,他说,翻译最重要的是'理解',近 20 年过去了,自认为对该作有了一个更全面深刻的理解。在翻译过程中,他有三个自觉的追求,一是忠实再现,当年的译本因受意识形态等因素的限制而有所删改,而重译本几乎一字未动;二是抓住昆德拉小说抒情与哲理相融的风格特色;三是保持行文的原汁原味,尊重原有的朴素风格。他希望该书能为真实解读昆德拉的作品增添一些参照。"②这一段文字,强调了新译所依据的版本的价值,同时通过

---

① 朱晓华. 南大许钧教授重译昆德拉名著. 人民日报(海外版),2003-05-05(6).
② 朱晓华. 南大许钧教授重译昆德拉名著. 人民日报(海外版),2003-05-05(6).

介绍新版译者许钧对于翻译的理解与重译昆德拉代表作的原则与追求，对新译的三个特点做了非常精到的概括。《人民日报》（海外版）的这篇报道，凭借该报强大的象征资本和巨大的影响力，为昆德拉的《不能承受的生命之轻》这部重要作品在中国新的传播历程开拓了很大的空间，为新译的价值做了珍贵的宣传。

相隔不到一个月，《人民日报》于 2003 年 6 月 1 日，又发表了上海译文出版社赵武平的文章《昆德拉作品新译本问世》。出版者赵武平在引进昆德拉版权，组织昆德拉作品新译，选择昆德拉作品新译的译者，保证昆德拉作品新译质量中都起到了关键性作用。这篇在《人民日报》发表的报道，出自赵武平之手，也充分说明出版者在文学文本传播中的地位与责任。赵武平在报道中主要释放了两个方面的重要信息：昆德拉作品在中国新译的合法性与可靠性。合法性在于"长久以来我国的出版社一直没有拿到昆德拉作品的系统授权。而不久前由昆德拉首次授权的，从昆德拉指定的法文'定本'翻译而来的，并且得到昆德拉自己认可的十三部作品，由上海译文出版社开始出版"①。上海译文出版社这次购买版权的作品几乎涉及昆德拉所有的重要作品，该报道强调指出："昆德拉的重要作品全部榜上有名，几乎算得上'昆德拉作品全集'。据介绍，昆德拉发现他作品的英译本问题很多，定居法国后，法语已有一定造诣的昆德拉全力以赴，与他的法文译者一起全面修订了他的作品，并授权给法国著名的伽利玛出版社作为定本。上海译文出版社版权部门有关人士说：'所有的样书都是从昆德拉家里拿出来的。'"②而其可靠性在于，这次上海译文出版社推出的昆德拉作品的译者"马振骋、余中先、郭宏安、董强和蔡若明等都是我国最具声望的法国文学专家、教授和翻译家"③。同时，报道又一次向读者预告了暑期将推出昆德拉最负盛名的作品《不能承受的生命之轻》的新

① 赵武平. 昆德拉作品新译本问世. 人民日报, 2003-06-01(7).
② 赵武平. 昆德拉作品新译本问世. 人民日报, 2003-06-01(7).
③ 赵武平. 昆德拉作品新译本问世. 人民日报, 2003-06-01(7).

译。为了强调说明新译的价值,《人民日报》发表的这篇报道承继 5 月 5 日那篇报道所体现的精神,继续说明新译本的特点:"新版的昆德拉作品呈现出与以往不同的面貌:一是将避免从前英文转译本中不准确的地方,二是体现昆德拉本人重新增删修改的内容,三是将补齐以往中译本不恰当的删节,可以称得上是名副其实的'全译本'。出版社介绍,此次出版的所有中文译本的封面和字体都需经过昆德拉首肯,足见这位世界当代文坛大师的重视。"①

一方面承认旧译的价值,另一方面强调新译的质量与价值,构成了昆德拉新译在中国问世前后传统媒体上发表的有关昆德拉作品出版的报道的基调。检索有关昆德拉作品新译本出版的报道,我们可以看到国内的传统媒体非常踊跃,发布昆德拉作品新译消息的报刊数量至少超过 100 家。同时,除了《人民日报》这样权威的报纸之外,《光明日报》《文汇报》《文汇读书周报》《新民晚报》《扬子晚报》《南方周末报》《羊城晚报》《中华读书报》《北京晚报》《中国青年报》等众多主流媒体都发表过有关昆德拉作品新译出版、阅读与阐释的文章,为昆德拉的传播起到了重要的推动作用。而值得特别关注的是,强调新译的价值成了有关出版报道或有关昆德拉新译的文章所释放的基本信息,具有一种持续性。

比如《不能承受的生命之轻》的新版译者许钧在《文汇报》2003 年 7 月 9 日发表的题为《复译是一种文化积累》的文章就是明证。许钧首先在理论上说明译作与原作的关系,也通过和韩少功的对话,明确了"文学翻译决不仅仅是一种语言的变异,而是原作生命时间上的延续和空间上的拓展,是原作的再生。在这个意义上,文学翻译不可能有定本,在前人的基础上,在文学接受环境大大改变的今天,推出一个新的译本,会有其价值"②。基于这一认识,许钧在文章中阐述其对文学翻译的理解、译作与原

---

① 赵武平. 昆德拉作品新译本问世. 人民日报,2003-06-01(7).

② 许钧. 复译是一种文化积累//许钧. 生命之轻与翻译之重. 北京:文化艺术出版社,2007:65-67.

作之间的关系,强调了其翻译的原则,最后落笔在新译与旧译的三个不同,说明了译本新的价值,与《人民日报》(海外版)署名朱晓华的那篇报道的精神是一致的。

又比如在昆德拉第一批新译推出时,《北京青年报》发表了一篇报道,题为《米兰·昆德拉法语版本新译问世》,题目开门见山,强调了"新译"问世,而新译依据的是昆德拉作品的法语版本。在这篇报道中,有一段与《人民日报》发表的报道基本是一致的,就赵武平所说的三个方面做了阐述。而在第二段,则从译者的角度谈了重新翻译与重新阅读昆德拉的必要性与重要性,尤其传达了昆德拉在中国的唯一弟子董强的观点:"北京大学教授董强,曾在巴黎师从昆德拉,此次翻译了《身份》等作品。董强认为,从现在中国文坛的状况来看,重新推出昆德拉和重新阅读昆德拉是非常重要的,'主要因为大家对昆德拉小说的艺术了解不足。'他认为,昆德拉并不是以内容取胜,而是以形式和内容结合取胜的作家。'昆德拉的小说中虽然有很幽默、很浅显、容易被读者接受的一面,但是其中有很深的历史感,这种历史感在中国当代的作品中正在消失。这种捍卫小说历史性的价值是昆德拉作品最重要的。'董强教授说,这次参加昆德拉的作品翻译有乐趣,但更有一份责任,这责任在于要让人们重新认识昆德拉,给他一定的、真正的高度。"①看似简单的一段报道,实际上传达了两个重要信息:一是昆德拉远没有得到深刻的理解和阐释,二是新译本担起了一份责任,要还昆德拉一个真正的高度。

对于昆德拉在中国的传播,如果说译本是原作生命的延续,那么译本的质量是至关重要的。主流媒体有关昆德拉新译的报道,如我们在上文揭示和分析的那样,首要的信息就是要强化读者对于新译价值的认同。正因为如此,我们在有关的报道中,几乎每一篇都可以看到对译者的强调,如上文中,强调董强是北京大学教授,而且是昆德拉的弟子:前者凸显的是译者的学术地位,后者凸显的是译者的传承性。又如在介绍译者余

---

① 陶澜. 米兰·昆德拉法语版本新译问世. 北京青年报,2003-04-07.

中先时,往往要加上"《世界文学》主编"这一头衔,说明其在外国文学研究与翻译界的雄厚"资本"。又如在介绍马振骋时,强调"马振骋是法语文学翻译界的'元老',法语经典著作《小王子》《蒙田随笔》等书都是他翻译的,他还是首届'傅雷翻译奖'的得主"①。总之,"出版社选择的译者都是我国最具声望的法语文学专家、教授和翻译家"②。

二、作家和文学研究专家对读者阅读的引导

鉴于昆德拉在中国的译介历史,在其新译问世前后主流传统媒体的报道为使新译得到读者认可,打开市场起到了不可替代的作用。昆德拉的作品要在中国传播,译本的质量固然重要,但还有一个重要的方面,那就是原作的价值。在主流媒体上发表的有关昆德拉作品出版与阐释的文章中,除了上文我们所列举的一些报道性文章之外,我们还可以看到不少文章,出自我国的一些重要作家和文学研究专家之手。在此,我们选取传统媒体上发表的有关昆德拉的书评作为材料,就昆德拉的传播途径做一说明。

一般而言,在传统媒体发表的书评与在学术杂志上发表的探索性论文有着较大的不同。我们特别注意到,在传统媒体发表的书评类文章往往与图书的出版者或作者有关,在很大程度上这是一种与市场推广有联系的传播性手段。著名作家赵玫很早就关注昆德拉,阅读昆德拉,且具有独到的见解。她先后在多家报纸和读书类刊物上发表有关昆德拉的书评或随笔,如在《作家》2004 年第 2 期上发表《重读昆德拉》,在《文学自由谈》2004 年第 5 期上发表《昆德拉的乡愁》。她坦陈,这些书评或随笔的写作,与出版社有关系,她明确表示,昆德拉新译问世后,"上海译文出版社希望我为昆德拉的小说写书评。于是读了译文社已出版的几乎全部昆德拉的

---

① 陈梦溪. 米兰·昆德拉最新小说中译本问世. 北京晚报,2014-07-27(11).
② 李鹏. 到巴黎与米兰·昆德拉过招拿版权. 中华读书报,2003-09-17(19).

作品。几百万字。而由此写出的书评文章加起来也只有一万字上下"①。赵玫为昆德拉的作品写了一万字左右的书评,在她自己看来也许还不多,但其对推动昆德拉作品在中国的传播的作用是不可忽视的。对于赵玫来说,之所以喜欢昆德拉,关注昆德拉,阅读昆德拉,去解读或阐释昆德拉,"是因为,在昆德拉的小说中,有着太多和我们的过去以及我们的现在相似的东西了。譬如那个总是挥之不去的'布拉格情结';譬如当下海外漂泊者的那绵绵不尽的'乡愁'。所以无论'文革'十年的那段残酷的历史,还是我们今天喧哗的生活,都能从昆德拉的小说中找到某种契合。那么丝丝缕缕的。默契。那种默契甚至是无处不在如影随形的"②。赵玫的这段文字,很有代表性,也有着明显的赵玫的风格。出版者之所以请赵玫写书评,是因为想借助在中国读者中有着巨大影响力的作家的评论,以别有情怀的文字,影响读者,感染读者,把读者与昆德拉拉近,在昆德拉的书中寻找自己心中牵挂的东西。

通过出版者的邀请,作家在传统媒体上发表书评,发表随笔,影响普通读者的选择,推动昆德拉的作品在中国的传播。除了上述赵玫的例子,其他如王安忆、毕飞宇、黄蓓佳,都曾在国内一些重要的报刊发表有关昆德拉作品的书评。需要指出的是,在作家当中,有一些作家表示不喜欢昆德拉,比如毕飞宇。作为中国文学界较有影响力的作家,他们的喜欢与不喜欢,对读者都会产生吸引的作用。在很大程度上,他们喜欢或者不喜欢昆德拉,不在于人,而在于小说观念和小说创作的不同。如毕飞宇,在昆德拉作品《无知》的新版问世后,他就写了一篇书评,题目叫《"卡夫卡出生在布拉格"》,在这篇文章中,毕飞宇坦陈:"我一直不那么喜欢昆德拉,作为一个小说家,他不那么感性。在十年以前,我曾经狂妄地说过,昆德拉

---

① 赵玫. 秋天死于冬季. 成都:四川文艺出版社,2006:序 1.
② 赵玫. 秋天死于冬季. 成都:四川文艺出版社,2006:序 1. 值得关注的是,赵玫认为自己写的书评远远无法表达自己对昆德拉的理解,她在阅读昆德拉作品的时候,忽然产生了一个想法,要通过小说的形式,去阐释昆德拉。于是便有了她写的这部小说《秋天死于冬季》。

缺少小说才华。"①毕飞宇没有停止于表明自己的不喜欢,而是追问下去:
"我不知道昆德拉是否缺少小说才华,小说的才华到底是什么? 我不知
道。但是,在今天,我知道一点,如果我是昆德拉,我绝不敢放纵自己的感
性,要不然,作为一个逃亡者,我活不下去。我会死于自己的内心。"②追问
的结果是:"我原谅了我的狂妄,我为理解力的成长而感到释怀。"③而理解
力不断成长的毕飞宇读了昆德拉的新作《无知》,对这部书的书名,他有自
己的阐释:

> 《无知》这本书可以取许许多多的书名,本真一点可以叫《流亡》,
> 史诗一点可以叫《大回归》,青春一点可以叫《布拉格的森林》,老气横
> 秋一点可以叫《就这么活了一辈子》,时尚一点可以叫《天还没黑就分
> 手》,激情一点可以叫《革命,继续革命》,另类一点可以叫《我用幽把
> 你默死》,下半身一点可以叫《把丈母娘睡了》,但是,昆德拉起了一个
> 不着四六的名字:《无知》。④

毕飞宇对书名的这番阐释富有深意,多种书名的可能性意味着写作
的不同可能性,而对作品的不同理解也可以为小说定下不同的基调,起个
不同的名字,以此也意味着昆德拉的这部小说有不同读法的可能。这样
的文章,对于读者而言,其冲击力是特别强大的。从不喜欢的态度开始,
到尝试着去理解这部小说,再到他自己深刻的发现:"我看见了一个洞明
世事的老人,在他听见命运之神敲门的时候,他拉开了他的大门,满腔的
无奈与悲愤,他对命运之神大声说:'别问我! 我什么都不知道!'"由此,
毕飞宇终于清楚地知道:"无知,是愤怒的方式,是悲悯的一声叹息,是不
可调和的压抑性沉默。然而,绝不是'难得糊涂'。"⑤除了揭示昆德拉这部

———————————

① 毕飞宇."卡夫卡出生在布拉格".繁荣,2015-03-23(4).
② 毕飞宇."卡夫卡出生在布拉格".繁荣,2015-03-23(4).
③ 毕飞宇."卡夫卡出生在布拉格".繁荣,2015-03-23(4).
④ 毕飞宇."卡夫卡出生在布拉格".繁荣,2015-03-23(4).
⑤ 毕飞宇."卡夫卡出生在布拉格".繁荣,2015-03-23(4).

小说的深刻思想之外，毕飞宇在书评的最后一节为这部译著的质量做了点评："最后我特别想谈一谈《无知》的翻译。许钧的翻译真的很棒。关于翻译，你要是问我'信雅达'，我说不出什么来。但是，在读《无知》的时候，我有这样一种错觉，昆德拉的《无知》就是用汉语写的。这样的错觉让我舒服，很容易让我'进去'。作为一个不通外语的人，我以为，翻译得好不好，其实就是翻译家的汉语写作好不好。这个说法似乎有些偏执，但是，有一点是必须承认的，我们最后读到的只能是汉语，而不可能是别的什么。这么多年来我一直在阅读许钧的译作，在不同的作家那里，我感受到了许钧的开阔，多样性，体验他者的能力，以及把握整体风格的底气。说到底，还是他的汉语过得硬。"①从对作家的态度与认识开始，进而谈自己对原作的理解与阐释，最后对这部作品的翻译做了充分的肯定，发表在中国具有重要影响的报纸《南方周末》上的这篇文章为读者了解昆德拉、反思自己对昆德拉的喜欢或不喜欢，进而去阅读昆德拉起到了重要的作用。《北京青年报》在一篇报道《无知》的中译本传播的文章中，就引用了毕飞宇对于这部书的书名的阐释，同时就这部书的价值做了评述："据了解，完成于 2000 年的《无知》，刚刚出版就得到了世界舆论和文学界的一致认同，普遍认为是昆德拉近十年来最有代表性的作品。法国的评论指出，《无知》重现了昆德拉写作一贯的深刻与明晰。小说讲述流亡二十年的女主人公重返祖国捷克，归国途中在巴黎机场邂逅旧相识，然而今非昔比，被中断的故事总难再续，回归总难踏实。这是一个尤利西斯式的故事：祖国，怀旧，爱情，自我，衰老，现实等众多主题层层交织，昆德拉再度展现了他游走于轻重之间，冷静而忧伤的叙述能力。"②

　　通过赵玫与毕飞宇这两位作家对昆德拉的评论，我们可以看到通过传统媒体途径所发表的这些文字，在引导读者去了解昆德拉、阅读昆德拉

---

① 毕飞宇."卡夫卡出生在布拉格".繁荣，2015-03-23(4).

② 陶澜.毕飞宇妙语点评昆德拉新作《无知》.北京青年报，2004-07-29.毕飞宇在发表其书评之前，有关的文字经译者许钧给了出版社，故有关的出版报道提前披露了毕飞宇对《无知》的评点。

时起到的作用是不容忽视的。除了上面梳理和分析的两点之外,我们还注意到,每次昆德拉有新的作品在中国推出,出版者便会抓住机会,采取不同的途径,如新书发布会、译者与读者见面会等形式,积极推荐昆德拉的作品。关于这一方面的情况,我们在上一章中已经有所讨论。

我们对昆德拉在中国传播的传统媒介途径的分析,目的不在于全面梳理传统媒体发表的有关昆德拉作品出版与阅读的文章情况,而是以典型的例子,一方面说明昆德拉在中国备受关注、得到不断传播的状况,另一方面揭示传统媒体在传播昆德拉的过程中所起的作用,而且我们也从中可以看到,传统媒介途径所面向的受众、采取的形式、发挥的作用,与传播的学术途径有着一定的差别和特点。同时,我们也想借此为文学译介的研究打开新的思路,关注在文学文本的生产与传播的过程中,出版者是如何通过传统媒体,或者说是如何与传统媒体合作"共谋",为文本的传播打开市场,吸引读者的。可以说,较之于传播的学术途径和网络途径,传统媒体的途径是出版者最为看重的,且有实质性的合作。需要说明的是,传统媒体不限于报纸与读书类杂志,还有电视、电影等,但就昆德拉作品传播的实际途径而言,报刊是传统媒体中起到中坚作用的主要途径。

第三节　昆德拉在中国传播的网络途径

就昆德拉在中国传播的传统媒介做了有重点的梳理与分析后,我们注意到,在新的历史时期,传统媒体与网络有密切的联系,这种联系的发生首先基于网络的迅猛发展给我们的生活带来的革新。科技对社会发展、大众生活的影响之大毋庸置疑,尤其是信息技术飞速发展的今天,信息的更新速度与活跃程度是以往所难以想象的:1995 年门户网站 Yahoo 成立,1998 年 Blogger 成立,1999 年社交应用 QQ 上线,2000 年搜索引擎百度成立,2006 年 Twitter 诞生,2006 年视频网站优酷公测;到了移动互联网时代,操作系统上 2007 年 IOS 系统发布,2008 年 Android 系统发布,硬件上 2010 年 iPhone 4 发布,2011 年小米手机发布,APP 应用上 2011 年微信上线。我们对于网络的依赖必然诱发新媒体的蓬勃壮大,而新媒体途经高效、快速、丰富、便捷的特点又进一步牢牢抓住大众的视线,读者与其的关系只会越来越紧密,据 2020 年 4 月中国互联网络信息中心所发布的《第 45 次中国互联网络发展状况统计报告》所示:"截至 2020 年 3 月,我国网民规模达 9.04 亿,较 2018 年年底增长 7508 万,互联网普及率达 64.5%,较 2018 年底提升 4.9 个百分点。我国手机网民规模达 8.97 亿,较 2018 年底增长 7992 万,我国网民使用手机上网的比例达 99.3%,较 2018 年底提升 0.7 个百分点。"[①]这也印证了马歇尔·麦克卢汉所想:"我们和媒体技术之间具有一种共生关系(symbiotic relationship),我们创造了技术,技术又转而重新创造了我们。"[②]

随着网络技术的飞速发展,文学作品的传播方式也趋于多元,读者接受途径日渐丰富。昆德拉在中国的接受途径无疑是动态的、发展的,它与我们社会的、技术的、媒介的发展相适应。昆德拉的作品自 1987 年被译介入中国后,得到广泛的阅读,不知不觉中,我们对其的接受方式与传播途径在 30 多年间已发生了巨大的改变。以往,需要到书店、图书馆、资料室购买书籍,借阅书籍,翻阅报刊,查阅研究论文,而今除原有的传统的传播途径外,广播、电视、电影,尤其是互联网上都能接触、了解到昆德拉的作品。互联网的快速发展带来的是展示渠道的增多,信息分享方式也变得更加丰富多彩。而昆德拉作品接受途径的丰富与演变正应和了麦克卢汉提出的媒介四定律,即放大、过时、再现和逆转,他对所有媒介的冲击与发展提出以下四个问题:"它提升和放大了社会或人类生活的哪一个方面? 它遮蔽或使之过时的是什么? 就是说,受它遮蔽的是它到来之前受

---

① 中国互联网络信息中心. 第 45 次中国互联网络发展状况统计报告. (2020-04-28)[2020-05-01]. http://www.cac.gov.cn/2020-04/27/c_1589535470378587.htm.

② 理查德·韦斯特,林恩·H.特纳. 传播理论导引:分析与应用. 2 版. 北京:中国人民大学出版社,2007:471.

到欢迎或地位突出的什么呢？它再现的是什么呢？就是说，它把什么东西从过时的阴影中拉回来放到舞台的中央？当它走完生命历程、潜力登峰造极之时，它逆转成为什么东西？就是说，它变成了什么呢？"①回顾媒介的发展，广播提升了人们的听觉，隐蔽了视觉，而电视出现又将视觉拉回到舞台的中央。而今书籍和图书馆可以存在于互联网，继电视而起的电脑屏幕让互联网呈现在读者眼前。网络的极大发展使每个有电脑或手机的人上网都轻而易举。网上信息的广度、深度和具体度，似乎可以囊括教室里、大学图书馆里的信息。互联网的"提升"使传统媒体"过时"，在新时期，几乎重要的报刊都开始借助网络，拓展传播渠道。如上文所论及的《人民日报》，"人民日报网络版"于 1997 年 1 月 1 日正式进入国际互联网。2000 年 8 月 21 日，"人民日报网络版"更名为"人民网"。如今人民日报、凤凰卫视这样具有极大影响力的传统媒体更是纷纷开通微博、微信公众号，参与到新形势下新媒介传播的领域。这样一来，传统媒体与新媒体形成互动关系，传播更快速更广泛。在本节中，我们将聚焦网络，就昆德拉在中国传播的网络途径展开讨论与分析。

我们在本研究中，专辟一节，讨论昆德拉传播的网络途径，从大的方面讲，是因为"层出不穷的新型传播媒体，成为当代传播技术的主要标志和人类交流信息、知识、情感的语境，把人们的社会关系和人与自然的主客体关系反映、建立在数字的生产、储存、流动和控制之上，为跨文化传播增添了深刻的技术内涵"②。从我们的研究需要看，网络，是当下的译介与传播研究应该关注的一个重要的传播途径。从昆德拉在中国传播的实际情况看，网络途径起到的作用值得探讨。对昆德拉传播的网络途径的研究，仍是基于对文学文本生产与传播的考察。我们有必要通过对昆德拉传播的网络途径实际状况的考察，揭示其传播是否有组织与运作的行为，

---

① 保罗·莱文森. 数字麦克卢汉：信息化新千纪指南. 2 版. 何道宽，译. 北京：北京师范大学出版社，2014：334.

② 孙英春. 跨文化传播学导论. 北京：北京大学出版社，2008：231.

有哪些方面的特点。为此,我们拟从出版者组织的译文讨论区、图书网站的留言、读者博客、阅读平台等多个方面进行梳理与分析。

一、网络接受与传播阵地

1. 出版社官方论坛。在上海译文出版社的官方网站上,有出版者组织设置的译文论坛,论坛分为"读书俱乐部""译文沙龙""新书预热"与"论坛活动区"四个版块。而在"读者俱乐部"下仅有的七个子版块中,即有一个子版块为"米兰·昆德拉俱乐部",可见昆德拉在上海译文出版社出版的所有作家中具有特殊的地位以及广泛的读者群体。"米兰·昆德拉俱乐部"版块共431篇主题帖,较同样在中国掀起阅读热潮,诺贝尔文学奖呼声甚高的村上春树的"村上春树俱乐部"版块325篇主题帖在数量上多出了四分之一。

在主题内容上,主要涉及几个方面:一是关于昆德拉作品出版动态的信息。二是对知名作家学者对于昆德拉作品的评论与阐释的转载。如文学评论家梁文道谈《相遇》:"昆德拉的小说哲学大于政治。"梁文道谈《不能承受的生命之轻》:"从'反三俗'联想起米兰·昆德拉",值得一提的是梁文道评论昆德拉作品的这些文章来源于凤凰卫视读书类节目《开卷八分钟》,梁文道在节目中每期介绍一本书,而读者将节目的内容以文字的方式再一次分享到各个平台。《开卷八分钟》节目于2007年1月1日开播到2014年12月31日停播。2009年昆德拉80岁之际,《开卷八分钟》节目挑选多部昆德拉作品,制作成节目,连续播出,对其创作做了一个较为具体的回顾与介绍,按历时的顺序依次为:2009年6月29日《玩笑》,2009年6月30日《好笑的爱》,2009年7月1日《告别圆舞曲》,2009年7月2日《笑忘录》,2009年7月3日《不能承受的生命之轻》。时隔一年,《开卷八分钟》再谈昆德拉:2010年7月6、7日马鼎盛谈《不能承受的生命之轻》,2010年8月26日梁文道谈《不能承受的生命之轻》,2010年8月27日梁文道谈《相遇》。2014年,当昆德拉新作《庆祝无意义》出版之后,梁文道又于10月2日将这本书在节目中与读者分享。由此可见,网络巨大的包容力可以使传统媒体的内容得到进一步的传播。此外,"米兰·昆德拉俱乐部"主题帖中还转载有余华、王安忆、毕飞宇、张贤亮、池莉、周国平、高兴、黄蓓佳、朱西宁、陈忠实等作家、学者对昆德拉的评述。三是对于昆德拉作品的翻译进行的探讨,其中包括普通读者对于译本翻译的评价,也转载有许钧、郭宏安、施康强、余中先等翻译过昆德拉作品的翻译家们从专业角度对作品翻译的理解与阐述。四是读者们对于昆德拉作品的读后感与散论,其中一篇题为"初一女生读懂米兰·昆德拉"的主题帖拥有四万多的阅读量,帖中对"第五届沪、港、澳与新加坡四地中学生读书征文活动"进行了报道,并转载了夺得这届读书征文活动上海赛区初中组一等奖和四地总决赛初中组冠军的上海时代中学初一学生陈奕珊的文章《生命的轻与重——读〈生命中不能承受之轻〉》,引发讨论区的热议,评论者多认为每个人都有对昆德拉个人的见解与阐释。

以上我们对于上海译文出版社译文论坛中的读者俱乐部针对昆德拉独立开版"昆德拉俱乐部"中的发帖主题做了简单分析,我们发现,在论坛中,不同的阐释主体,如国内作家、翻译家、文学评论家及普通读者对于昆德拉作品的阐释都有体现,而这也反映了昆德拉阐释的一大特征,即阐释主体的多元,关于这部分内容我们将在第五章中加以具体论述。在论坛中,普通读者用户可以发表读后感,而更多的帖子是由版主转载名家学者的评论文章供大家分享与学习,引导读者的阅读。上海译文出版社以官方的身份为广大读者提供了一个分享昆德拉及其作品相关信息的平台,也使出版社自身对于读者市场的把握有了更明确的依据。"公共讨论与在线论坛则更像是一个巨大的广场,聚集了形形色色的人群,按照各自的兴趣和话题不同,'扎堆''抱团'地展开探讨和辩论"[①],产生了很强的公共性,为读者用户提供各种不同的意见与声音。然而论坛在近年逐渐被新媒介平台所替代,根据大数据显示,互联网上各种平台都在发展的当下,

---

① 何威. 网众传播:一种关于数字媒体、网络化用户和中国社会的新范式. 北京:清华大学出版社,2011:122.

只有论坛的热度在减退。

2. 图书售卖网站评论区。在当下,各大图书售卖网站,如亚马逊①、当当、京东、孔夫子等网站也是昆德拉网络传播途径的重要组成部分。在网络购物的发展下,相比于以往在实体书店购书,如今的读者更愿意在图书售卖网站下单购书。我们发现,买家于售后在图书售卖网站上的评价除去针对卖家服务的评价,更多的是关于昆德拉作品的读后随感。买家的售后评价与打分除了对商家的服务起到监督的作用,为后续买家的图书选购提供了意见参考,同时也对昆德拉的作品给出了个体的理解与阐释。

3. 读书网站。拥有庞大用户的读书网站,如豆瓣等网站是昆德拉作品阐释的重要阵地。普通读者对于昆德拉作品的探讨与阐释在豆瓣上尤为活跃。单是 2003 年初版的许钧译本《不能承受的生命之轻》,在豆瓣上截至 2020 年 5 月就有 20 万人次对其进行打分②,并得到平均 8.5 的高分,这个数字还没有算上韩少功与韩刚合译的版本以及许钧译本在其他年份出版的版本③的打分人次。另外,对于许译《不能承受的生命之轻》2003 年版还有 2.5 万多条读者的短评,其中不乏上千字、系统条理地表达自身观点与感想的长评论,关于该书的书摘与读书笔记也达两千五百多条。可以说该书的读者热评现象在几乎囊括了中国近几十年所有出版图书的豆瓣网站也是少见的。读者在评论中倾诉自己在阅读后的随想,也对昆德拉作品中的哲学思考、小说风格以及叙事技巧都有深入的评论,我们可以在网站上直接阅读到其他读者对于昆德拉的理解与解读,为我们了解普通读者对昆德拉的阐释提供了更广泛的条件。

4. 第三方门户博客与借助于手机的新媒体平台。我们还发现,许多

---

① 亚马逊中国于 2019 年 7 月 18 日停止纸质书销售。

② 据 2017 年 5 月数据,打分人次为 13 万多人,3 年间涨至 20 万,足见昆德拉作品仍保持着被阅读及阐释的热度。

③ 许译本《不能承受的生命之轻》分别于 2010 年、2011 年、2013 年、2014 年、2017 年再版。

读者乐于通过博客发表自己对于昆德拉作品的随感。这些网络平台主要有 QQ 空间、新浪博客、搜狐博客、网易博客以及微博等。这类个人博客相较于上述的公共平台,更为私密,多为好友间互访可见,读者乐于在此分享更为私密的阅读感受。还有新兴的知名博客,如简书、知乎专栏等,这类新兴博客上的观点较为新颖,常常成为读者转发至其他平台的重点内容。另外,在手机上网人群逐年增多的情况下,手机上新兴的新媒体,如微信公众号、头条号等,在读者碎片化阅读的过程中占据越来越重要的位置。

二、网络评论形式

在对于目前昆德拉网络传播的平台与途径有了较为全面的了解与把握之后,我们发现读者在网络上对于昆德拉作品的阐释因网络自身的特点,形成了不同的评论类型与形式,读者广泛地运用媒体空间,采取各种形式促进昆德拉作品的传播、理解。许钧、高方也关注到这类文学的网络传播现象,并在《网络与文学翻译批评》一文中,从文学批评的角度,对文学翻译的网络批评特点、意义和存在的问题做了重点探讨。他们发现目前网上展开的读者讨论或批评主要有四种类型:

1. "引导讨论型"。我们在考察昆德拉相关的读者评论时也注意到了这一类型。如上文我们提到的上海译文出版社官方网站上的"米兰·昆德拉俱乐部"中,就有许多版主转发的专家学者对于昆德拉的解读,以此引导读者有针对性地对话题进行交流与探讨。再如,图书售卖网站上,在读者评价的前几条,一般会有官方出的评论文章,借以引导普通读者的评论。

2. "主题探讨型"。该类型围绕自身感兴趣的热点主题进行探讨,"这一类型的翻译批评有着十分明显的特征:一是主题明确,针对性强;二是出于对作家的喜爱,情感性强,若没有理性的引导,容易出现偏激,如众多网迷就曾发出过'抵制译林版《魔戒》系列'的强烈呼声;三是所涉及的作家在国际上具有重要地位,其作品也有着广泛影响,因此有不断深入的可能"①。

3. "私语批评型"。该类型目的多为抒发个人的情感。

4. "流散型批评"。"'流'指话题流动、不固定,难以集中深入;'散'指此类评论大多限于只言片语,散乱,散漫,言散神也散"②。此类评论没有太多的参考价值。

具体到昆德拉的网络阐释与评论,我们发现与上述的基本形式有相同之处,也有不同点。前三种基本类型"引导讨论型""主题探讨型"与"私语批评型"在昆德拉的评论中都存在,另外我们需要补充的是,"寻章摘句型"与"问答对话型"也普遍存在于昆德拉的网络阐释中。

昆德拉作品中的经典语句被读者摘录整理出来,这是一种非常重要的传播形式,整理出读者认为的作品中最精要的部分。我们在微博、豆瓣、读书网站、写作网站、文库等各种平台上都可以看见这种形式。如在百度文库中,就有许多昆德拉经典语句摘录的文稿。我们选择《米兰·昆德拉作品中的名言名句 100 句》③一篇,通过这 100 句就可以看到读者对昆德拉理解的取向,有政治性的,有关于生命体验的,有哲理性的。

政治性语句摘录如"4. 罪恶的制度并非由罪人建立,而恰恰由那些确信已经找到了通往天堂的唯一道路的积极分子所建立。——米兰·昆德拉《不能承受的生命之轻》";"69. 从那以后,她明白了集中营绝无特别之处,没有什么值得让人惊讶的,而是某种命定的,根本性的东西,来到世上,就是来到它的中间,不拼尽全力,就不可能从中逃出去。——米兰·昆德拉《不能承受的生命之轻》";"70. 波希米亚的墓地都像花园,坟墓上覆盖着绿草和鲜艳的花朵。一块块庄严的墓碑隐没在万绿丛中。太阳落山的时候,墓地闪烁着点点烛火,如同死魂都在孩子们的晚会上舞蹈。是

---

① 许钧,高方. 网络与文学翻译批评. 外语教学与研究,2006(3):217.
② 许钧,高方. 网络与文学翻译批评. 外语教学与研究,2006(3):217-218.
③ 米兰·昆德拉作品中的名言名句 100 句. (2020-03-09)[2020-04-06]. https://wenku. baidu. com/view/39f2e1ddfc4ffe473268ab5e. html? fr = search.

的,孩子们的舞会。死魂都像孩子一样纯洁。无论现实生活如何残酷,即便在战争年月,在希特勒时期,在斯大林时期,在所有被占领的时期,和平总是统治着墓地。—— 米兰·昆德拉《不能承受的生命之轻》"。

关于生命体验的语句摘录如"1.孤独:独自穿越生命而不用任何人关心;说话不用人倾听;经受痛苦而不用人怜悯。——米兰·昆德拉《无知》";"26.被选中的想法,比如说,在一切爱情关系中都是存在的。因为爱情从定义上来说,是一件无功受禄的礼物;无名分而得到爱,这才说明是一种真正的爱。假如一个女人对我说:我爱你,因为你聪明,因为你诚实,因为你给我买礼物,因为你不勾引女人,因为你洗碗。我会很失望,这种爱好像有什么功利目的。我爱得你发疯,虽然你不聪明,不诚实,虽然你撒谎,自私,混蛋一个,要是说这样的话就动听多了。——米兰·昆德拉《慢》";"81.没有一点儿疯狂,生活就不值得过。听凭内心的呼声的引导吧,为什么要把我们的每一个行动像一块饼似的在理智的煎锅上翻来覆去地煎呢?——米兰·昆德拉《不朽》"。

哲理性的语句摘录如"20.但是,如果一件事取决于一系列的偶然,难道不正说明了它非同寻常而且意味深长?——米兰·昆德拉《不能承受的生命之轻》";"32.尼采常常与哲学家们纠缠一个神秘的'众劫回归'观:想想我们经历过的事情吧,想想它们重演如昨,甚至重演本身无休无止地重演下去!这癫狂的幻念意味着什么?——米兰·昆德拉《不能承受的生命之轻》";"35.我们身后遗忘的时间越是久远,召唤我们回归的声音便越是难以抗拒。这句格言似乎毋庸置疑,然而却是错误的。当人们垂死,死期将至,每一刻都弥足珍贵,便没有时间可浪费,去回忆什么了。应该明白怀旧之情数学意义上的悖论:往往年少时,过去生活的历程微不足道,人的怀旧之情才是最为强烈的。——米兰·昆德拉《无知》"。

我们发现,寻章摘句成了大众阐释或者说网络传播理解的一个常见的途径。每个读者都可以根据自身存在的状态及需求去摘录名句。在网络上有对《不朽》中与"不朽"相关的句子的摘录①，如："人们指望不朽，可是忽视了不朽与死亡一起才有意义"。"一个体力不支的人看着窗外，只见到树木的顶端，他默默吟叨着这些树木的名字：栗树，杨树，枫树；这些名字与生命本身一样美好。杨树高大挺拔，像运动员将手臂伸向蓝天；或像烈焰腾空后凝固不动。如果把不朽与这个垂暮老人所看见的窗外的杨树相比，那么，所谓不朽只是荒唐可笑的幻影，是空话，是用扑蝴蝶的网套兜风。行将就木的老人对不朽毫无兴趣。""不朽是一种永恒的诉讼。""他们之间受到威胁而岌岌可危的不是爱情，而是身后的不朽。""人祈求不朽，总有一天，摄影机将向我们显示他（卡特）那张怪形怪状的嘴，这是他留给我们的唯一的变成抛物线形状的东西，而且终生如此；他将进入可笑的不朽。"这些摘录就可以帮助读者更便捷地理解昆德拉笔下"不朽"的含义并拓展读者对这一概念的阐释。另外，昆德拉作品中的语句摘录渐渐被读者封为经典语录，比如"昆德拉的经典句子816句"，这也是昆德拉在通往经典化道路上的一个证明。网络上对于其名句的摘录从数量上来说，更多是出自《不能承受的生命之轻》，由此亦可见该书在昆德拉的接受与传播中的代表性。

另一种形式"问答对话型"尤其体现在问答社区上，比如"知乎"。读者在知乎上主动寻求对作品的理解，并通过其他读者的回答达到相互交流的目的。浏览知乎上读者关于昆德拉作品提出的问题，主要分为两类：一类是对整部作品如何理解的提问，如"读完米兰·昆德拉 的《不能承受的生命之轻》之后有何感想？""如何评价米兰·昆德拉的《不朽》？""如何理解米兰·昆德拉的《笑忘录》？""你们如何评价昆德拉新作《庆祝无意义》的？"；另一类是对作品中概念性问题理解的提问，如"如何面对社会上普遍存在的昆德拉所定义的'媚俗（kitsch）'？""米兰·昆德拉所说的'媚俗'是什么意思？""怎样理解米兰·昆德拉的'大写的牧歌'与'小写的牧

---

① 《不朽》经典语录/名句．（2013-09-27）［2017-05-18］．http：//www．juzimi．com/article/26775．

歌'?"。

读者在公共平台与个人博客上,以体会、语录、问答等形式展开对昆德拉的理解与阐释,揭示了在昆德拉的理解当中没有一般媒体上出现的谩骂或调侃,更多的是一种真正的阅读与交流,它呈现了一个悖论,即昆德拉在作品中通过细腻的语言,以幽默来调侃,把一切都当成玩笑,但是当我们在理解昆德拉的时候,反倒是以一种非常严肃的态度进行思考。即使在大众网络中经常会出现一些碎片化、谩骂性的问题时,我们发现网友对于昆德拉的阐释真正是在广泛吸收的情况下做出的个人思考。

三、网络评论特点

读者通过网络途径广泛地展开对于昆德拉的评论与解读,有利于促进更多人来走近昆德拉,阅读昆德拉,同时其中思辨性的评论也丰富了昆德拉的阐释。而网络传播途径也呈现出广泛性、即时性、交流性的特点。

以往的文学阐释从没有像今天这般广泛、丰富与多元。网络上的互动使得读者之间,乃至读者与出版者、译者之间的文学交流更有效率。在网络传播常态化之前,信息的交流与传播并不是实时的,具体到文学批评,许钧于1996年主编的《文字·文学·文化——〈红与黑〉汉译研究》就是国内翻译批评史上各方交流的经典一例。由《红与黑》的翻译出发,对于翻译的不同见解与翻译思想的交流,赵瑞蕻、许渊冲、郝运、罗新璋、郭宏安等《红与黑》译者,以及王子野、方平、施康强、许钧、马振骋、罗国林、袁筱一等翻译家、批评家之间进行了深入的探讨。其中包括多封书信往来。通信往来中发信与回信,图书出版后读者的反应与讨论都必然存在延时的问题,而互联网的出现,使得曾经唯一的实时交流方式——面对面交流,可以在线上实现。当读者在豆瓣读书上浏览到一则关于昆德拉作品颇有见地的评论时,可以直接"给他留言",交换读书心得。当然这种实时性是相对的,只有在双方同时在线取得信息交换时才是严格意义上的实时交流,然而这种实时交流在互联网发达、新媒介平台活跃的今天是非常容易达成的。我们发现一贯给人严肃印象的文学批评变得更贴近生活,观点的交流与信息的获取变得更简单易行,文字探讨、思想探索的欲望可以随时得到满足。

新媒介有着"竞争和相互催化"的特征,如保罗·莱文森所述:"媒介相互竞争,有生有死,争夺我们的时间和惠顾……但总体上说,媒介尤其新新媒介不仅互相竞争,而且主要是相互受益。"①在新媒介越发活跃繁荣之时,各个新媒介平台虽然存在着竞争关系,相互争夺用户,但为了持续扩大影响力,必须确保内容优质,以此来吸引用户并维持活跃度,使自身平台的价值稳步提升。这在内容上却又共同推进了昆德拉作品的传播,促进了读者对其的理解。如《不能承受的生命之轻》被微信公众号"灼见"收入题为"这20本书在各个时期,都算是巅峰之作"的经典书目推荐文章中,于2016年3月13日发布,并附赠图书,阅读量一周内逾10万,读者纷纷表示"确是经典之作""已收藏""值得反复阅读"。随后,《人民日报》于2016年3月17日在新浪微博转发该推荐书目,转发量一天内过万。作为目前最热门、与广大用户最为亲近的新媒介平台,微信公众号与新浪微博无疑在文学作品的推介上都起到了相当大的作用。"而且,新新媒介与旧式媒介也互相竞争,同时又协同增进。"②经典好书于新媒介平台上的推广及其本身的吸引力也引导了习惯于从手机中获取信息的"低头族"回归到书籍的阅读中,体会读书乐趣。

另外,昆德拉在网络途径上的阐释还表现出强烈的趋向性,读者集中某些主题进行讨论,形成一种更为有效的阐释,由此造就了主流媒体、网络媒体与学术媒体之间一种非常互动的空间。与媒介在中国的发展相适应,以往,读者首先在传统媒介上接触到昆德拉的作品,即图书、报纸、杂志、广播、电视等,在传统媒介背后的译者、专家学者、评论家、编辑、制作人等专业人士决定着读者能看到什么,这种"自上而下的控制、专业人士的生产",即传统媒介的一大特征,也是互联网普及之前读者对于昆德拉

---

① 保罗·莱文森. 新新媒介. 2版. 何道宽,译. 上海:复旦大学出版社,2014:6.
② 保罗·莱文森. 新新媒介. 2版. 何道宽,译. 上海:复旦大学出版社,2014:6.

作品的接受的主要模式,信息的制造者与接受者是区分开来的,读者接受信息,但无处发表信息。如今,读者不再只是苦等一年一度的书展到来,阅读每月甚至每季寄来的文学期刊文章,等待电视上准点播出的读书节目,读者不再只是处于被动的位置,去适应"按约定运行的媒介"①,而被赋予了更多的权利,读者在新媒介中既是消费者也是生产者。读者大众有了发声与交流的途径,不再只有几家之言,且其中不乏独到、精辟、让人为之一亮的见解与感悟。

除去上述网络途径对于文学阐释带来的好处,网络途径也存在某些问题,需要我们注意。传统的专家学者批评思维缜密,思考全面,以长篇文字发表于学术刊物或集结为学术刊物出版,而网络批评往往只言片语,简单达意地概述自己的观点。专家学者的权威性在这一过程中被稀释了,实现了批评的非集中化。其中,读者的评论被接受、借鉴,在这一过程中,读者本身也成了文化媒介的一员。网络的开放性使读者个体的评论与作品、与他人发生了关系,因此,我们更要意识到网络批评不光是个人行为,它有其需要背负的责任感。当信息的制造与获取变成指尖上的一个动作简单易得,我们更应该注意个人的表达,避免"从众性""粗俗性"与"复制性"②,阅读引导仍是当前网络途径中所需要的。当然,专家学者的批评与普通读者的评论从来都不是对立的,两者的交流将架起一座桥,使其互为参照、互相汲取、彼此激发,这样才能构成相对全面的昆德拉作品接受。学术途径、传统媒介途径、网络途径三者之间各有特点,这种互动途径形成了昆德拉广泛的传播、持续的传播以及有效的传播。

---

① 保罗·莱文森. 新新媒介. 2 版. 何道宽,译. 上海:复旦大学出版社,2014:7.
② 许钧,高方. 网络与文学翻译批评. 外语教学与研究,2006(3):219.

第五章　昆德拉在中国的阐释

通过我们对昆德拉在中国的接受与传播途径所做的较为系统的考察，可以看到，当代外国作家在中国的译介中，昆德拉是最受中国读者关注的作家，其接受度高，传播途径多样。我们知道，文学作品的流通与传播，其最根本的目的，就是尽可能呼唤读者的关注和阅读，进入文本开放的世界，经由阅读、理解与阐释，赋予作品以新的生命。那么，中国的读者是怎么理解昆德拉的？昆德拉的作品在中国译介与传播的 30 年多来，中国不同层面的读者对昆德拉的理解是否在不断加深？中国读者对昆德拉的阐释又有什么特点？不同阶段的理解与阐释之间是否存在联系与连续性？在对昆德拉作品的阐释中，中国读者是否有特别关注的重点？于中国读者而言，对于昆德拉作品的阐释，是否还存在进一步阐释的可能？为了全面呈现昆德拉的作品在中国再生的过程，本章有必要在对昆德拉的传播途径的梳理与分析基础上，针对上述问题，对昆德拉作品在中国的阐释做一有重点的探讨。

第一节　昆德拉在中国的阐释特点

对昆德拉在中国译介的研究中，我们一直对昆德拉在中国的理解与阐释问题予以特别的关注。昆德拉的作品在中国得到翻译，这是译介的第一步，然而仅仅得到翻译是不够的，因为其作品必须经由读者的阅读，才能在新的中国文化语境中获得新的生命。按照接受美学的理论，"文学作品并不是对于每一个时代的每一个观察者都以同一种面貌出现的自在的客体,并不是一座自言自语地宣告其超时代性质的纪念碑,而是像一部乐谱,时刻等待着在阅读活动中产生的、不断变化的反响。只有阅读活动才能将作品从死的语言材料中拯救出来并赋予它现实的生命"[1]。张汝伦对于姚斯的这一段话做了进一步的阐发,认为:"作品本身如果不经阅读,它就没有任何意义,也没有生命,正是读者的阅读赋予了作品以无穷的意义,作品的价值也只有通过读者的阅读才能体现出来。"[2]读者阅读作品的过程,就是一个不断理解作品、阐释作品,赋予作品以意义,能动地参与作品生命再生的过程。法国哲学家布朗肖在《未来之书》中对"伟大之书"有这样的定义:"伟大的书就如此,谨慎地呈现于'生成'过程,反过来,'生成'或许就是大写的书的意义,意义或许又在循环地生成。"[3]布朗肖所说的作品生命的生成之过程,与我们在上文中所强调的一样,可以理解为读者阅读、理解与阐释的过程。读者在此取宽泛的意义,译者在其根本的意义上,首先是读者,他要通过阅读理解原作、阐释原作,再把他理解的原作用另一种语言在新的文化语境中"呈现"出来,"生成"出来。无论是文学批评家,还是普通的读者,都只能经由阅读与文本发生联系,通过理解与阐释,赋予文本以意义。而理解与阐释,在阐释学的认识框架里,可以说没有本质上的意义之别。正因为如此,哲学家、翻译学者乔治·斯坦纳认为:"理解,便是阐释。领悟一种意义,便是翻译。"[4]在许钧看来,"乔治·斯坦纳讨论的文学翻译问题,是以阐释学为理论基础,因为在他看来,阅读是一种阐释,翻译也是一种阐释。所以,他讨论的翻译过程便是阐释的过程"[5]。苏珊·桑塔格有一部著名的文集,中译本的书名为《反对阐释》,

---

① 转引自:张汝伦. 意义的探究——当代西方释义学. 沈阳:辽宁人民出版社,1986:300.

② 张汝伦. 意义的探究——当代西方释义学. 沈阳:辽宁人民出版社,1986:300.

③ 布朗肖. 未来之书. 赵苓岑,译. 南京:南京大学出版社,2015:334.

④ Steiner, G. *Après Babel : Une poétique du dire et de la traduction*. Paris: Albin Michel, 1998: 17.

⑤ 许钧. 翻译论. 武汉:湖北教育出版社,2006:96.

她在《反对阐释》一文中指出:"根据马克思和弗洛伊德的看法,……去理解就是去阐释。"①桑塔格所指的阐释的对象,不只是文学文本,还有艺术品,对其观点,学界有很多研究,这里不涉及。我们只是根据考察的目标,对"理解"与"阐释"两个词在本研究中的意义做一实用层面上的界定。理解与阐释,虽然有着本质意义上的相通之处,但在文学批评的范畴里,也有一定的区分。比如美国释义学家赫施就对阐释的概念、步骤与功能做了重要的区分:"'理解'是指照式照样地构造文本的意义。'解释'则是对文本的意义进行说明。'理解'和'解释'还必须进一步区分为解释过程的其他要素——'判断'和'批评'。"②对于赫施来说,阐释活动可以区分为四个方面的功能。他认为"在大部分的文学文本实际阐释中,所有这四种功能(理解、解释、判断、批评)都有,很难彼此区分"③。学界对赫施的阐释说有不同的理解,但对文本的阐释活动而言,确实可以做一些区分。就我们对昆德拉文本的阐释而言,我们所指的阐释是一个比较宽泛的概念,包括译者、读者与评论者对文本的理解、解释与批评等活动。基于对"阐释"一词的广义上的界定,我们现在可以结合昆德拉在中国译介的历史与现状,对昆德拉在中国阐释的特点做一探讨。

一、阐释主体的多元

如我们在研究中所梳理的译介历程所示,昆德拉在中国被译介的作品多、持续时间长,深受读者喜爱,具有广泛的影响。究其原因,首先是作家作品具有独特性与文学影响力。但是,一个作家的译介活动,要受到诸如历史、社会、文化、政治等多种外部因素的影响,也要受到译介主体阐释的影响。其在中国的文学生命与文学价值,需要经由阅读、理解与阐释才

① 苏珊·桑塔格. 反对阐释. 程巍,译. 上海:上海译文出版社,2003:8. 该书是苏珊·桑塔格发表在《党派评论》《纽约书评》《常青评论》《国家》等报刊上的批评文章的合集。《反对阐释》是该合集的第一篇。
② 张汝伦. 意义的探究——当代西方释义学. 沈阳:辽宁人民出版社,1986:101.
③ 张汝伦. 意义的探究——当代西方释义学. 沈阳:辽宁人民出版社,1986:102.

能实现。昆德拉在中国的理解与阐释,可以说是在多个层面、在文学译介的各个阶段持续展开的,除去一般读者的阐释,主要涉及以下三类阐释主体。

1. 译者。对于一般的作家而言,除了译者的翻译和为数不多的读者的阅读之外,少能引起学界的关注,更难进入文学批评家的视野。就昆德拉而言,其在中国的阐释者,首先是译者。在第三章中,我们曾对译者在翻译主体中的中心地位及其与作者、出版者、读者之间的关系做了深入的考察和分析,指出译者在翻译文本生产过程中所起的作用。对于作者而言,译者是具有特殊意义的读者、阐释者。其命运与译者是休戚相关的。谢天振写过一篇论译者与作者关系的文章,就用了"诞生"与"死亡"这样的字眼:《译者的"诞生"与原作者的"死亡"》。他在文章中这样写道:"无论是从翻译的实践,还是从一些当代文化理论的认识角度来看,原作者都已经'死了',是译者创造了译作,也是译者使原作得到了再生。"①谢天振的这段论述的思想应该说是受到罗兰·巴特的思想启发,或者说是借用罗兰·巴特的"作者死了"的观点,突出译者在文本译介中的作用:"我们这样说并不是想要抹杀原作者的存在及其对原作尤可替代的价值和意义,更不是对原作者的大不敬,我们只是想通过'死亡'和'诞生'这样一种形象化的说法,强调和彰显译本、译者以及其他诸多因素(尤其是译入语文化语境中的因素)在翻译中的作用,并尝试从一个新的角度切入翻译研究,以探索翻译研究中另一个更为广阔的文化研究层面。"②谢天振对译者作用进行了强调,对于原作而言,译者的阐释活动是具有特别价值和意义的。译者是原作的读者,是一个其阅读与理解行为直接影响到一般读者的特殊读者。

正因为如此,昆德拉对译者的理解与阐释活动特别关注,看重翻译的质量,对译本十分"挑剔"。也正因为如此,用非主流语言创作的一些作

---

① 谢天振. 超越文本　超越翻译. 上海:复旦大学出版社,2014:116.
② 谢天振. 超越文本　超越翻译. 上海:复旦大学出版社,2014:116.

家,都特别看重翻译,如获得诺贝尔文学奖的日本作家川端康成、中国作
家莫言在其获奖演讲中,都表达了对译者的感激与尊敬之情。莫言在诺
贝尔文学奖晚宴致辞中在向"瑞典皇家学院那些坚守自己信念的院士表
达崇高的敬意和真挚的感谢"之后,便对译者表示了感谢:"我还要感谢那
些把我的作品翻译成世界很多语言的翻译家们。没有他们创造性的劳
动,文学只是各种语言的文学。正是因为有了他们的劳动,文学才可以变
为世界的文学。"①从这个意义上,可以说,有关昆德拉在中国的阐释者中,
译者具有特殊且重要的地位,其对作品的理解、对作品的文字转换、对原
文神韵与艺术价值的再"创造",都直接影响与决定了一般读者的阅读与
阐释活动。

　　译者对于昆德拉阐释的最重要的劳动或最重要的贡献,就体现在他
们的翻译活动之中。别的不论,就昆德拉的作品名的翻译而言,我们一方
面可以看到作品名的翻译在理解上就有差异,这种差异对于读者的理解
一定会产生影响,比如针对韩少功、韩刚的《生命中不能承受之轻》这一译
名,以前的讨论主要集中在"生命"与"存在"这两个概念上,还有"中"与
"的"之间的差异,实际上,对法文的"insoutenable"与英文的"unbearable"
的理解与翻译,在一段时间内,大陆和台湾之间也有不同。如 20 世纪 80
年代末与 90 年代在台湾,昆德拉的这部代表作有两个译本的存在,一是
由台北时报文化出版企业股份有限公司 1988 年初版、1994 年再版、1995
年三版的韩少功、韩刚的译本,二是台北远景出版事业有限公司 1989 年
版的吕嘉行的译本,韩少功、韩刚译本的书名是《生命中不能承受之轻》,
而吕嘉行译本的书名则为《生命里难以忍受的轻》。两者的差异,在"不能
承受"与"难以忍受"这两个词上非常明显。首先"不能"与"难以"意义的
程度有别,其次"承受"与"忍受"也有别,前者是中性词,后者是有感情色
彩的,前者符合与"生命"(存在)一词的搭配,指向哲学思考的意义,而后
者则在一定程度上指向形而下的感觉,明显不符合昆德拉的原意,后来吕

---

① 　莫言. 盛典,诺奖之行. 武汉:长江文艺出版社,2013:154.

嘉行的译本被尉迟秀的译本所取代,由皇冠文化出版有限公司在 2004 年出版。不同的书名,对于读者有不同的引导。在昆德拉作品的中译本中,前译与后译的书名有些是明显不同的,如前译孟湄的《认》,后译董强的版本改为《身份》,景凯旋、徐乃健译本的《为了告别的聚会》改为余中先的《告别圆舞曲》,等等。需要说明的是,昆德拉作品的前后许多中译者,都是外国文学研究专家,他们对昆德拉的批评文章也是他们对昆德拉阐释的重要组成部分,如韩少功、景凯旋、孟湄、许钧、余中先、董强都撰写过有关昆德拉的文章。

2. 文学批评家。如果说译者是昆德拉在中国具有特殊地位的阐释主体,那么文学批评家可以说是最有影响力的阐释主体。回顾昆德拉在中国的译介与接受史,文学批评家的阐释构成了昆德拉作品真正意义的批评,在不断开拓中国读者理解昆德拉的可能。从我们所掌握的材料来看,昆德拉之所以能进入中国,文学批评家对他的发现与介绍起到了重要的作用。如学界认为真正意义上最早向中国读书界介绍昆德拉的美籍华裔学者李欧梵,他早在 1985 年,就在中国的《外国文学研究》杂志发文①,"热情而着重地向中国文学界推介了两位他眼中的'世界级'小说家:其一是哥伦比亚的加西亚·马尔克斯;另一位便是今天在中国已广为人知的米兰·昆德拉"②。昆德拉研究专家李凤亮认为,李欧梵的文章对中国学界认识昆德拉、理解昆德拉有着发现之功与引导之功:"李欧梵此文发表于1985 年,当时昆德拉的作品还未被正式介绍到中国来,但在 80 年代中期的中国文坛却起了开阔视野的作用,文中的观点至今对中国当代的小说创作仍不无启发。"③李欧梵对昆德拉有着深刻的理解和独到的批评,如他对昆德拉《笑忘书》的批评。在对昆德拉的阐释中起到重要作用的文学批

① 详见:李欧梵. 世界文学的两个见证——南美和东欧文学对中国现代文学的启发. 外国文学研究,1985(4):44-51.

② 作从巨. 叩问存在——米兰·昆德拉的世界. 北京:华夏出版社,2005:3.

③ 李凤亮. 诗·思·史:冲突与融合——米兰·昆德拉小说诗学引论. 北京:商务印书馆,2006:351.

评家名单中,我们可以看到乐黛云、艾晓明、盛宁、王彬彬、陈思和、崔卫平、高兴、仵从巨、彭少健、邵建、李凤亮等一批在中国的中外文学批评界有着重要影响的文学批评专家。我们发现,在中国文学批评家的笔下,对昆德拉的理解与解读常常会参照中国文学来展开,对昆德拉作品价值的判断,也往往以对中国文学的启迪来衡量,如王彬彬的批评文章《重提小说的认识价值——米兰·昆德拉对中国当代小说的启示》①。对昆德拉的作品进行解读与批评的,还有像周国平、徐友渔、俞吾金这样一些哲学家,他们就昆德拉作品的意义与价值展开探讨②,他们的研究为中国读者从哲学的途径理解昆德拉提供了重要参照。除了这些在学界具有重要地位的文学批评家之外,在中国还有一批在成长中的昆德拉研究者,主要以硕士和博士研究生为主。他们对昆德拉的阐释与研究,值得我们深入关注。需要指出的一点是,在文学批评家中,有为数不少的专家,他们精通英语、法语,还有的精通捷克文,他们对于昆德拉的解读并不完全依赖于译文,而是可以参照多种文本,甚至可以参照国外对昆德拉的研究成果,就此而言,他们的阐释视野更为广阔,阐释角度也较为新颖。

3. 作家。昆德拉是作家,作家与作家之间的阅读往往会推进深刻的理解。在这个意义上,就昆德拉的阐释而论,中国作家对昆德拉作品的解读或阐释,有着值得特别关注的价值。翻译昆德拉,在很大意义上,就是为了给中国的文学创作,尤其是小说写作提供参照。值得注意的是,昆德拉的中译本最早就是由作家出版社出版,而且景凯旋与徐乃建译的《为了告别的聚会》、韩少功与韩刚译的《生命中不能承受之轻》、景凯旋与景黎明译的《生活在别处》《玩笑》、宁敏译的《不朽》、唐晓渡译的《小说的艺术》

---

① 详见:王彬彬. 重提小说的认识价值——米兰·昆德拉对中国当代小说的启示. 文艺评论,1993(5):27-31. 他在《小说评论》2003 年第 5 期上还发表了《"姑妄言之"之四:对昆德拉的接受与拒绝》一文.

② 如:周国平. 探究存在之谜. 读书,1993(2):34-39;俞吾金,戴志祥. 铸造新的时代精神——米兰·昆德拉的话语世界. 复旦学报(社会科学版),1996(3):86-92;徐友渔. 昆德拉哈维尔和我们. 上海文学,1998(10):70-74.

被作家出版社列入"作家参考丛书"（莫亚平译的《笑忘录》、蔡若明译的《玩笑》则由中国社会科学出版社列入"文学研究参考丛书"）。对不少研究者而言，昆德拉的小说创作对于中国当代文学具有启示价值，如上文提及的李欧梵、王彬彬的研究就专门论及这方面的问题。如果说昆德拉的小说对于中国作家的创作与思考有着一定的参考与启示意义的话，那么中国作家对昆德拉的阅读与阐释对于一般读者则有着重要的引导价值。就我们所掌握的材料看，莫言、苏童、韩少功、余华、毕飞宇、王小波、王安忆、黄蓓佳、池莉、赵玫等中国当代著名作家在不同的场合或以不同的形式都对如何阅读昆德拉、理解昆德拉发表过谈话或发表过文章。鉴于这些作家的巨大影响，他们对昆德拉的阐释值得学界特别关注。对这些阐释的价值，我们在讨论昆德拉在中国的阐释重点时会有所涉及和讨论。

上面列举了三类具有不同特征，但也有一定交叉的具有特别意义的阐释者。就昆德拉而言，他不同于一般的外国作家，他的作品在中国广为传播，无论是对专业性的读者，如研究者，还是对普通的读者，都具有广泛的吸引力。可以说，昆德拉是在中国拥有最多读者的外国当代作家，超过最近20年来获诺贝尔文学奖的任何一位外国作家。对于一个作家而言，自己的作品能够为广大读者所阅读、所喜爱，应该就是他写作的根本追求之一。在中国，如我们在第四章探讨昆德拉在中国的传播途径时所言，昆德拉的广大读者借助基于网络的新媒体，踊跃发表自己对昆德拉的解读或领会的意见，利用各种平台，进行广泛的交流。昆德拉的众多读者，是昆德拉作品及其思想最为活跃、最具个性的阐释主体，其中也可区分为几个群体：一是学生群体，我们在考察中发现，在中学生中，昆德拉拥有很多读者；二是白领群体，主要是年轻人，出了校门之后，在社会的激烈竞争中倍感存在的压力，比较容易与昆德拉的作品，尤其是《不能承受的生命之轻》一书所涉及的存在问题的思考产生共鸣；三是一批稳定的外国文学爱好者，他们长期以来一直关注外国文学的发展，对外国文学中具有独特个性的作家有着不同一般的亲近感，昆德拉因其对存在的深刻思考和具有开拓性的小说艺术而对他们产生广泛的吸引力。如果读者有专家型与普通型之分,那么这些普通型的读者对昆德拉作品的阐释带有新媒体时代的特征,自发、活跃而鲜活,为昆德拉在中国再生的文学生命提供了新鲜的活力,不断拓展着对于昆德拉认识与理解的疆界。

从以上简要的梳理与归纳情况看,昆德拉在中国影响巨大,不同类型的阐释者有着不同的明显特征,也具有不同的作用与功能,但最为基本的作用,便是通过他们的阐释,中国读者可以交流互动,一步步走近昆德拉,越来越深入地理解昆德拉。

二、阐释形式的多样

在上文,我们对昆德拉阐释的主体做了一定的分类,也就不同的阐释主体的特点做了简要的分析。应该说,不同的阐释主体,在对昆德拉的阅读、阐释中,采取的形式也会有一定的区别。下面,我们就多元的阐释主体的阐释特点,对国内对昆德拉的丰富多样的阐释形式做一简要的归纳。

在对昆德拉的阐释中,译者首先是我们观察的主体,上文已经论及,译者的翻译活动在其本质的意义上就是一种阐释。但译者对所译作品的阐释并不完全止于文本的翻译。在对译介活动的考察中,我们发现译文的副文本往往对召唤读者、引导读者起着不可忽视的影响,是一种重要的作品阐释形式。如当下,中国学界对中国当代文学在国外的译介非常关注,其中有的研究就是通过对译文的副文本的分析,来分析国外对中国当代文学作品的译介与接受的动机与倾向。昆德拉对译文有特别的要求,而且不允许译本上有任何形式的副文本的存在,但这只是就 2002 年昆德拉正式授权上海译文出版社出版的新译本而言。于此之前在中国出版的一些昆德拉的作品,我们可以看到副文本的存在,其中就有译本"前言"以及译者除翻译活动之外的其他阐释性活动。从我们所了解的情况看,韩少功、韩刚的译本就有"前言","前言"共有 11 点,就如何发现昆德拉、关注东欧文学的重要性与必要性、昆德拉的创作之路与在国外的影响、昆德拉的立场、昆德拉作品的特质、昆德拉创作的思考与翻译昆德拉的困难等发表了自己的看法①,这对中国读者走近昆德拉的世界具有引导价值。其对昆德拉的理解对后来的阐释者也产生了明显的影响。副文本除了译者的前言、序言或译后记之外,文本封面或封底的介绍性文字都有重要的推介与引导功能。对于昆德拉而言,他对于文本保持独立性,不允许有副文本形式存在的要求,基本是个特例。也许正是出于这个原因,2002 年昆德拉正式授权以后的新文本没有了副文本,但译者对作品的思考依然存在,转以论文的形式予以发表。

就昆德拉阐释的形式而言,论著与论文是最为主要,且最为重要的形式。文学批评专家对昆德拉的解读与阐释,往往以论著或论文的形式发表。关于对昆德拉的阐释,李凤亮有比较系统的思考,他在其研究专著《诗·思·史:冲突与融合——米兰·昆德拉小说诗学引论》中附有"研究米兰·昆德拉的中文著作与论文"的详细资料,时间是从 1981 年至李凤亮的著作出版的前一年,即 2005 年。对于有关昆德拉阐释的 2005 年以后出版或发表的论著与论文情况,通过知网查询,可以得到较为准确的情况。李凤亮搜集的这些资料对我们的研究很有价值,但除了李凤亮所关注的已经正式出版或发表的有关昆德拉阐释与研究的论著(评传、论文集也在李凤亮的关注之内)与论文(包括述评与报道)外,还需要关注 20 多年来全国高校硕士研究生和博士研究生,还有一些本科生撰写的学位论文。根据李凤亮提供的资料,从《外国文学动态》1981 年第 12 期发表的《近二十年来的捷克文学概况》首先向中国简单介绍了昆德拉以来,至今已近 40 年,若从我们在绪论中提到的 1977 年杨乐云发表的内部发行的《美刊介绍捷克作家伐措立克和昆德拉》算起,已 40 多年。在这 40 多年间,中国学界对昆德拉从不了解到基本了解,在持续的研究中不断加深对昆德拉的认识与理解,尤其是对他的小说创作做了多方位的阐释。在中国对昆德拉的研究中,李凤亮是最有代表性的学者之一。他不仅拥有自

---

① 详见:韩少功.《生命中不能承受之轻》前言//昆德拉.生命中不能承受之轻.韩少功,韩刚,译.北京:作家出版社,1987.

身关于昆德拉的丰硕研究成果,而且对昆德拉译介历史有持续的追踪,对中国研究昆德拉的基本状况有全面的把握。要理解与把握昆德拉在中国阐释的历史发展与相关重点问题,对以论著与论文为形式的研究成果必须予以重视。在下一节有关昆德拉阐释重点的探讨中,我们将结合有关情况,对具有代表性的论著与论文的观点加以梳理与归纳。

昆德拉阐释的第三种较为常见的形式,是读后感。如果说专家型读者往往采取论著与论文的形式来书写他们对昆德拉进行解读、批评等阐释活动的成果,那么普通的读者采取的最为常见的形式,就是读后感。如我们在上文所述,一般读者对昆德拉作品的阅读和阐释,往往带有强烈的个人色彩,不追求对文本的系统研究与科学分析,而在乎自己对作品阅读的直接感受与生命体验。所以这些读后感的文字具有鲜活的力量。谢天振在研究读者参与文本再创造的现象时指出:"当译者把完成了的译作奉献给读者后,读者又会以他自己的方式,运用他自己已有的知识装备,并调动他自己的人生体验,去加入这个再创造过程之中。由于读者的加入,文学翻译中的创造性叛逆变得更加丰富,更加多姿多彩了。"①谢天振所说的"创造性叛逆"在一定的意义上是读者对文本的某种误读或带有浓重主观色彩的解读。从我们在网络的相关平台上读到的大量以读后感形式呈现的阐释文字看,确实带有很强烈的个性色彩。读者在读后感中谈自己对昆德拉的理解,谈昆德拉的作品给他们带来的感受,也谈昆德拉的作品给他们理解生命和存在提供的帮助。大量的读后感文字,在网络中相互交流相互影响,有的观点还相互冲突,从争论中突破昆德拉已有的理解疆界,导向新的可能。关于读后感,我们还特别注意到在各地配合读书节活动而举行的一些征文比赛或中学举办的读书交流会,一些获奖的读后感文字具有深深的感染力。比如据《新闻晨报》报道,在"第五届沪、港、澳与新加坡四地中学生读书征文活动"中,"上海时代中学初一学生陈奕珊以一篇《生命的轻与重——读〈生命中不能承受之轻〉》折服了包括著名作家

---

① 谢天振. 译介学. 上海:上海外语教育出版社,1999:165.

叶辛、赵丽宏、张秋生、陈村、秦文君、李仁晓等在内的评委,夺得本届读书征文活动上海赛区初中组一等奖和四地总决赛初中组冠军"①。著名作家赵丽宏在上海赛区评审会上,给这篇读后感以很高的评价,"陈奕珊作为一名初一学生,能够去读米兰·昆德拉的作品,并且能够把它读懂,十分了不起。在写作中,又能够把简单的生活经历和高深的哲理结合在一起"②。我们在上一章网络传播途径的章节中也谈到了这篇作文在传播的过程中引起的诸多关注。"读懂"昆德拉,是就个人对昆德拉的作品理解而言。韩少功在《生命中不能承受之轻》的前言中说过一段话,就理解的个体性色彩与理解的欲求做了深刻的解说:"我们并不能理解昆德拉,只能理解我们理解中的昆德拉,这对于译者和读者来说都是一样。我们的理解欲求,应该基于对社会主义文化事业的责任感,基于对人类心灵种种奥秘的坦诚和严肃,基于对文学研究和文学创作的探索精进。"③韩少功的这段话,表明了他对理解与阐释活动有着严肃的思考。同时,理解活动具有很强的主体性。这就导致了阐述活动有可能出现的"过度阐释"或"误读"的现象。

在对昆德拉的阐释中,译者处于比较特殊的位置,其在翻译过程中对作品的阐释会直接影响到不懂外文或完全依靠译文来阅读昆德拉作品的读者。文学批评家对于昆德拉作品的阐释与普通读者的阐释也有区别:前者系统,后者呈碎片化;前者有阐释理论的指导,后者往往依靠自己的感悟;前者讲究方法,后者自发随性。我们在上文所论及的普通读者的读后感形式,在当今的网络时代,呈现出从未有过的活力,对普通读者而言,有了直接表达自己的心得感受并进行交流的可能。在对昆德拉的阐释

---

① 郁文艳. 初一女生读懂米兰·昆德拉. (2004-07-07)[2016-12-28]. http://www. jcph.com/shaoer/bkview.asp? bkid＝65794&cid＝129158.

② 郁文艳. 初一女生读懂米兰·昆德拉. (2004-07-07)[2016-12-28]. http://www. jcph.com/shaoer/bkview.asp? bkid＝65794&cid＝129158.

③ 韩少功.《生命中不能承受之轻》前言//昆德拉. 生命中不能承受之轻. 韩少功,韩刚,译. 北京:作家出版社,1987:13.

中,对读后感和读书征文形式的阐释,目前学界关注不够,尤其是在译介研究中,少有涉及。在上一章中,我们结合昆德拉传播途径研究,对普通读者的阐释活动有所探讨,从中可以看到普通读者对昆德拉作品的阅读与理解具有自身的特点,具有可开拓的研究空间,其中凸显的有关问题可以作为文学译介研究很有探讨价值的课题。

在对昆德拉的阐释活动中,我们还注意到其他形式的阐释,如昆德拉作品的"导读"或"解读"、有关昆德拉创作思想与小说艺术的讲座等等,都值得关注。这里不再一一细究。

三、阐释的阶段性

文学作品的阐释处于开放的空间,翻译学界曾围绕"翻译有无定本"这一问题展开过讨论。其关注的焦点,看似是翻译的问题,语言转换的问题,实际上涉及的,是阐释的根本问题,那就是对于原作的意义的理解与阐释活动是否有其发展性与历史性。如果说翻译是阐释活动,那么昆德拉作品在中国的翻译就有着历史性。在第二章中,我们结合对影响昆德拉作品翻译的外部因素的探讨,就翻译的政治因素与意识形态因素做了考察与分析,从中可以发现昆德拉作品的翻译中,在不同的历史阶段,会有不同的处理方法,比如昆德拉在中国译介的第一个阶段,对有的作品中出现的一些有可能导向意识形态与政治性理解的词语,往往做删改的处理,如对昆德拉在中国的介绍与阐释颇有贡献的艾晓明就在其编译的《小说的智慧——认识米兰·昆德拉》的出版说明中写道:"由于昆德拉本人特殊的生活经历和情感形态,使他创作意识中的观念与我们相悖,在书稿文字处理中,我们删去了一部分段落和句子,力求为读者提供一部纯学术的理论著作。"①而随着时代的变化,政治环境的变化,昆德拉作品翻译中出现的这些删改的现象也会发生变化,比较昆德拉作品在 20 世纪 80 年

---

① 艾晓明.出版说明//艾晓明.小说的智慧——认识米兰·昆德拉.北京:时代文艺出版社,1992.

代年末、90年代的翻译与新世纪的翻译,就不难看到这种阶段性的变化。这是就翻译意义上的阐释而言。

就专家型读者和普通读者对昆德拉的阐释而言,也同样呈现出阶段性和发展性。考察昆德拉在中国的阐释,可以明显发现前期的阐释与新世纪的阐释之间的差异。在前期,中国学界比较关注昆德拉作品的政治色彩,而在新世纪,主要是从对小说艺术的探索与对存在的探索这两个重要的维度上,对昆德拉的作品加以研究与阐释。1988年11月在北京曾召开"东欧当代文学讨论会",高兴对此次会议做过一个综述,在综述中,他就这样写道:"代表们在如何评介昆德拉作品的问题上陈述了两种意见。一种意见认为,昆德拉的作品带有明显的政治倾向,我们在译介时应持谨慎态度。另一种意见则认为,昆德拉是个很有特色的作家,他的作品从哲学的高度思索和揭示复杂的人生,具有相当的艺术深度,很值得我们广泛介绍。"①高兴的这段话充分说明了在20世纪80年代末,对昆德拉的解读和阐释往往与政治相连。我们在第二章中,对于影响昆德拉译介的政治因素做了探讨,其中就涉及相关的问题。随着社会、政治与文化环境的变化,国内对昆德拉的阐释慢慢从政治的解读中走出来,阐释的路径与重点也超越了政治层面,而导向小说艺术的深度探讨。昆德拉阐释的阶段性,还表现在学界对昆德拉的理解在不断深入,进入新世纪以来,尤其是随着昆德拉新译的问世,国内批评界对昆德拉的阐释呈现出新的特点。而基于网络的普通读者对昆德拉的阐释,更是呈现出外国文学在中国的译介史中难得一见的"广泛度"与"持续性"。

此外,我们在对昆德拉阐释特点的考察中,除了上述的几个较为突出的特点之外,还可以看到大陆与台湾,无论在昆德拉作品的译介还是对昆德拉作品的阐释中,都存在着一定形式的互动。这里不拟做进一步的探讨。

---

① 高兴. 首届"东欧当代文学讨论会"在京召开. 世界文学,1989(1):201.

第二节　昆德拉在中国的阐释重点

在对昆德拉的译介途径与阐释特点的考察中,我们可以清楚地看到,改革开放 40 多年来,昆德拉可以说是在中国得到系统译介、广泛接受并具有持续影响的代表性作家。由于昆德拉在中国受到广泛关注,其接受途径畅通,阐释主体多元,形式多样,因此对昆德拉的阐释也呈现出某种丰富性。应该看到,不同的阐释主体对昆德拉的阐释,无论在形式上,还是在阐释的方法上,都有一定的差别。然而,从对昆德拉阐释的整体情况看,如我们在上文所言,早期对昆德拉的阐释对"政治"比较看重;此外,对于"性",也表现出了某种敏感。在一定程度上,"政治"与"性"在对昆德拉的接受与阐释中,似乎是难以避免的两个具有一定影响力的方面①。对昆德拉的阐释,尤其是在对其代表作《不能承受的生命之轻》的解读中,"政治"与"性",似乎是两把重要的钥匙。对于这样的现象,著名作家王安忆有过深刻乃至痛苦的思考。2003 年,昆德拉的《不能承受的生命之轻》新译本出版后,王安忆在《文汇报》发表专文,在文章的第一句话写道:"我一直对米兰·昆德拉的《不能承受的生命之轻》感到不安,它几乎成为我理解力的一个障碍。我不相信它只有我所能看见的那些,可除去那些,我又真的看不见别的。我对自己以及对它充斥着怀疑,为了释解这种折磨人的困惑,我决心以实证的方法分析这部小说,求得客观的认识。"②作家王安忆开头的这一段话,看似简单,但在某种意义上却道出了昆德拉在中国阐释的某些带有普遍性的问题:一是昆德拉的作品对于读者而言,具有理解的困难,哪怕像王安忆这样的作家,都构成了"理解力的一个障碍";二是在阅读昆德拉作品的过程中,能否进入文本,通过诠释,把握昆德拉作

---

①　吴俊在《作家》2009 年第 9 期上发表了《政治和性:昆德拉的文学——以〈帷幕〉和〈无知〉为例》一文,值得关注。

②　王安忆. 事实和诠释//文汇报《笔会》编辑部. 每条鱼都在乎:2003 年笔会文粹. 上海:文汇出版社,2004:3.

品的精神,是一个重要的问题;三是昆德拉的作品具有深度与厚度,各个层面的读者在阅读时不可避免地会带有各自的"期待",在阐释时又难以避免地带着"定见",王安忆说要以实证的方式去分析小说,以求客观的认识,这样的客观结果在理论上是可能达到的吗?

为了具体了解对昆德拉进行阐释的困难与实际阐释中可能遇到的问题,我们不妨按照在中国文学界具有很大影响的作家王安忆的阐释与思考路径,看一看她在阅读昆德拉的过程中,到底遇到了怎样的障碍。她又是如何以文本所提供的事实,借助诠释,也就是我们所说的阐释,从本质上去把握昆德拉的? 我们看到,王安忆完全从文本出发,以文本为对象,对《不能承受的生命之轻》这部作品进行"实证"分析,作品对她构成的障碍是:无论是在20世纪80年代末对昆德拉这部作品的阅读,还是在新世纪重读这部作品,她发现,除了"政治"与"性",在这部作品中,她"真的看不见别的"。为了释解她的困惑,王安忆对小说的结构与基本情节、小说的人物、小说人物之间构成的关系、小说所涉及的"性"与"政治",在"轻"与"重"、"生"与"死"的两极对立与转化的哲学层面,展开了分析。其结果如何呢? 通过一步步的分析,她写道:

> 这就是经过诠释的《不能承受的生命之轻》。倘若取消诠释,余下的仅就是两个简单甚至孤立的事实:性与政治。在诠释之下,这两个事实,陡然提升到宇宙观的高渺之处。充斥事实之间的细节,则以象征附会、遮掩散漫单薄的自然状态,提供作诠释的材料。由于情节事实的能源有限,与高深的命题相距甚远,诠释的任务就相当艰巨,也格外重要,几乎有取代事实之势。这样的过度解释已成为现代写作的主要方式:一方面,它缓解了材料匮乏的危机,可纵容我们不想象;另一方面,它对现成观念的依赖,又限制了我们对已有材料,即对事实的认识。《不能承受的生命之轻》,由于它的诠释的华丽,这华丽来自观念的对称,平衡,完整,将事实悉数使用,全面提升,真有着令人惊异的效果,它引导了人们的批判现实写作。在这里,诠释的材料伴随方法一并传送过来,那就是性和政治。就这样,性,政治,在无度

的诠释中,成为历史反思的主要特征。为什么是性和政治,而不是其他,这是又一个令我不安的问题,在释解了《不能承受的生命之轻》之后,它将再继续折磨着我。①

细读王安忆的全文,尤其是我们在上面引用的这段话,我们可以从两个方面来理解"诠释"。首先是昆德拉写作文本时的诠释。王安忆以作家特有的敏感和作为高校教师具备的理论修养,为我们一步步揭示昆德拉是如何以"政治"与"性"这两个"事实"为基础,通过"诠释",而创造了《不能承受的生命之轻》,"引导了人们的批判现实写作"。其次,我们还可以体会到王安忆也在自己努力,尽可能客观地认识与理解昆德拉的作品。她告诫自己,读昆德拉的作品,不能止于昆德拉文本的表层,止于文本所写的"事实",而是要借助诠释,去揭示"事实"所指向的哲学深度。止于文本表层的阅读,读到的是"政治"与"性",诠释之后所看到的,也许还是"政治"与"性",但两者已经不处于一个层面。如王安忆所说,"倘若取消诠释,余下的仅就是两个简单甚至孤立的事实:性与政治。在诠释之下,这两个事实,陡然提升到宇宙观的高渺之处"②。但是,她又在提醒自己,同时也在提醒读者,诠释,有可能是过度的诠释:对王安忆来说,她虽然解读了《不能承受的生命之轻》的写作,但是在"无度"的诠释中,为什么"政治"与"性"往往"成为历史反思的重要特征",这是她所必须进一步思考的问题。

王安忆对《不能承受的生命之轻》的解读与思考,对我们探讨昆德拉在中国的诠释,具有多方面的参照意义。一是我们可以据此看到,昆德拉作品,具有广阔的阐释空间,对其作品的阐释,处于开放之中,昆德拉的写作,如同一种"诠释"行为,往往指向人之存在的深处。二是对昆德拉作品

---

① 王安忆. 事实和诠释//文汇报《笔会》编辑部. 每条鱼都在乎:2003 年笔会文粹. 上海:文汇出版社,2004:7.

② 王安忆. 事实和诠释//文汇报《笔会》编辑部. 每条鱼都在乎:2003 年笔会文粹. 上海:文汇出版社,2004:7.

的阐释,有可能止于表层,这样的阅读与阐释,无法理解真正意义上的昆德拉。三是阐释行为有可能失度,这就是我们常常所言的"误读"。鉴于昆德拉作品的复杂性与丰富性和昆德拉作品在中国接受的广泛性与阐释形式的多样化,要全面展现昆德拉在中国阐释的情况是非常困难的。此外,我们的研究目标是要就昆德拉在中国译介、接受与阐释的整个过程进行梳理与分析,因此我们关注的焦点,并不在于昆德拉是如何被阐释的,而是试图就昆德拉在中国阐释的基本情况做一描述性的梳理。

应该看到,国内对昆德拉的阅读、解读与阐释活动是非常丰富的。昆德拉在中国拥有广泛的读者,对其作品的关注与研究,也在持续不断的过程中。许钧曾指出:"对于昆德拉的《不能承受的生命之轻》这部书确实有着很多不同的理解,譬如:哲学家俞吾金就从哲学的角度对昆德拉的话语进行阐释,他认为此作品铸造了新的时代精神;中国比较文学学会会长乐黛云则认为昆德拉成功地完成了哲理与故事、梦与现实的结合,或者是创造了一支把哲学、叙事和梦合为一体的、复杂的交响乐;文学评论家们更是推崇昆德拉掀起了小说的革命,对小说的'新'与'奇'以及对昆德拉小说的技巧与创新进行了探讨;而一般的读者透过《不能承受的生命之轻》看到的是一个美丽的,最后变成了凄婉的,进而再变成绝望的爱情悲剧。"[①]昆德拉阐释的多种可能性,在一定程度上说明了昆德拉作品丰富的生命力。我们拟根据目前掌握的材料,结合国内 30 余年来对昆德拉作品的阐释情况,从三个方面来探讨昆德拉在中国的阐释重点。

一、对昆德拉小说艺术的探索

检视昆德拉在中国译介与传播的历程,可以看到不同类型的读者对昆德拉接受与阐释的方式和路径是有明显区别的。就总体而言,普通读者对昆德拉的接受是自发的,对昆德拉的阐释多为感悟性的,他们关注的

---

① 许钧. 理解与翻译——谈《不能承受的生命之轻》// 王蒙,王安忆. 12 堂文学阅读课. 上海:上海交通大学出版社,2017:201.

基本是他的代表作,或者可以说多集中于《不能承受的生命之轻》《生活在别处》等作品。而对于专家型读者而言,则对昆德拉之于小说艺术开拓性的贡献尤为关注。昆德拉研究专家李凤亮曾与李艳合作,收集了1986年至1996年间有关米兰·昆德拉在世界各地的一些重要的研究资料,编著了《对话的灵光——米兰·昆德拉研究资料辑要(1986—1996)》一书。李凤亮对昆德拉在中国译介与研究的第一个阶段的情况做了梳理与总结,指出在这个阶段对昆德拉的研究主要集中在四个方面:一是"对昆德拉小说作品及理论观念的普泛介绍成为前一阶段昆德拉研究的重点,为读书界正确认识昆德拉其人其作起到了筚路蓝缕之功"①。二是"昆德拉借以引起评论界撼动的,除了作品内容上鲜明的政治批判色彩与哲学质询意味外,更多的恐怕仍是他对小说叙事形式上的革新。由于后一方面较多地关涉于艺术技巧的范畴而不大与意识形态发生联系,因而在近几年的研究中得到充分发展"②。三是"从研究者对昆德拉的介入范围与评论区域来考察,不难发现,近十年来的昆德拉研究,无论在各部作品的整体综合把握方面还是在个体作品的单向度分析方面,都分别取得了较大的进展,尤以后者的成果为最"③。四是"米兰·昆德拉的生平研究一直是个弱项,迄今亦无彻底改观"④。李凤亮指出的四点是20世纪80年代中期至90年代中期的昆德拉研究状况。在对该时期有关昆德拉研究与阐释情况

---

① 李凤亮. 后顾与前瞻:近十年来米兰·昆德拉翻译研究述评(代前言)//李凤亮,李艳.对话的灵光——米兰·昆德拉研究资料辑要(1986—1996). 北京:中国友谊出版公司,1999:42.

② 李凤亮. 后顾与前瞻:近十年来米兰·昆德拉翻译研究述评(代前言)//李凤亮,李艳.对话的灵光——米兰·昆德拉研究资料辑要(1986—1996). 北京:中国友谊出版公司,1999:46.

③ 李凤亮. 后顾与前瞻:近十年来米兰·昆德拉翻译研究述评(代前言)//李凤亮,李艳.对话的灵光——米兰·昆德拉研究资料辑要(1986—1996). 北京:中国友谊出版公司,1999:49.

④ 李凤亮. 后顾与前瞻:近十年来米兰·昆德拉翻译研究述评(代前言)//李凤亮,李艳.对话的灵光——米兰·昆德拉研究资料辑要(1986—1996). 北京:中国友谊出版公司,1999:53.

进行梳理之后,李凤亮在其之后所出版的著作《诗·思·史:冲突与融合——米兰·昆德拉小说诗学引论》中附上了《米兰·昆德拉研究资料目录》,其中第六部分列出了 1981 年至 2005 年中国研究米兰·昆德拉的中文著作与论文的题目。根据知网,我们也搜集了 2006 年至 2018 年 2 月底之前研究昆德拉的博士学位论文与硕士学位论文以及期刊论文情况。根据这些材料总的情况看,李凤亮指出的昆德拉研究第一个阶段四个方面的情况,虽然发生了一些变化,但就整体而言,后来的研究在重点方面是有一定延续的,最为重要的一点,就是对昆德拉小说艺术的探索。

对小说艺术的探索而言,有两个方面的含义。一是昆德拉本身就特别关注小说艺术的探索与革新。彭少健对昆德拉在小说理论方面的探索有这样的一段简要论述:"在创作小说的同时,昆德拉还不断思考文学史上小说的本质与意义,正如海德格尔不断质问'诗人何为'一样,他不断探究'何为小说'的问题,对小说这一艺术形式表达自己独到的认识,1960 年他发表了论述捷克作家弗·万楚拉小说的论文集《小说的艺术》,后来为了纪念他的这部早期论文集,他将 80 年代的小说理论文集也命名为《小说的艺术》。1993 年完稿并初版的论文集《被背叛的遗嘱》则通过对纳博科夫等作家的论述进一步探索了小说,特别是结合自己的移民经历论及了不少移民作家的命运。"①昆德拉的创作是实践与理论并重,且在两者之间有着严格意义上的互动。在当代的作家中,昆德拉是少有的在对小说理论进行深刻的思考、建立了自己的小说观的同时,进行自觉的小说创作的作家。他早期写过不少探讨小说历史与理论的论文,1960 年出版的《小说的艺术》就是有关文章的合集。在《被背叛的遗嘱》一书中,他明确提出了建立小说的历史观的重要性:"依我看来,伟大的作品只能诞生于它们所属艺术的历史中,同时参与这个历史。只有在历史中,人们才能抓住什么是新的,什么是重复的,什么是发明,什么是模仿。换言之,只有在

---

① 彭少健. 米兰·昆德拉小说:探索生命存在的艺术哲学. 上海:东方出版中心, 2009:4.

历史中,一部作品才能作为人们得以甄别并珍重的价值而存在。对于艺术来说,我认为没有什么比坠落在它的历史之外更可怕的了,因为它必定是坠落在再也发现不了美学价值的混沌之中。"①通过这一段话,我们可以看到昆德拉对小说的思考是系统而全面的,首先是对小说的本质、历史的思考,只有在历史中才能衡量一个作家或一部作品的独特之处与"美学价值"。2006 年,昆德拉发表了新作《帷幕》,其思考同样是在历史与美学这两个重要的维度展开的。彭少健很敏锐地抓住了这一点,对这部新作做了如下简要但精到的解读与阐释:"2006 年出版的《帷幕》,进一步研究了前面两部理论著作中提出的问题:一方面,昆德拉从小说的历史入手,通过对作品的考察和分析来表达自己的小说美学观。另一方面,昆德拉从小说本体论出发表述了自己的小说美学观。他认为,小说并非是一种文学体裁,它具有与其他艺术不同的起源、历史、道德、开放性以及与作家自我的关系,应将其视为一种特别的、独立的艺术。"②就昆德拉的小说理论探索与思考而言,彭少健的分析与阐释应该说是比较准确地反映了昆德拉的探索意图与理论追求。

对于昆德拉在小说理论探索方面的贡献,国内的学者关注较多,而且对昆德拉的思考有较为深刻的把握。除了将小说置于"历史"与"美学"两个维度加以考察之外,吴晓东认为昆德拉还有另一追求,那"就是要把小说与哲学结合起来。当然这种结合不是以哲学家的方式来从事哲学研究,而是以小说家的方式来进行哲学性思考"③。对于昆德拉的这一哲学思考维度,吴晓东认为并非昆德拉的创新性探索,而是基于现代主义小说的一种思想层面的继承。他认为:"可以说,这种小说家式的哲学思考代表了 20 世纪现代主义小说一个基本取向,比如卡夫卡,比如萨特、加缪、

---

① 米兰·昆德拉. 被背叛的遗嘱. 余中先,译. 上海:上海译文出版社,2003:18.

② 彭少健. 米兰·昆德拉小说:探索生命存在的艺术哲学. 上海:东方出版中心, 2009:4.

③ 吴晓东. 从卡夫卡到昆德拉——20 世纪的小说和小说家. 北京:生活·读书·新知三联书店,2017:319.

西蒙·波伏瓦,又比如黑塞,博尔赫斯也有这种倾向。"①实际上,在欧洲文学的传统中,小说与哲学的结合是一大特征,从法国文学史看,启蒙哲学家们的文学创作就有这样的特征。就昆德拉的小说理论与创作在中国的影响而论,吴晓东认为:"如果说二战之后欧洲最具革命性的小说实验是新小说派,那么在新小说派之后最有冲击力度的,就目前介绍到中国文坛的作家而言,可能是昆德拉。昆德拉的小说学价值或者说诗学意义上的特殊贡献在于,他是继新小说派之后最自觉地探索小说可能性限度的作家,并且呈现了新的小说样式,让我们知道小说还可以写成这个样子,同时启示我们小说更可以写成别的样子。"②

　　中国学者从历史、审美与哲学维度对昆德拉的小说探索的阐释,是对昆德拉小说理论的基本把握。盛宁还看到昆德拉小说的另一个特质,在对 20 世纪的世界文学做了一番观察之后,盛宁指出,"以米兰·昆德拉为代表的来自东欧的新型小说,也给了欧美文坛以不小的冲击。人们看到,相对于那些不堪卒读的文字游戏式的'实验小说',倒是这后一类文学展示了更广阔的叙事可能性,提供了更加凝重、更加实在的审美意识,虽然这后一类小说也充满了奇想,也不乏'超现实'的表现,但它们与历史和社会实际有着明显的联系,甚至表现出一种社会和道德的责任感"③。他还特别强调指出:"昆德拉对于小说艺术之出路的思考,看来还是首先以坚持文学艺术的道德责任为前提的。"④盛宁的这一阐发,对于我们考察中国读者为何特别关注昆德拉的小说,具有一定的参照意义。

　　李凤亮对中国学界研究、阐释昆德拉的状况较为了解,在此基础上,

---

① 吴晓东. 从卡夫卡到昆德拉——20 世纪的小说和小说家. 北京:生活·读书·新知三联书店,2017:319.

② 吴晓东. 从卡夫卡到昆德拉——20 世纪的小说和小说家. 北京:生活·读书·新知三联书店,2017:312.

③ 盛宁. 关于米兰·昆德拉的思考//李凤亮,李艳. 对话的灵光——米兰·昆德拉研究资料辑要(1986—1996). 北京:中国友谊出版公司,1999:126.

④ 盛宁. 关于米兰·昆德拉的思考//李凤亮,李艳. 对话的灵光——米兰·昆德拉研究资料辑要(1986—1996). 北京:中国友谊出版公司,1999:126.

他从诗、思与史三个方面对昆德拉的小说理论与创作加以把握,这与我们在上面所指出的情况基本是吻合的。李凤亮认为,昆德拉是"一个有着明确的批判意识、幽默精神与小说史观念的小说家",有"对小说使命的执着思索与探求"①,是对欧洲小说传统的一种复兴与开拓。基于此,他指出:"昆德拉所复兴的,不仅是一种主导性的小说美学风貌,还有他一贯主张的小说智慧的内在精神,一种现代人类诗意生存所必需的相对性价值立场。"②从以上我们简要的梳理中,不难看到中国学界对昆德拉小说理论探索的阐释,是在多个层面进行的。

如果说昆德拉对小说的探索,理论思考是一个方面的话,那么另一个方面,就是他在实际的小说创作中,在其小说历史观、美学观和哲学思考的基础上,对小说写作有着自觉的追求。从我们目前掌握的材料看,对昆德拉的研究,尤其是学术层面的探讨与研究,从 20 世纪 80 年代开始至今,最重要的就是对昆德拉小说艺术的探讨,这样的研究往往结合对具体作品的分析,选择相关角度对昆德拉的小说进行阐释。值得说明的是,最初的部分讨论文章在对昆德拉小说进行阐释时,还是主要集中在对昆德拉小说的内容层面的解读,对昆德拉小说所书写的世界的解读,对昆德拉在东欧文学中的地位、昆德拉的"媚俗"之揭示、昆德拉的困境等等进行介绍性的评述。到了 90 年代,颜向红在《外国文学评论》1991 年第 3 期发表了《现代小说:时空结构与价值失落》一文,对昆德拉的小说结构展开了研究。乐黛云在《读书》杂志 1992 年第 1 期发表的《复杂的交响乐》,可以说是对昆德拉的小说理念与小说创作进行深度分析与阐释的最早的论文之一。之后,有关昆德拉小说艺术的探讨越来越多,如邵建在《文艺研究》1994 年的第 6 期发表了《人的可能性与文的可能性——米兰·昆德拉的小说"革命"》,李凤亮在《国外文学》1995 年第 3 期发表了《大复调:理论与

---

① 李凤亮. 诗·思·史:冲突与融合——米兰·昆德拉小说诗学引论. 北京:商务印书馆,2006:114.

② 李凤亮. 诗·思·史:冲突与融合——米兰·昆德拉小说诗学引论. 北京:商务印书馆,2006:114.

创作——论米兰·昆德拉对复调小说的承继与发展》,仵从巨在《文艺研究》1996 年第 3 期发表了《"存在"之思铸就的形式——论昆德拉小说形式的独创性》,刘润奎在《国外文学》1997 年第 4 期发表了《昆德拉的小说艺术》,李夫生在《外国文学研究》1998 年第 2 期发表了《米兰·昆德拉小说的叙事策略》,涂险峰在《外国文学评论》1999 年第 2 期发表了《对话的可能与不可能及复调小说》,黄书泉在《安徽大学学报》(哲学社会科学版)2000 年第 1 期发表了《小说:对存在的探索——米兰·昆德拉的小说观》等。我们刚才所列举的文章,都是一些比较有代表性的论文,实际上,对昆德拉小说艺术的探讨与阐释的文章,构成了中国对昆德拉研究的重点。进入新世纪以来,这一方面的研究还在继续,2002 年,李凤亮分别在《小说评论》、《暨南学报》(哲学社会科学版)、《国外文学》、《广东社会科学》、《华南师范大学学报》(社会科学版)等学术刊物以及在国内有很大影响的《南方周末》与《羊城晚报》发表了 9 篇文章,就昆德拉的小说观、小说历史观、小说艺术等方面展开了研究,其阐释中所展现的观点在中国学界有很大影响。

2003 年,上海译文版的昆德拉作品问世之后,对昆德拉的阐释进入了继续深入的时期,在这一年以及 2004 年、2005 年、2006 年,李凤亮又在《外国文学研究》、《南京社会科学》、《江汉论坛》、《南方文坛》、《深圳大学学报》(人文社会科学版)等刊物以及《中华读书报》等报陆续发表了近 20 篇论文。从李凤亮的文章看,他关注的视野开阔,但重点还集中在对昆德拉小说诗学、文体、叙事等涉及昆德拉小说艺术问题的探索。从昆德拉作品新译之后,我们根据知网所检索到的材料,根据论文题目与关键词,可以看到就昆德拉小说艺术的探索文章就近 100 篇。

从对昆德拉小说艺术探索的文章看,对昆德拉小说作品的分析与阐释主要集中在两个特别值得关注的方面:

第一是对昆德拉小说复调的阐释。乐黛云的《复杂的交响乐》一文,是国内较早关注昆德拉小说复调写作的文章,她指出:"为了达到从多方面勘探'存在'这一目的,昆德拉提倡用音乐的'复调'方式来写小说。复调就是多条线索同时并进而又相互对照,相互呼应,形成音乐式的'对位'……昆德拉认为'把非小说性的类,合并在小说的复调法中,这是布洛赫的革命性创举'。但他也指出这五条线索还缺乏平衡和有机联系。"①乐黛云对于昆德拉作品中"交响乐"之特征的揭示,对后来阐释者有诸多启示。对昆德拉作品音乐性的阐释,就与此有关联。邵建也是较早关注昆德拉复调理论与实践的评论家之一,他在《作家》1993年的第7期,发表了《复调:小说创作新的流向》一文,在作家中有较大影响,值得特别关注。我们在上文所特别提到的李凤亮就复调问题先后发表了多篇论文,1996年,他发表了一篇题为《复调小说:历史、现状与未来——米兰·昆德拉的复调理论体系及其构建动因》的文章,对昆德拉所致力构建的复调理论及其动因进行了思考与探讨,指出:"小说文体的复调、叙述视角的复调、情感空间的复调与时空观念的复调,一起构成了昆德拉庞大的复调小说理论体系。"②李凤亮在研究中,认为昆德拉构建这一复调小说体系,有着三重动因:一是昆德拉的思想动因,二是昆德拉的小说观念动因,三是题材动因。③ 关于昆德拉的小说观念动因,李凤亮认为:"昆德拉对复调性思维的选用,正是与其对以往纯叙事、重情节、重人物性格刻画等传统小说观念的摒弃同步进行的。他的'大复调'体系的建立,正与他对小说文体的独特理解密切相关。"④基于这一判断,李凤亮在《西南师范大学学报》(人文社会科学版)2004年第2期发表了专文,讨论昆德拉文体的复调与变奏,题为《文体的复调与变奏——对米兰·昆德拉"复调小说"的一种解读》,又在《深圳大学学报》(人文社会科学版)2005年第2期发表了《遗忘

① 乐黛云. 复杂的交响乐//李凤亮,李艳. 对话的灵光——米兰·昆德拉研究资料辑要(1986—1996). 北京:中国友谊出版公司,1999:113.
② 李凤亮. 复调小说:历史、现状与未来——米兰·昆德拉的复调理论体系及其构建动因. 社会科学战线,1996(3):173.
③ 详见:李凤亮. 复调小说:历史、现状与未来——米兰·昆德拉的复调理论体系及其构建动因. 社会科学战线,1996(3):174-175.
④ 李凤亮. 复调小说:历史、现状与未来——米兰·昆德拉的复调理论体系及其构建动因. 社会科学战线,1996(3):175.

与记忆的变奏——昆德拉小说的题旨隐喻》等文章,都与复调的阐释有关。吴晓东对昆德拉的复调也有研究,他在北京大学的小说课中,对昆德拉有深入的讲解。在对《不能承受的生命之轻》的结构分析中,他指出,昆德拉的这部小说"各个线索以复调方式并存,同时进展互相交织,有一种四重奏的多声部效果,四种乐器构成了和声,从而形成一个统一体"①。有关昆德拉这方面的阐释文章,我们也可以看到"复调"②、"变奏"③、"合奏"等术语的重点使用。

第二是对昆德拉小说创作中"幽默"的阐释。如果说,复调在一定程度上,是昆德拉其小说结构的主要基点,那么,"幽默"则是其小说写作风格的主要基调。昆德拉的作品,尤其是小说,其形式、其语气、其话语之内涵、其词汇的选择、其因素主题与轻松的话语方式的强烈对照,都透出一种特别的幽默,一种超然而深刻的态度,打上了明显的昆德拉的标记:昆德拉式幽默。

在国内学界对昆德拉式幽默的阐释中,我们注意到有对其幽默特点的阐释。李凤亮认为,"'昆德拉式的幽默'除了揶揄、谐趣之外,更多的则是基于'诗性沉思'的那种睿智的自嘲和反讽。这种睿智的自嘲和反讽常与深沉的感伤和冷峻的怀疑相交织,构成一种形而上的幽默"④。仵从巨

---

① 吴晓东.从卡夫卡到昆德拉——20世纪的小说和小说家.北京:生活·读书·新知三联书店,2017:345.

② 如:饶道庆.米兰·昆德拉小说的复调、对位法及其空间化效果.温州师范学院学报(哲学社会科学版),1996(5):8-13;陈少华.昆德拉小说中的复调特征.华南师范大学学报(社会科学版),1996(2):64-69;王屹.复调与《玩笑》.国外文学,1997(4):71-75;沈晴.被背叛的复调——米兰·昆德拉与陀思妥耶夫斯基小说中的复调维度.俄罗斯文艺,2009(2):43-47;姜瑜.剖析性的对位式复调小说——从情节艺术角度解读米兰·昆德拉小说.南京师范大学文学院学报,2009(4):105-110;王静婧.《生活在别处》中复调理论的运用.文学界(理论版),2011(2):78-79.

③ 如:宋炳辉.变奏与致意:在创造中延续和展开的经典——论昆德拉对狄德罗的改编.中国比较文学,2005(1):77-85.

④ 李凤亮.别无选择:诠释"昆德拉式的幽默"//李凤亮,李艳.对话的灵光——米兰·昆德拉研究资料辑要(1986—1996).北京:中国友谊出版公司,1999:188-189.

也认为:"幽默是昆德拉的风格特征,因之许多评论者亦称他为幽默作家。昆德拉特别看重幽默,他甚至认为幽默是小说的基本精神,幽默与小说同生俱来。他认为艺术上有三个敌人:一为媚俗、一为不思想、一为无幽默感而且不笑的人。"[①]彭少健对昆德拉的小说进行过全面的解读,在他的解读中,可以看到对于昆德拉"幽默"的诠释特点。他认为:"《玩笑》是昆德拉的成名作,为后来的创作奠定了一个基调,那就是:在生活中选择一些轻松幽默的细节场景,表达严肃的生命存在主题,使极为严肃的内容与极为轻松的形式相结合,构成他小说特有的轻松与沉重之二重风格。表面上看,他小说中的人物都似乎在玩笑中生活,以一种玩笑式的态度对待生活,但是在人物苦涩的笑声中、轻松的玩笑中,却承载着沉重的内容。"[②]李凤亮所言的昆德拉幽默的"形而上"特征与彭少健所述的轻中见重的特征,具有重要的联系,这样的阐释对我们把握昆德拉的幽默具有导向性的作用。

对昆德拉式幽默的阐释还体现在对其动机与原因的追索。如果说风格即人的话,那么,昆德拉的幽默,不仅仅是形式上的,是渗透在其存在之中的。面对存在之荒诞,面对人类的困境,面对昆德拉在那个时代遭遇的"极端",他的幽默是一种抵抗存在之重的方式。袁筱一特别注意到昆德拉作品所关注所书写的"玩笑",在其"漫长的小说创作旅途中,他一直在重复这个词:玩笑。革命是玩笑(《玩笑》),逃亡是玩笑(《告别圆舞曲》),爱情是玩笑(《好笑的爱》),青春是玩笑(《生活在别处》),道德是玩笑,不朽是玩笑(《不朽》),回归是玩笑(《无知》),自我的寻找是个玩笑,甚至,'家'也是一个玩笑,生命本身也是个玩笑(《不能承受的生命之轻》)"[③]。

① 仵从巨. 昆德拉与我们(代序)//仵从巨. 叩问存在——米兰·昆德拉的世界. 北京:华夏出版社,2005:19.
② 彭少健. 米兰·昆德拉小说:探索生命存在的艺术哲学. 上海:东方出版中心,2009:129.
③ 袁筱一. 文字·传奇——法国现代经典作家与作品. 上海:复旦大学出版社,2008:197.

昆德拉的笔下,看似将一切与生命相关的都当作玩笑,那么,如何抵挡历史、政治与人类所开的这些"玩笑"呢? 昆德拉的幽默,于是表现在"反讽"中,昆德拉的"反讽"在其作品中有一种"贯穿始终"的坚强和睿智力量:"这种反讽不是外现的,而是深含不露的,反讽的矛头直指崇高与专制之间存在的相对悖论。"①这是从现实的层面对昆德拉幽默的解读。

哲学家俞吾金则从昆德拉对拉伯雷传统的弘扬之中,看到了昆德拉对幽默这一传统的重新发现、继承与发展。俞吾金认为:"在昆德拉看来,幽默并不是古已有之的,而是现代精神的伟大发明。幽默体现的乃是人类生存的活力,它犹如天神之光,把世界展示在道德的模棱两可中,把人们暴露在判断他人时所陷入的深深的无能中,把严肃和僵硬溶解在轻松的笑声中。"②对于昆德拉式幽默的阐释,在国内学界发表的一些研究成果中,还可以看到对其修辞层面的分析,对其小说情节安排方面的分析,这里不拟展开。李凤亮在其博士学位论文中专辟一节,谈昆德拉的"幽默叙事",其中有这样的一段论述:"生活本身的怪诞和政治迫害的严酷,赋予昆德拉以幽默叙事的动力和机缘。以冷峻思辨、沉痛自嘲与机智反讽为基调的'昆德拉式的幽默',事实上不仅仅是他本人的一种修辞策略,还从心理图景的角度映现出 20 世纪人类面对苦难时的煎熬、抉择与希望。"③这样的阐释,既关注到了昆德拉式幽默的艺术修辞层面,也指出了人类存在层面的一种心理,一种态度,一种希望,具有特别的意味。

二、对存在的叩问

在上文的评述中,我们或多或少已经涉及昆德拉小说创作中一个最

① 李凤亮. 别无选择:诠释"昆德拉式的幽默"//李凤亮,李艳. 对话的灵光——米兰·昆德拉研究资料辑要(1986—1996). 北京:中国友谊出版公司,1999:193.
② 俞吾金. 铸造新的时代精神——米兰·昆德拉的话语世界//李凤亮,李艳. 对话的灵光——米兰·昆德拉研究资料辑要(1986—1996). 北京:中国友谊出版公司,1999:265.
③ 李凤亮. 诗·思·史:冲突与融合——米兰·昆德拉小说诗学引论. 北京:商务印书馆,2006:115.

基本的焦点:存在。国内学界对此有比较深入的思考和探讨,而且有一个共识,那就是昆德拉的小说创作是"存在之思",是对存在的思考。

首先,昆德拉无论在其对小说理论的思考中,还是他与有关学者有过的并不多的访谈中,明确表达了自己小说创作的追求。在与法国的安托万·德·戈德马尔的谈话中,昆德拉表达自己对小说的观点和自己创作的"雄心":"可以说,存在三种小说:叙事的小说(如巴尔扎克、仲马),描绘的小说(如福楼拜)和思索的小说。在最后一种情况里,叙述者即思想的人,提出问题的人,整个叙事服从于这种思索。在福楼拜的作品里,叙述者是看不见的,您在阅读时听到某个人的声音。在此,涉及我要把小说与哲学相结合的雄心。当然,别人很理解我:我并不想以哲学家的方式来从事哲学,而是以小说家的方式来进行哲学思考。而且,我不大喜欢哲学小说这一用语。这是一种危险的措辞,因为,它必须以一些论点、框框、某些论证愿望为前提。我并不想要证明什么,我仅仅研究问题:存在是什么?嫉妒是什么?轻是什么?晕眩是什么?虚弱是什么?情爱冲动是什么?"①昆德拉的这段话,清楚地表明了两点:一是他的雄心,要将小说和哲学相结合,探索思索的小说;二是作为思索的小说,他认为小说不是要证明什么,而是要提出问题,首先是对存在提出问题。这两点,可以说成为国内学界阐释昆德拉小说的两把钥匙。需要进一步说明的是,在昆德拉看来,"小说不是为哲学服务,相反地、是去占领直到那时仍为哲学占据的领地。这是些极抽象的问题:关于人类存在的问题。这一问题哲学从来就不知道该怎样去具体地把握,而只有小说才能做到这一点"②。这样看来,昆德拉对小说创作的探索就不仅仅是有"雄心"了,而且有着"信心"。

---

① 安托万·德·戈德马尔. 米兰·昆德拉访谈录. 谭立德,译//李凤亮,李艳. 对话的灵光——米兰·昆德拉研究资料辑要(1986—1996). 北京:中国友谊出版公司,1999:513-514.

② 露意丝·奥本赫姆. 米兰·昆德拉访问录. 段怀清,译//李凤亮,李艳. 对话的灵光——米兰·昆德拉研究资料辑要(1986—1996). 北京:中国友谊出版公司,1999:462.

国内对昆德拉的研究与阐释,无论就论文的数量看,还是就论文的内容看,对昆德拉小说对存在的探索展开的批评与思考,无疑是个重点。国内最为关注的昆德拉的作品,是《不能承受的生命之轻》,尤其是 2003 年昆德拉作品的新译出版后,发表的有关昆德拉研究的论文中,近三分之一选择了这部作品作为研究与阐释对象。就昆德拉的译者而言,《不能承受的生命之轻》中文版的前后两个译本的译者都以不同的形式就此书的写作谈了自己的看法与理解。出于时代的原因,韩少功在为《生命中不能承受之轻》写的前言中,特别强调东欧文学之于中国的意义,对此书所涉及的政治有自己独到的看法,还就昆德拉的小说探索做了阐述与论述,但对原书名中的"存在"一词(être)没有说明。许钧则从对全书的理解与把握出发,指出昆德拉这部作品指向的是"存在",如王安忆所言,在政治与性这两极中探索"存在"之困境,存在之困惑,由此导向人之"社会生活、政治生活、爱情生活的种种"①。

其次,有关昆德拉阐释的第二个重点,我们用了"对存在的叩问"一说,有两个方面的考虑:一是昆德拉的作品在其根本意义上,是对人类存在的探索,二是如上文昆德拉自己所言,作为小说家,他不是要说明什么,而是要提出问题,是"思索",是探索人存在的可能性,在这个意义上,便有了"叩问"之说。在国内研究昆德拉的专家中,仵从巨是很有代表性的一位。他长期跟踪昆德拉的研究,就昆德拉的小说创作进行了深入的思考,发表了一系列文章。早在 1996 年,他在《上海师范大学学报》(哲学社会科学版)1996 年第 4 期发表了长篇论文,对昆德拉写作的出发点与归宿做了探索,直指"存在",这篇文章的题目为《存在:昆德拉的出发与归宿》。2005 年,他主编了有关昆德拉研究的一部书,题目就为《叩问存在——米兰·昆德拉的世界》。从"叩问"这个词,我们可以看到他紧紧抓住了昆德拉写作的核心问题,是对昆德拉作品意义的深刻诠释。在他为这部书写

---

① 许钧. 理解与翻译——解读《不能承受的生命之轻》//康尔. 八方高论:南京大学人文艺术系列讲座讲稿集萃. 南京:南京大学出版社,2006:170.

的代序中,他以昆德拉的小说创作为思考对象,经过全面的检视与分析,指出昆德拉的作品往往通过"政治"与"性爱"这两扇门,去"展开世界"①。昆德拉对存在的"思索",不仅仅是提出问题,更是带有批评的"怀疑",因而在学界昆德拉有"怀疑主义者"之称。仵从巨认为:"昆德拉从怀疑主义开始的旅行并未走向'虚无'——他作品中严肃的思考令人沉重。我以为'怀疑'并不是昆德拉给予我们的全部财富。他更大的奉献在于他用怀疑以至悲观向世界展示人的存在的危机。恰恰在这一点上,他的作品产生了感人的力量,激发了现代人在当代世界中存在的自觉与反省意识。萨宾娜怀疑、否定、怀疑,成为至死不渝的怀疑主义者——她寻求什么? 西西弗推石上山,周而复始,成为永远不屈的反抗者——他要得到什么? 他们都没有明天。但他们有共同的目的或理想:人的自由、人的完整、人的个性、人的尊严、人的存在的合理性。昆德拉没有停止于怀疑,也不曾终止于悲观。从怀疑走向思考,从思考走向反抗,从怀疑、思考、反抗走向人的自觉,这也许才是昆德拉的含义或意义。"②仵从巨的这番解读,在他主编的书中,得到了其他阐释者的印证。如谢炜如就在解读《生命中不能承受之轻》的文章中,明确指出:"《生命中不能承受之轻》就是一部叩问存在的小说。人们解读这部小说时,也许会非常强烈地感受和关注昆德拉对极权主义政治的批判,尤其是经历过极权统治的中年读者;当代小资的审美观点也许会指向裸体、性梦、性爱等情色美的因素。然而,如果我们把政治理解为公众生活,把性爱理解为个人隐私生活,那么,政治与性爱也只不过是昆德拉思索存在的两个载体而已。"③又如江志全在分析了昆德拉的《不朽》之后,对昆德拉这部小说的意义做了这样的阐释:"昆德拉用

---

① 仵从巨写过一篇文章,题目非常明确,就叫《性爱:昆德拉小说之门》,《当代外国文学》,1997 年第 4 期。

② 仵从巨. 昆德拉与我们(代序)//仵从巨. 叩问存在——米兰·昆德拉的世界. 北京:华夏出版社,2005:15.

③ 谢炜如.《生命中不能承受之轻》:叩问存在//仵从巨. 叩问存在——米兰·昆德拉的世界. 北京:华夏出版社,2005:134.

深刻而智慧的笔调告诉我们:生活虽然是异乎寻常的沉重,但是作为存在着的生命就是至高无上的幸福,在上帝离去以后的世界里,人更应该持续不断地努力,为的是不在自己眼中失掉自己,永远坚定于自己的存在。"①

对存在的叩问之阐释主要在两个层面进行:一是探索昆德拉小说的意义。中国学界有哲学家对昆德拉做了研究,如周国平,他写了一篇题为《探究存在之谜》的文章,在文中,他根据昆德拉的《小说的艺术》一书的阅读,针对昆德拉所提及的小说家"存在的勘探者"之身份,"通过想象出的人物对存在进行深思","揭示存在的不为人知的方面"这一小说的使命,提出自己的看法,"在勘探存在方面,哲学和诗的确各有自己的尴尬。哲学的手段是概念和逻辑,但逻辑的绳索不能套住活的存在。诗的手段是感觉和意象,但意象的碎片难以映显完整的存在。很久以来,哲学和诗试图通过联姻走出困境,结果好像并不理想",而"昆德拉把他小说里的人物称作'实验性的自我',其实质是对存在的某个方面的疑问。例如,在《不能承受的存在之轻》中,托马斯大夫是对存在之轻的疑问,特丽莎是对灵与肉的疑问。事实上,它们都是作者自己的疑问,推而广之,也是每一个自我对于存在所可能具有的一些根本性困惑,昆德拉为之设计了相应的人物和情境,而小说的展开便是对这些疑问的深入追究"②。在周国平看来,昆德拉的小说创作只是探索存在之谜的一种方法,按照昆德拉的小说观,"用小说探究存在之谜还是可以有多种写法的",他认同昆德拉"没有发现过去始终未知的一部分存在的小说是不道德的"这一观点,因为"不但小说,而且一切精神创作,唯有对人生基本境况做出了新的揭示,才称得上伟大"③。在对昆德拉的存在之思做了这番探究之后,周国平做出了这样的判断:"昆德拉用他的作品和文论告诉我们,小说的智慧是非独断的智慧,小说对存在的思考是疑问式的,假说式的。我们确实看到,昆德

---

① 江志全.《不朽》:一个挥手作别的姿势//仵从巨.叩问存在——米兰·昆德拉的世界.北京:华夏出版社,2005:179.
② 周国平.探究存在之谜.读书,1993(2):35-36.
③ 周国平.探究存在之谜.读书,1993(2):36.

拉在他的小说中是一位调侃能手,他调侃一切神圣和非神圣的事物,调侃历史、政治、理想、爱情、性、不朽,借此把一切价值置于问题的领域。然而,在这种貌似玩世不恭下面,却蕴藏着一种根本性的严肃,便是对人类存在境况的始终一贯的关注。"①作为哲学家,周国平对昆德拉的这番阐释是准确到位的,同时,他以一种开放的心态,对昆德拉写作的可能性予以了关注。他说的"调侃",就是昆德拉的"玩笑""好笑",与上文中我们援引的袁筱一的解读是一致的,而"调侃",不仅仅是一种书写的方式,更是一种清醒的思考、反抗,是一种希望。正如昆德拉自己所言:"终于,我在小说艺术中寻到了它。所以,对我来说,成为小说家不仅仅是在实践某一种'文学体裁';这也是一种态度,一种睿智,一种立场;一种排除了任何同化于某种政治、某种宗教、某种意识形态、某种伦理道德、某个集体的立场;一种有意识的、固执的、狂怒的不同化,不是作为逃逸或被动,而是作为抵抗、反叛、挑战。"②昆德拉这一明确的表述,为我们理解昆德拉提供了重要的理论依据和阐释视角。在对昆德拉就存在问题写作的阐释中,如我们在上文多次涉及的,"性"与"情"是人类存在的重要方面,但在阅读中,会有形而上的解读,也可能会有形而下的理解,对此,有学者认为:"我们相信,把自己的小说看作人类生存的'解剖刀'的昆德拉,为偷情与猎艳提供哲学意义的目的,不可能仅仅只是为了笔下的人物更有理地放纵情欲,而更重要的必然是通过他们的色情生活来展示他们'灵与肉'的冲突,来揭示他们苦中作乐的精神状态,来展现他们在成为'亡国奴'之后所受到的心灵摧残和煎熬。"③这样的观点虽然谈不上深刻,但对昆德拉理解的角度应该是适合其创作意图的。

对存在的叩问之阐释的另一个层面,就是分析昆德拉在小说中是如何对存在加以叩问与沉思的。李凤亮对此问题有深入的思考,他指出:

---

① 周国平. 探究存在之谜. 读书,1993(2):39.
② 米兰·昆德拉. 被背叛的遗嘱. 余中先,译. 上海:上海译文出版社,2003:164.
③ 李平,杨启宁. 米兰·昆德拉:错位人生. 成都:四川人民出版社,2000:162.

"与存在论哲学家不同,昆德拉不是从存在的本体论,而是从人类存在境况的现实出发看待和思考存在的。在他看来,小说写作的目的,就是抓住自我对存在的深思。"①昆德拉的小说创作是很自觉的行为,由其思想作为指引。在小说中以何种方式叩问存在? 对这一问题,昆德拉自己也有答案:"小说审视的不是现实,而是存在。而存在并非已经发生的,存在属于人类可能性的领域,所有人类可能成为的,所有人类做得出来的。小说家画出存在地图,从而发现这样或那样一种人类可能性。但还要强调一遍:存在,意味着:'世界中的存在'。所以必须把人物与他所处的世界都看作可能性。"②对昆德拉的这一观点,我们注意到两个重要的方面:一是存在包括人物和他所处的世界;二是人物是处在世界中。昆德拉说他写的《小说的艺术》,纯粹是从实践者的角度出发,谈的主要是他"小说中固有的"东西和他对小说的想法。做进一步思考,可以说"人物"与"境况"是昆德拉思考存在的两个基点。从国内学界对昆德拉的研究看,虽然少有讨论昆德拉笔下的人物或"境况"的专文,但在很多学者的研究中,往往以这两个方面,作为阐释的重点。比如吴晓东就"境况"对昆德拉的小说特点做了探讨,在阐释昆德拉的课中,专门讨论了在《不能承受的生命之轻》一书中,昆德拉如何"更关注人物的基本境况":昆德拉的"出发点绝不是哲学命题本身,它一开始就有叙事者存在,是叙事者在提出问题,其目的是为小说中的人物托马斯设置一个规定情境,即关于轻与重的生存编码。同时,小说开头的思考正是因为它是针对着托马斯这一小说人物的生存境况而构想的,所以看上去哲学思考就具有了小说性"③。又如彭少健对《生活在别处》一书的解读,主要围绕小说中的主要人物雅罗米尔和他所处的世界这两个方面展开的,雅罗米尔所遭遇的"境况",是困境,没有确定的

---

① 李凤亮. 诗·思·史:冲突与融合——米兰·昆德拉小说诗学引论. 北京:商务印书馆,2006:191.

② 米兰·昆德拉. 小说的艺术. 董强,译. 上海:上海译文出版社,2004:54.

③ 吴晓东. 从卡夫卡到昆德拉——20 世纪的小说和小说家. 北京:生活·读书·新知三联书店,2017:320.

未来,没有选择①。整整一章,重点在于对雅罗米尔这个人物的分析,进而指出:"这一切,都带有梦幻的性质,都带有不确定的未来性,都是以确确实实的生存处境为对立物而存在于心灵中的,是那想象中的别处。"②

三、对"生存密码"关键词的阐释

昆德拉曾有言:"把握自我,在我的小说中,就是意味着,抓住自我存在问题的本质,把握自我的存在密码。在创作《不能承受的生命之轻》时,我意识到,这个或那个人物的密码是由几个关键词组成的。对特蕾莎来说,这些关键词分别是:身体,灵魂,眩晕,软弱,田园牧歌,天堂。对托马斯来说:轻,重。在题为"不解之词"的一章中,我探讨了弗兰茨和萨比娜的存在密码,分析了好几个词:女人,忠诚,背叛,音乐,黑暗,光明,游行,美丽,祖国,墓地,力量。每一个词在另一个人的存在密码中都有不同的意义。当然,这一密码不是抽象地研究的,而是在行动中、在处境中渐渐显示出来的。"③昆德拉解读生存,靠密码,而密码于他而言,便是一个个关键词。要阐释昆德拉的小说,我们可以循着他的指引,观其小说如何围绕关键词展开小说的境况构建与人物塑造。昆德拉的小说中,有不少关键词,国内对昆德拉的解读,也常常围绕这些关键词而展开,比如对"存在",对"轻""重"、对"身体"、对"灵魂"、对"梦"、对"理想"、对"媚俗"等等关键词的解读④。在阐释昆德拉不同形式的论文、读后感或网络平台的文字中,可以看到不同形式的解读。这里我们只选择中国读者最为关注的一组关键词"轻"与"重"和一个最难阐释清楚的关键词"媚俗",看看中国读

① 详见:彭少健. 米兰·昆德拉小说:探索生命存在的艺术哲学. 上海:东方出版中心,2009:46-68.
② 彭少健. 米兰·昆德拉小说:探索生命存在的艺术哲学. 上海:东方出版中心,2009:68.
③ 米兰·昆德拉. 小说的艺术. 董强,译. 上海:上海译文出版社,2004:37-38.
④ 如:周荣胜. 关于媚美. 文艺报,1994-11-26(3);仵从巨. 关于昆德拉的四个词. 当代外国文学,1999(2):155-159;欧翔英. 镜子中的田园诗——昆德拉小说中的共在世界. 当代文坛,2001(5):67-69.

者是如何阐释的。

首先是"轻""重"之辨。自从昆德拉被译介到中国之后,昆德拉的"轻""重"之学很快受到各个层面的读者的关注,"生命之轻"的语式结构被广泛接受与使用,成为值得关注的语用现象。对于昆德拉的"轻"与"重"这两个关键词,有各种各样形式的阐释,阐释的路径、重点也有区别。但最有代表性的是哲学家周国平的阐释:"关于'存在之轻'的译法和含义,批评界至今众说纷纭。其实,只要考虑到昆德拉使用的'存在'一词的海德格尔来源,许多无谓的争论即可避免。'存在之轻'就是人生缺乏实质,人生的实质太轻飘,所以使人不能承受。在《小说的艺术》中,昆德拉自己有一个说明:'如果上帝已经走了,人不再是主人,谁是主人呢?地球没有任何主人,在空无中前进。这就是存在的不可承受之轻。'可见其涵义与'上帝死了'命题一脉相承,即指人生根本价值的失落。"①周国平的阐释,是从哲学的角度出发的,拿他自己的话说,这只是一种。有关"轻""重"之辨,普通读者的阐释值得特别关注。他们往往结合自己的生活经历,在阐释中融入自己的生存体验,呈现出鲜明的主体性。

其次是"媚俗"之解。谈到"媚俗",在中国一定就会联想到昆德拉的小说,这个关键词,几乎就是"昆德拉"小说的标志性词语。中国对"媚俗"的阐释,有两个层面。一个是翻译的层面。德文的"kitsch"一词,可以说是随着昆德拉而进入中国读者之中,且引起普遍关注和深刻思考的。"kitsch"一词贯穿于昆德拉的作品之中,是外来概念译介入中国后翻译争议最大、内涵影响最广泛的词语之一。"kitsch"一词随着作家出版社于1987年9月出版的昆德拉小说代表作《生命中不能承受之轻》韩少功与韩刚合译版问世,首次进入国人的视野,并迅速成为学界探讨的热门概念。韩少功与韩刚在小说里将其译为"媚俗",这一译法在昆德拉阅读热潮中得到广泛的传播,而与此同时,许多翻译界、文学界人士通过对该词的考察,根据自身理解提出了诸多不同译法,如"忌屎""媚雅""媚世"……还有

---

① 周国平. 探究存在之谜. 读书,1993(2):36.

近些年为一些人所接受的,由另一位昆德拉作品译者景凯旋所提出的"刻奇"。如果说翻译是广义的阐释,那么,这是第一个层面的阐释。第二个层面,就是在翻译之后,读者对它的阐释。kitsch 概念进入中国 30 余年,对这一概念的翻译却仍存争议,学者探究之热情丝毫没有随时间消减:李明明于 2014 年发文梳理西方研究成果阐释西方文论关键词"媚俗"[①],2015 年再次发文从艺术、文学、文化三个层面探讨"媚俗"概念[②];景凯旋在十几年间多次为"刻奇"撰文,并在 2014 年发表文章《刻奇:美学的还是伦理的?》,从伦理道德角度对 kitsch 进行阐释[③];陈民和宋羽葭于 2016 年4 月发表《从美学概念 kitsch 的中译说起》一文,通过梳理 kitsch 在德国的现象流变以阐释其概念,并在文末提出了译名的又一可能性——纯粹的音译"基奇"[④]。在《生命中不能承受之轻》中,韩少功、韩刚将它译为"媚俗",kitsch 一词与"媚俗"都有"刻意讨好、迎合"之意,然而"媚俗"之"俗"有多种解释:"既指俗气——庸俗艳丽、缺乏修养的文化品位,也可指习俗——民间的传统风俗习惯,又或俗民——教养和品味低劣的普罗大众,甚或世俗——宗教彼岸的俗世百态。"[⑤]此诸为"他者","媚俗"即"讨好他者",而昆德拉对 kitsch 的描述却并非如此,借用读者中一个通俗的解释,kitsch 更有"矫情"之嫌,是一种"自媚",即"讨好自己"。景凯旋认为,昆德拉笔下所描述的 kitsch"主要是指一种诗性的人生态度,其中也包括某些浪漫的现代主义艺术,而不是我们所理解的媚俗,恰恰相反,他要回到本真的生活,以反抗各种出于心灵夸张的价值理性"[⑥]。昆德拉受奥地利作

---

① 详见:李明明. 西方文论关键词:媚俗. 外国文学,2014(5):111-122,159-160.

② 详见:李明明. 关于媚俗(kitsch). 外国文学评论,2015(1):213-226.

③ 详见:景凯旋. 关于"刻奇". 书屋,2001(12):56-60;景凯旋. 刻奇:美学的还是伦理的?. 南京大学学报,2014(2):145-152;景凯旋. 美,是一个特别的问题. 读书,2014(6):133-141.

④ 详见:陈民,宋羽葭. 从美学概念 kitsch 的中译说起. 中外文化与文论,2016(2):329-341.

⑤ 李明明. 关于媚俗(kitsch). 外国文学评论,2015(1):214.

⑥ 景凯旋. 关于"刻奇". 书屋,2001(12):58.

家赫尔曼·布洛赫将 kitsch 与伦理一起探讨的启发,在其小说中对 kitsch 的意义进行了进一步的发展与阐释。布洛赫将只追求美,而缺乏伦理价值的艺术被称为 kitsch,昆德拉欲阐释的则是伦理的过度。他在《不能承受的生命之轻》中由斯大林儿子雅科夫不堪忍受粪便之辱,扑向高压电网而死的故事引出对 kitsch 的思考,"对生命的绝对认同,把粪便被否定、每个人都视粪便为不存在的世界称为美学的理想,这一美学理想被称之为 kitsch"①。在小说中,kitsch 是萨比娜反感的"这个世界所戴的漂亮面具":心照不宣的"生命万岁!"之口号驱使人们在五一节的游行中即便愁苦也展露笑容,以表达对生命的认同;单凭心灵之感觉,因看到孩子们在草地上奔跑时能跟全人类一起感动而倍加感动;在政治霸权的社会里,个人主义、怀疑、嘲讽这些有损于 kitsch 的行为都被禁止;为了自由、平等、正义、博爱而团结在一起的"伟大进军"⋯⋯这种种在昆德拉看来都是 kitsch 的体现。他认为在 kitsch 产生之后被传播到各种语言中,这一概念在频繁的使用中发生了变化,"已经抹去了它原来形而上学的价值",kitsch 在根本上是"对粪便的绝对否定",无论是在其字面的意义还是从其引申意义看,都是"把人类生存中根本不予接受的一切都排除在视野之外"②。kitsch 已经超出其原本的美学范畴,成为一种虚假的情感体验及由此诱发的刻意行为,如同昆德拉在他的《小说的艺术》中所论述的一样:"在赫尔曼·布洛赫那篇著名的随笔的法文版中,媚俗一词被翻译成'蹩脚的艺术'。这是一个误译,因为布洛赫证明'媚俗'并非仅仅是一部品味差的作品。还有媚俗的态度和行为。媚俗者(kitschmen)的媚俗需求,就是在美化的谎言中照耀自己,并带着一种激动的满足感从镜中认出自己。对布洛赫来说,在历史上,媚俗是跟 19 世纪多愁善感的浪漫主义联系在一起的。"③昆德拉对于 kitsch 的标准于景凯旋看来"不是模仿、简单和肤

---

① 米兰·昆德拉. 不能承受的生命之轻. 许钧,译. 上海:上海译文出版社,2003:295.
② 米兰·昆德拉. 不能承受的生命之轻. 许钧,译. 上海:上海译文出版社,2003:296.
③ 米兰·昆德拉. 小说的艺术. 董强,译. 上海:上海译文出版社,2004:167.

浅,也不是创造性的缺乏,而是情感上的矫情","正是绝对的抒情性构成了刻奇的主要结构"①,这种从主观内心世界出发,对理想世界热烈的抒情性,正是浪漫主义的体现。

自 1987 年韩少功与韩刚翻译的《生命中不能承受之轻》在中国出版以来,昆德拉在中国的译介与阐释已有 30 余年的历程。中国学界对昆德拉的小说观念与艺术展开了不断深入的研究。在上文中,我们就昆德拉在中国的阐释重点做了细致的梳理与简要的论述,从中可以看到,对昆德拉的阐释有着明确的指向,有着重点关心的问题。同时,中国学界与普通读者的阐释有一定的互动性,路径多样,阐释丰富,具有开放性的特征。

第三节 昆德拉在中国阐释的可能性

如果说昆德拉的小说艺术是对小说写作可能性的探索与发展,而小说写作对于他而言,是对人类存在的思考和对人之存在的可能性的拓展,那么,阐释活动,更是一种具有开放性的活动,是一种主体性很强的活动,从这个意义上说,对昆德拉作品的阐释,是开放的,是面向未来的,存在着进一步阐释与理解的必要性和必然性。

然而,阐释的开放性,孕育的是可能性,但也可能导致阐释的"失度"。对于文学艺术的阐释,尤其是面对 20 世纪下半叶以来的文学阐释,如我们在上文已经论及,苏珊·桑塔格持一种否定的态度,她以卡夫卡为例,从对卡夫卡的各种阐释中,看到了阐释者的"无度":

> 卡夫卡的作品一直经受着不下于三拨的阐释者的大规模劫掠。那些把卡夫卡的作品当作社会寓言来读的批评家从中发现了卡夫卡对现代官僚体制的层层阻挠、疯狂以及最终沦为极权国家的案例研究。那些把卡夫卡的作品当作心理分析寓言来读的批评家从中发现了卡夫卡对父亲的恐惧、他的阉割焦虑、他对自己性无能的感觉以及

---

① 景凯旋.刻奇:美学的还是伦理的?.南京大学学报,2014(2):151.

对梦的沉湎的种种绝望的显露。那些把卡夫卡的作品当作宗教寓言来读的批评家则解释说，《城堡》中的 K 试图获得天国的恩宠，而《审判》中的约瑟夫·K 经受着上帝严厉而神秘的法庭的审判……①

桑塔格举的是卡夫卡被多重阐释的例子，她反对的是无视作品艺术性的阐释。她认为，不仅仅是卡夫卡，"普鲁斯特、乔伊斯、福克纳、里尔克、劳伦斯、纪德"②等作家也是同样地被这样阐释。昆德拉无疑也深知阐释的这种"无度"的危险。但他看到的危险，是对作品的断章取义，比如拉什迪的《撒旦诗篇》就遭受过这个命运，该小说在法国出版之前，"新闻界立即发表了尚未出译本的小说的一些段落，并将判决理由公之于众。没有比这更正常的行为了，但是，对一部小说而言，它却是致命的。由于仅仅介绍了被指控的段落，从一开始起，人们就把这部艺术作品变成了简单的罪证"③。阐释，就是一种批评，对作品断章取义的危害性固然很"糟糕"，但在昆德拉看来，对作品的熟视无睹或无人阅读与阐释，更为糟糕："因为对一个作家来说，没有什么比缺席遭批更糟的事了。我说的是作为思考与分析的文学批评；是懂得应该反复阅读欲评作品的文学批评（就像一部音乐大作人们可以无穷无尽地反复聆听那样，小说大作也是为人们反复阅读的）；是对当前杂色纷呈的世事置若罔闻，而一心争论一年前、三十年前、三百年前诞生的作品的文学批评；是试图抓住一部作品的新鲜之处并将它铭刻在历史的记忆之中的文学批评。假如没有这样一种随时与小说史相伴的思考，我们今天就会对陀思妥耶夫斯基、对乔伊斯、对普鲁斯特一无所知。没有它，一切作品就会在经受随意的评判之后迅速地被人遗忘。"④

面对批评，面对不同的阐释，桑塔格和昆德拉的态度看似有共同点，

---

① 苏珊·桑塔格. 反对阐释. 程巍，译. 上海：上海译文出版社，2003：10.
② 苏珊·桑塔格. 反对阐释. 程巍，译. 上海：上海译文出版社，2003：10.
③ 米兰·昆德拉. 被背叛的遗嘱. 余中先，译. 上海：上海译文出版社，2003：24.
④ 米兰·昆德拉. 被背叛的遗嘱. 余中先，译. 上海：上海译文出版社，2003：24.

也有不同点。不同点在于,桑塔格看到的是阐释的"劫掠",不同的阐释者;从卡夫卡书中发现的是不一样的侧面,其原因在于视角的不同,在于阐释理论途径的不同。而昆德拉的态度是,哪怕是"遭批",或者拿桑塔格的话说,哪怕是遭受"劫掠",总比"遭批"的"缺席"要好,因为昆德拉深知,一部作品,如果没有读者,没有批评家和普通读者的阅读、理解和阐释,便不可能拥有生命力。但是,透过这样的不同,我们也许能够看到两人的共同点,那就是呼唤他们各自心目中具有"价值"的阐释,或者如桑塔格所说,"可取"的阐释。

实际上,桑塔格和昆德拉在他们的精神上有一种契合,他们并不反对阐释。桑塔格在其《反对阐释》的这篇论文的最后写道:"我并没有说艺术作品不可言说,不能被描述或诠释。它们可以被描述或诠释。问题是怎样来描述或诠释。批评要成为一个什么样子,才会服务于艺术作品,而不是僭取其位置?"她认为要解决这样的问题,有两种阐释需要关注,"首先,需要更多地关注艺术中的形式。如果对内容的过度强调引起了阐释的自大,那么对形式的更广泛、更透彻的描述将消除这种自大",因为"最好的批评,而且是不落常套的批评,便是这一类把对内容的关注转化为对形式的关注的批评"①。其次,"同样有价值的是那些提供了对艺术作品外表的一种真正精确、犀利、细致周到的描述的批评论文"②。桑塔格需要的阐释,是能真正去发现艺术本身的阐释,是要特别关注艺术形式的阐释。对此,昆德拉也有同感,他反对把他的作品当作"哲学的注脚",更反对把他的作品当作简单的事实,简单地与"政治"挂钩,甚至把艺术作品当作"简单的罪证"。他需要的是有思考的批评,是能与文学史相伴的阐释,能发现作品中新鲜的东西,并将之"铭刻在历史的记忆中"。

如果以桑塔格和昆德拉对阐释的批评与思考来衡量,对昆德拉在中国的阐释加以检视,我们可以说,在中国,对昆德拉的理解与阐释不可避

---

① 苏珊·桑塔格. 反对阐释. 程巍,译. 上海:上海译文出版社,2003:14-15.
② 苏珊·桑塔格. 反对阐释. 程巍,译. 上海:上海译文出版社,2003:15.

免地会有着中国的视角,有着中国的特点。中国对昆德拉的译介与阐释,首先有发现的价值。李凤亮认为,"自从昆德拉走入中国作家和普通读者的视野,诸多传统的东西便陆续被打破了。中国读书界体验到了一种前所未有过的强烈的契合感、认同感和依托心态"①。其次,中国对昆德拉的阐释,既有对其作品内容的挖掘,也注重对其形式的分析。就前者而言,中国的阐释最显著的特点,就是政治因素与意识形态的影响,这是昆德拉所不希望的。而关于后者,昆德拉的写作在形式上的探索得到了中国作家和学界的重视,在小说观念、小说叙事、结构方式、写作风格等方面有着重要的参照力量,也确实产生了积极的影响,这也许就是发现昆德拉、译介昆德拉、阐释昆德拉的价值所在。

对于 2005 年之前对昆德拉研究与阐释的情况,李凤亮指出了一些问题,一是"研究范围上,虽然随着昆德拉作品的译介而不断扩大,但成果分散,研究广度的拓展与研究深度的掘进不成正比",二是"研究方式上,个别随意研究占据主导地位,研究自由的扩大同时显示了系统性的严重缺乏",三是"研究态度上,由于难以超越意识形态的囿围,研究者显得过于保守谨慎,不能大胆突破此点来进行学理上的科学公正的评判"②。对于 2005 年至今这个阶段而言,有关中国对昆德拉的研究与阐释,李凤亮指出的几个方面的问题依然存在。另外,根据我们所掌握的情况,研究的重复问题很突出,尤其是硕士学位论文,无论是选题,还是阐释的套路,都有重复的现象。

发现问题的存在,有助于解决问题。要拓展昆德拉在中国的阐释的深度,发掘进一步阐释的可能性,需要正视阐释中的问题。检视 30 多年来中国对昆德拉的阐释情况,有几点值得关注:

一是我们发现了一个值得思考的现象,国内对昆德拉的阐释,有一种

---

① 李凤亮. 诗·思·史:冲突与融合——米兰·昆德拉小说诗学引论. 北京:商务印书馆,2006:359.

② 李凤亮. 诗·思·史:冲突与融合——米兰·昆德拉小说诗学引论. 北京:商务印书馆,2006:358.

倾向,那就是按照昆德拉对小说的理解和他的小说历史观,来对昆德拉的小说加以阐释,其结果是从昆德拉的思想出发,去观照他的小说实践,看到的是昆德拉意欲指出的,而缺乏以其他的理论途径,去阐发昆德拉,去发现昆德拉的研究。

二是在国内许多批评家看来,昆德拉以"政治"和"性"这两个重要方面入手,对人类的存在进行思考与勘察,恰恰在这两个方面,昆德拉的作品受到了难以避免的,甚或可以说是"致命"的误读,这样的误读,无论在西方还是在中国,都存在着。袁筱一指出:"《不能承受的生命之轻》后来被美国导演菲利普·考夫曼拍成电影,和《情人》应验了同样的命运。从电影的角度来说,又多了一个由托马斯、萨比娜和特蕾莎组成的三角关系的艳情故事,从而为昆德拉一直感到愤怒的误解再添上不可抹去的一笔。然而,这也许正是对人生存在悖论的最好讽刺:我们拒绝误解,但是误解从来是接受理解的必然方式和必然结果。"①对昆德拉小说在"政治"层面的误读,也是值得进一步反思的。

三是昆德拉追求哲学与小说的结合,而又恰恰在这一个层面,中国的阐释存在着一个不能忽视的问题,那就是把昆德拉的小说当作了哲学沉思的"说明",或更严重一点,当作了一定形式的"注脚"。

德里达就翻译问题,谈到翻译是在两种语言和两种文化的边界处发生的。我们也许也可以说,昆德拉作品的阐释的可能性,往往是在阐释的边界处或者是在对昆德拉的理解与误解的结合处、在昆德拉所追求的哲思与诗性的结合处打开的。就此而论,我们觉得中国对昆德拉的阅读与阐释还在继续,有两个方面的阐释值得期待:

第一,如我们所知,在现代法国文学出版史中,昆德拉是唯一一位生前就进入法国伽利玛出版社的"七星文库"并仍然在世的作家。在法国的文学出版场中,进入"七星文库",具有象征资本,意味着"经典作家"的加

---

① 袁筱一. 文字·传奇——法国现代经典作家与作品. 上海:复旦大学出版社,2008:213.

冕,其作品具有了经典的价值。那么,昆德拉的作品何以进入"七星文库"? 其作品有何经典的特征? 其经典是如何经典化的? 其经典的地位是如何获得的? 这些问题的提出,就是昆德拉所说的"提问"或者"疑问",带着这些问题去探索,也许会为开拓昆德拉的阐释空间提供一种可能。

第二,昆德拉确实是在探讨人的存在问题,但是以小说家的身份来探讨的,我们的阐释,要把昆德拉放在小说家的位置上。如果说《不能承受的生命之轻》,让我们从轻与重、灵与肉、伟大与渺小、崇高与卑下的两极中走出来,去在两极之间寻找一个属于自己的度的话,那么,阐释昆德拉,也许应该在哲思与诗性的结合与交融处去开拓,去发现属于小说家的奥秘。

许钧在他主编的"法国文学经典译丛"的指导思想中,有一句特别重要的话,那就是:"阅读参与创造,翻译成就经典。"昆德拉作品在中国的新的生命,就在不断的翻译、阅读和阐释之中。

结　语

　　"翻译""接受"与"阐释",当我们将这三个词作为本书研究的三个关键词时,我们首先有着翻译理论方面的考量。研究一个外国作家的作品在中国的译介,在很大程度上主要取决于我们在研究中对翻译的认识和对翻译理论途径的把握。谢天振在《译介学》一书中,对传统的翻译观提出了调整,从比较文学的角度入手,从翻译的跨文化交流的本质特征出发,构建了"译介学"。他认为:"比较文学是从更为广阔的背景上去理解翻译的。它认为文学作品创作过程的本身就是一种翻译——作家对现实、生活、自然的翻译,而一部文学作品一旦问世,它还得接受读者对它形形色色的、无休无止的翻译——各种读者的不同理解、接受和阐释。因此,译者对另一民族或国家的文学作品的翻译就不仅仅是两种语言之间的转换,他还是译者对反映在作品里的另一民族、国家的现实生活和自然的翻译(理解、接受和阐释)。"①基于对翻译这样的理解与定位,我们对昆德拉在中国译介的研究,便突破了传统的研究,没有把对昆德拉在中国是如何翻译的作为我们的考察重点,而是从两个主要的方面入手:一是如我们在第三章中所明确提出的,将昆德拉在中国的翻译、接受与阐释"置于包括语言、社会、文化与意识形态在内的各种因素汇集的复杂系统中加以

---

① 谢天振. 译介学. 上海:上海外语教育出版社,1999:10.

思考与考察"①。二是把翻译的生产与文学文本的生命历程作为考察的对象。正是基于这样的考虑,本研究尝试从中国对昆德拉的发现、翻译、接受、传播与阐释这样一个相互关联的开放与发展的过程中,去考察昆德拉的作品在中国的生命之旅。可以说,对一个外国作家在中国的生命之旅的发展与开放的过程做动态和深层的研究与探索,是有理论的追求和考量的。在这个意义上,本书的研究是一种理论性的探索,也是一种开拓性的研究路径的尝试。

基于上述的思考,我们选择在中国的译介史上具有代表性的昆德拉作为一个探索的个案。在中国现代性的探求之路上,文学翻译具有不可忽视的作用。20世纪之初到现在,外国文学在中国的译介始终处在不断的坚持之中,别的不论,仅就法国20世纪文学在中国的译介而言,我们通过许钧和宋学智的研究,就可以看到一个个在法国文学史,乃至世界文学史中具有重要地位的作家在中国的译介历程,如法朗士、罗兰、纪德、普鲁斯特、萨特、加缪等等②。许钧与宋学智的研究思路与探索方法,对本书的研究提供了重要的参照。在本书的绪论中,我们已经对为什么选择昆德拉作为我们的研究对象做了充分的论证,其中有三点非常关键:一是昆德拉具有独特的创作经历以及开拓性价值的小说创作。二是昆德拉文学生命的延续和拓展与翻译具有特别密切的关系,我们甚至可以说,没有翻译,就不可能有昆德拉的世界性影响,没有翻译就不可能有昆德拉的经典化地位,在一定程度上,是翻译造就了昆德拉。尤其值得研究的,是昆德拉在翻译方面遭受到的一些障碍。三是昆德拉在中国具有持续和普遍的影响,读者广泛,接受与传播途径多样,阐释丰富,从接受与阐释的角度,有待探索与思考的问题很多,具有重要的研究价值。

本书在翻译理论层面的探索,首先明确地体现在本书的整个结构安

---

① Gao, F. *La traduction et la réception de la littérature chinoise moderne en France* (coll. 《Perspectives comparatistes》). Paris: Classiques Garnier, 2016: 23.

② 详见:许钧,宋学智. 20世纪法国文学在中国的译介与接受. 武汉:湖北教育出版社,2007.

排上。在整个研究中,我们曾设想把研究的重点放在昆德拉是如何进行网络传播的这一点上。但是如果以此为考察与研究的重点,那么就有违了我们试图通过昆德拉这个具有代表性的个案,对文学文本生产、接受、阐释的全过程加以研究的初衷与目的,难以展现昆德拉在中国的翻译与接受的动态过程的发展全貌,更无法反映昆德拉在中国受到各类读者关注、其作品被广泛研究与阐释的状况,也无法系统而全面地揭示昆德拉进入中国之语境、如何被中国读者青睐,又如何被中国读者理解的深层原因。鉴于此,我们在译介学理论、翻译社会批判观的指导下,在全书结构上,做了具有内在逻辑性的安排,去解决昆德拉在中国的翻译、接受与阐释中有待思考的问题。

在中国先后两次出现昆德拉翻译热:昆德拉是如何被发现的? 他何以受到中国读者的特别关注? 其被广泛阅读的原因何在? 前后两次的翻译有何不同? 针对这些问题,我们在书中对昆德拉独特的创作经历和存在境况做了简要的交代,继而对昆德拉在中国的翻译历程做了梳理。看似是客观的交代和翻译历程的梳理,却紧紧扣住我们的研究主题。正是因为昆德拉的创作具有独特性,其个人的生存境况具有历史的"伤痛"感,他的作品在西方才受到了格外的关注。袁筱一对此有这样的解释:"从意识形态的角度来看昆德拉,他是一个深刻地承受过历史之痛的人。1968年,苏联入侵捷克斯洛伐克全境,捷克大批知识分子和艺术家遭到迫害,其中一部分人被迫逃亡,昆德拉在此之列。这段历史,在昆德拉前期用捷克语写成的小说里,我们都能看见它作为故事、作为人物的背景呈现。因为这个原因,昆德拉在西欧很快得到了承认和接纳。"①对于昆德拉的伤痛,出于意识形态的原因,昆德拉的作品被误读,反映在翻译上,就是凸显其政治性,弱化其文学性,如在早期的法译本、英译本上出现了一些在昆德拉自己看来很"糟糕"的"删改",才会有昆德拉对于翻译的思考和对翻

---

① 袁筱一. 文字·传奇——法国经典作家与作品. 上海:复旦大学出版社,2008:
193-194.

译明确的"忠实性"的要求。有了对昆德拉在中国翻译历程的梳理,便有了提出上述问题,继而在研究过程中思考这些问题、回答这些问题的可能性。

如果说翻译是一项复杂的跨文化翻译活动,在翻译的过程中,会受到诸如社会、历史、政治与文化等各种因素的影响,那么,对昆德拉在中国翻译的考察,就是不可回避的内容,何况昆德拉的创作与个人境况有着特殊性,其作品的翻译必然会遇到上述一些因素的影响和操控。昆德拉作品在中国的翻译具体受到了哪些因素的影响?针对这一问题,我们从昆德拉汉译的实际状况出发,对影响昆德拉翻译的政治环境、意识形态因素与翻译忠实性的要求等因素,展开了描述与思考,从中发现了一些很有趣的现象。比如,在翻译活动中,我们都可以看到一种常见的现象,那就是在意识形态因素作用下的对原文的"删改",这种现象在外国文学翻译成汉语的过程中是存在的,在中国文学翻译成法语或英语的过程中,也是存在的。但值得深思的是,由于主流意识形态的不同,昆德拉同样一部作品的法译和汉译,文本中被"删改"的内容是不一样的。但是,我们也注意到,随着历史的发展,思想的进步,文本的删改情况会因此而变化。这样的观察与研究,有助于揭示文学翻译活动的复杂性、历史性和发展性。

除了上述影响昆德拉翻译的外部因素之外,起着决定性作用的内部因素都有哪些?从这一问题出发,我们集中讨论了昆德拉译介与接受过程中的主体活动,考察在文化场域中的主体互动空间与活动形式,重点考察在昆德拉译介中作者、出版者、译者、读者之间的互动关系及其对昆德拉作品传播的推动作用。新世纪以来,对外国作家在中国的译介的研究得到了充分的发展,而且在研究中,我们都知道,译者是翻译活动中最为活跃的因素。就传统意义上的翻译研究而言,对翻译的考察一般都集中在原文与译文的对比,这样的静态对比有其价值,但无法解释翻译的动态过程以及在其中起到作用的各种主体因素。就昆德拉的译介与阐释而言,我们在研究中发现作者、出版者、译者、读者,包括评论者都为昆德拉在中国的翻译、接受和阐释起到了重要的作用,尤其是昆德拉对翻译的思考、对版本选择的要求,译者对翻译质量的自觉追求,读者对翻译的期待,以及出版者对译者的精心选择与对翻译质量的关注,为昆德拉作品在中国的翻译与接受开拓了新的可能。通过研究,我们还指出:版权的引进、文本的选择、译者的选择、译文质量的要求、编校质量与图书装帧质量的保证、图书的推荐与宣传、重要交流互动活动的组织,出版者在整个过程中起到了重要的作用。对于出版者在文学译介活动中所起的主体作用,以往的译介研究少有关注,值得学界进一步探索与研究。我们在研究中还借助布尔迪厄的社会理论,论及了昆德拉译介互动空间中值得关注的一些问题。

要全面考察昆德拉作品译介与传播的互动空间的构建,不能忽视对昆德拉接受与传播途径的考察与思考,我们在书中从学术途径、传统媒介途径与基于网络的新媒体途径三个方面,对昆德拉在中国接受与传播的历史与现状做了梳理与分析,发现三个不同的传播途径,有着各自明显的特点与作用。比如学术传播途径,主要以"教育"为体制性的平台展开,包括有关昆德拉的课程讲解、教材编写、讲座、学生阅读书目的制定、研究生学位论文课题的选择,甚至包括各级科研项目的申报与研究、学者的自主研究等等,是一个有组织、有要求、有持续影响力的传播途径,发挥着学术研究、学术传承的重要作用,也是昆德拉在中国得到系统的、不断深入的阐释的保证。传统媒介途径主要集中于对报纸与读书类杂志的考察,发现通过这一途径发表的有关昆德拉的介绍、评价、读书心得、阐释体会,发挥着吸引读者、引导读者的不可忽视的作用。在对作家的接受与传播的研究中,少有对基于网络的新媒体传播途径的关注。我们之所以在研究中,将新媒体的传播途径作为考察的一个重要方面,主要是考虑到昆德拉在中国的传播的实际状况。昆德拉在中国受到广泛和持续的关注,与此途径所展现的活力是分不开的。新媒体途径所开拓的传播的广泛空间、读者交流阅读与阐释体会的自发性与丰富性、读者结合自己的生存境况对昆德拉作品的独特领悟,为昆德拉在中国的新生命注入了活力。

我们在研究中强调指出,文学作品的流通与传播,其最根本的目的,就是尽可能呼唤读者的关注和阅读,进入文本开放的世界,经由阅读、理解与阐释,赋予作品以新的生命。基于这一理解,我们认为阐释在文学作品生产与文本生命拓展的过程中,具有特殊的地位。那么,中国的读者如何理解昆德拉?中国读者对昆德拉的阐释有什么特点?不同阶段的理解与阐释之间是否存在联系与连续性?在对昆德拉作品的阐释中中国读者是否有特别关注的重点?昆德拉作品的阐释还存在何种阐释的可能?我们对这些问题进行了逐一的思考,在书中对昆德拉在中国阐释问题展开了专门的探讨。如我们在研究中所揭示的,昆德拉在中国的阐释主体多元,阐释形式多样,而且阐释活动与政治环境、文化语境紧密相连,因此具有阶段性的特征。我国对昆德拉的阐释非常活跃,内容丰富,涉及面广,但我们在对繁复的阐释中,根据昆德拉的理论追求与小说探索的特点,就昆德拉在中国的阐释中最受关注的问题做了有重点的梳理,对 30 多年来国内围绕昆德拉的小说探索、对存在的沉思以及昆德拉书写人之存在所提取的密码——关键词做了思考与分析,进而就昆德拉阐释中所存在的问题与可开拓的途径提出了自己的观点。

通过研究,本人的视野得以进一步拓展,笔者对昆德拉在中国翻译、接受与阐释的研究有如下几点值得关注和肯定:

第一,本书选取了昆德拉作为研究对象,是有价值的,其价值不仅体现在昆德拉是一个卓越的小说家,生前就进入了在法国文学出版界具有"经典"象征地位的"七星文库",更在于昆德拉与中国的特殊缘分与难得的"契合",对其在中国译介与传播的个案的探讨,无论对于翻译界而言,还是对于文学界乃至中国文化界而言,都具有重要的意义,有助于我们理解昆德拉、理解翻译的整个过程、理解昆德拉对中国文学界的影响、理解翻译在文化交流中的重要作用。

第二,从译介理论研究的层面看,我们以昆德拉在中国的翻译、接受与阐释个案为视角展开研究,对文学译介的全过程进行了考察与研究,对文学译本生产及其生命之旅的复杂性、发展性加以了揭示。

第三,在研究中,我们对昆德拉在中国的译介历程有整体的把握,对昆德拉的翻译历程有历史的梳理,对昆德拉的主要传播途径有较为全面的关注,也对昆德拉在中国的阐释有重点的分析,同时我们也关注影响昆德拉在中国的新生命诞生与延续的影响因素,更注重各种主体因素之间的关系与互动的分析,在文化语境与阐释空间中去揭示中国读者一步步走近昆德拉、理解昆德拉与阐释昆德拉的动态性。

第四,从现有的作家译介个案研究的情况看,我们这一既把握过程又关注活动空间与要素的研究,具有探索性的意义,其中对于各种主体因素互动关系的分析、对于传播途径和阐释特点与重点的分析,都有一定的拓展性价值,对以后的相关研究具有一定的参照价值。

昆德拉在中国的译介,是改革开放以后中国译介外国文学的历程中最受关注的现象之一,张颐武曾经就昆德拉在中国的译介发表了很有代表性的观点,他尤其就昆德拉的前期译介进行了反思:"昆德拉曾经是我们中国文学的一个强有力的介入者","昆德拉写出的欲望变成了我们'自由'的象征,昆德拉的嘲讽变成了我们对于刻板压抑的否定的表述。连一种中国化的昆德拉式的语言如'媚俗'也变成了当时的中文写作的流行语,我们如此迷恋'反媚俗'的表述,却意外地让它变得格外媚俗。昆德拉在此意外地获得了某种'中国性'的意义和价值。"①张颐武的这一观点带有很强的批评性,其对昆德拉在中国译介的价值的判断也许有些片面,但他的这一带有反讽性的思考,却为我们未来对昆德拉在中国的译介加以进一步探索指出了某种可能性,比如昆德拉在中国的译介有哪些方面的意义与价值,昆德拉作品的译介对中国的文学创作产生了何种影响,这些都是值得探讨的问题。

---

① 张颐武. 小说的小说:与昆德拉的对话——赵玫的《秋天死于冬季》. (2007-06-29)[2017-02-28]. http://www.chinawriter.com.cn/2007/2007-06-29/42706.html.

参考文献

一、昆德拉作品

1.法文本

Kundera, M. *L'immortalité*. Paris：Gallimard, 1990.

Kundera, M. *La lenteur*. Paris：Gallimard, 1995.

Kundera, M. *L'identité*. Paris：Gallimard, 1998.

Kundera, M. *Jacques et son maître : Hommage à Denis Diderot er trois actes*. Paris：Gallimard,1998.

Kundera, M. *L'ignorance*. Paris：Gallimard, 2003.

Kundera, M. *Le rideau : Essai en sept parties*. Paris：Gallimard, 2005.

Kundera, M. *L'art du roman*. Paris：Gallimard, 2006.

Kundera, M. *La valse aux adieux*. Paris：Gallimard, 2007.

Kundera, M. *L'insoutenable légèreté de l'être*. Paris：Gallimard, 2007.

Kundera, M. *Les testaments trahis*. Paris：Gallimard, 2007.

Kundera, M. *La vie est ailleurs*. Paris：Gallimard, 2008.

Kundera, M. *Une rencontre*. Paris：Gallimard, 2009.

Kundera, M. *Le livre du rire et de l'oubli*. Paris：Gallimard, 2009.

Kundera, M. *La plaisanterie*. Paris：Gallimard, 2012.

Kundera, M. *Risibles amours*. Paris：Gallimard, 2012.

Kundera, M. *La fête de l'insignifiance*. Paris：Gallimard, 2014.

2. 中文本

米兰·昆德拉. 生命中不能承受之轻. 韩少功,韩刚,译. 北京:作家出版社,1987.

米兰·昆德拉. 为了告别的聚会. 景凯旋,徐乃建,译. 北京:作家出版社,1987.

米兰·昆德拉. 搭车游戏. 赵长江,赵锋,译. 中外文学,1987(4):92-102.

米兰·昆德拉. 没人会笑. 赵锋,译. 中外文学,1987(6):62-75.

米兰·昆德拉. 生命中不能承受之轻. 韩少功,韩刚,译. 台北:时报文化出版企业股份有限公司,1988.

米兰·昆德拉. 永恒欲望的金苹果. 赵拓,译. 中外文学,1988(4):145-154.

米兰·昆德拉. 性的喜剧两篇:1.讨论会;2.哈维尔大夫十年后. 赵拓,译. 中外文学,1989(1):47-80.

米兰·昆德拉. 生活在别处. 景凯旋,景黎明,译. 北京:作家出版社,1989.

米兰·昆德拉. 欲望的金苹果. 曹有鹏,夏有亮,译. 长沙:湖南文艺出版社,1989.

米兰·昆德拉. 玩笑. 景凯旋,景黎明,译. 北京:作家出版社,1991.

米兰·昆德拉. 不朽. 宁敏,译. 北京:作家出版社,1991.

米兰·昆德拉. 不朽. 王振孙,郑克鲁,译. 台北:时报文化出版企业股份有限公司,1991.

米兰·昆德拉. 欲望的金苹果. 曹有鹏,夏友亮,译. 台北:林郁文化事业有限公司,1991.

米兰·昆德拉. 生活在他方. 景凯旋,景黎明,译. 台北:时报文化出版企业股份有限公司,1992.

米兰·昆德拉. 小说的艺术. 唐晓渡,译. 北京:作家出版社,1992.

米兰·昆德拉. 小说的艺术. 孟湄,译. 北京:生活·读书·新知三联书店,1992.

米兰·昆德拉. 米兰·昆德拉论小说的艺术//小说的智慧——认识米

兰·昆德拉.艾晓明,译.长春:时代文艺出版社,1992.

米兰·昆德拉.可笑的爱情.伍晓明,杨德华,尚晓媛,译.合肥:安徽文艺出版社,1992.

米兰·昆德拉.笑忘录.莫雅平,译.北京:中国社会科学出版社,1992.

米兰·昆德拉.玩笑.蔡若明,译.北京:中国社会科学出版社,1993.

米兰·昆德拉.小说的艺术.孟湄,译.香港:牛津大学出版社,1993.

米兰·昆德拉.被背叛的遗嘱.孟湄,译.香港:牛津大学出版社,1994.

米兰·昆德拉.被背叛的遗嘱.孟湄,译.上海:上海人民出版社,1995.

米兰·昆德拉.认.孟湄,译.沈阳:辽宁教育出版社,2000.

米兰·昆德拉.慢.马振骋,译.上海:上海译文出版社,2003.

米兰·昆德拉.身份.董强,译.上海:上海译文出版社,2003.

米兰·昆德拉.雅克和他的主人.郭宏安,译.上海:上海译文出版社,2003.

米兰·昆德拉.不朽.王振孙,郑克鲁,译.上海:上海译文出版社,2003.

米兰·昆德拉.被背叛的遗嘱.余中先,译.上海:上海译文出版社,2003.

米兰·昆德拉.玩笑.蔡若明,译.上海:上海译文出版社,2003.

米兰·昆德拉.不能承受的生命之轻.许钧,译.上海:上海译文出版社,2003.

米兰·昆德拉.好笑的爱.余中先,郭昌京,译.上海:上海译文出版社,2004.

米兰·昆德拉.笑忘录.王东亮,译.上海:上海译文出版社,2004.

米兰·昆德拉.告别圆舞曲.余中先,译.上海:上海译文出版社,2004.

米兰·昆德拉.生活在别处.袁筱一,译.上海:上海译文出版社,2004.

米兰·昆德拉.小说的艺术.董强,译.上海:上海译文出版社,2004.

米兰·昆德拉.无知.许钧,译.上海:上海译文出版社,2004.

米兰·昆德拉.帷幕.董强,译.上海:上海译文出版社,2006.

米兰·昆德拉.相遇.尉迟秀,译.上海:上海译文出版社,2010.

米兰·昆德拉.庆祝无意义.马振骋,译.上海:上海译文出版社,2014.

二、昆德拉相关研究文献

1. 外文文献

Banerjee, M. N. *Paradoxes terminaux : Les romans de Milan Kundera*. Paris: Gallimard, 1993.

Boisen, J. *Une fois ne compte pas : Nihilisme et sens dans L'insoutenable légèrté de l'être de Milan Kundera*. Copenhague: Museum Tusculanum Press, 2005.

Chvatik, K. *Le monde romanesque de Milan Kundera suivi de 10 textes inédits de Milan Kundera*. Paris: Gallimard, 1995.

Draper, M-E. *Libertinage et donjuanisme chez Kundera*. Montréal: Balzac, 2002.

Georgel, J. *Kundera, Soares, et Florence : Rencontres et portraits littéraires*. Toulouse: Pascal Calodé éditeurs, 2011.

Ivanova, V. *Fiction, utopie, histoire : Essai sur Philip Roth et Kundera, Milan*. Paris: L'Harmattan, 2010.

Kadiu, S. *George Orwell-Milan Kundera : Individu, littérature et révolution*. Paris: L'Harmattan, 2007.

Le Grand, E. *Kundera ou la mémoire du désir*. Paris: L'Harmattan, 2005.

Maixent, J. *Le XVIIIe siècle de Milan Kundera, ou Diderot investi par le roman contemporain*. Paris: P.U.F, 1998.

Ricard, F. *Le dernier après-midi d'Agnès : Essai sur l'œuvre de Milan Kundera*. Paris: Gallimard, 2003.

Rizek, M. *Comment devient-on Kundera ?* Paris: L'Harmattan, 2003.

Thirouin, M-O. & Weinmann, M. B. *Désaccords parfaits : La réception paradoxale de l'œuvre de Milan Kundera*. Grenoble: Ellug, 2009.

Weinmann, M. B. *Lire Milan Kundera*. Paris: Armand Colin, 2009.

Dargent, F. Le français, langue d'accueil de tous les écrivains du monde. (2009-01-08) [2016-01-18]. http://www. lefigaro. fr/ livres/2009/01/08/03005-20090108ARTFIG00413-le-francais-langue-d-accueil-de-tous-les-ecrivains-du-monde-. php.

2. 中文研究著作

蔡俊. 米兰·昆德拉在中国的传播与变异. 南昌:江西人民出版社,2012.

弗朗索瓦·里卡尔. 阿涅丝的最后一个下午. 袁筱一,译. 上海:上海译文出版社, 2011.

高兴. 米兰·昆德拉传. 北京:新世界出版社,2005.

韩少功. 阅读的年轮:"米兰·昆德拉之轻"及其他. 北京:九州出版社,2004.

李凤亮. 诗·思·史:冲突与融合——米兰·昆德拉小说诗学引论. 北京:商务印书馆,2006.

李凤亮,李艳. 对话的灵光——米兰·昆德拉研究资料辑要(1986—1996). 北京:中国友谊出版公司,1999.

李平,杨启宁. 米兰·昆德拉:错位人生. 成都:四川人民出版社,2000.

彭少健. 诗意的冥思——米兰·昆德拉小说解读. 杭州:西泠印社,2003.

彭少健. 米兰·昆德拉小说:探索生命存在的艺术哲学. 上海:东方出版中心,2009.

文汇报《笔会》编辑部. 每条鱼都在乎:2003 年笔会文粹. 上海:文汇出版社,2004.

吴晓东. 从卡夫卡到昆德拉——20 世纪的小说和小说家. 北京:生活·读书·新知三联书店,2017.

仵从巨. 叩问存在:米兰·昆德拉的世界. 北京:华夏出版社,2005.

袁筱一. 文字·传奇——法国现代经典作家与作品. 上海:复旦大学出版社,2008.

赵玫. 秋天死于冬季. 成都:四川文艺出版社,2006.

3. 硕博论文

博士学位论文

蔡俊. 米兰·昆德拉在中国的传播与变异. 成都:四川大学博士学位论文,2010.

龚敏律. 西方反讽诗学与二十世纪中国文学. 长沙:湖南师范大学博士学位论文,2008.

李凤亮. 诗·思·史:冲突与融合——米兰·昆德拉小说诗学引论. 广州:暨南大学博士学位论文,2001.

宋炳辉. 弱小民族文学的译介与20世纪中国文学的民族意识. 上海:复旦大学博士学位论文,2004.

解华. 寻找失去的精神家园——米兰·昆德拉的文化身份研究. 南京:南京大学博士学位论文,2009.

硕士学位论文

陈剑. 译者的视域——论《不能承受的生命之轻》在中国的两次翻译. 上海:华东师范大学硕士学位论文,2010.

姜雪杰. 米兰·昆德拉在中国的接受研究. 吉林:东北师范大学硕士学位论文,2008.

李园园. 正反馈效应下的昆德拉热. 合肥:安徽大学硕士学位论文,2007.

刘旭. 米兰·昆德拉在中国——接受理论视野下的文本分析与历史重构. 上海:同济大学硕士学位论文,2008.

盛露. 二战后东欧国家社会发展模式的变迁. 南京:南京师范大学硕士学位论文,2012.

4．期刊、报纸、网络文献

毕飞宇．"卡夫卡出生在布拉格"．繁荣，2015-03-23(4)．

陈梦溪．米兰·昆德拉最新小说中译本问世．北京晚报，2014-07-27(11)．

陈民，宋羽葭．从美学概念 kitsch 的中译说起．中外文化与文论，2016
(2)：329-341．

陈少华．昆德拉小说中的复调特征．华南师范大学学报(社会科学版)，
1996(2)：64-69．

董强．走近小说大师米兰·昆德拉．文景，2003(4)：5-8．

高方．文学生命的继承与拓展——《不能承受的生命之轻》汉译简评．中
国翻译，2004(2)：50-55．

高兴．首届"东欧当代文学讨论会"在京召开．世界文学，1989(1)：201．

高兴．2011 年，进入欧美视野的几位东欧作家．外国文学动态，2012(5)：
31-37．

黄佳诗．从《不能承受的生命之轻》到《庆祝无意义》——译者马振骋、许钧
对话：昆德拉的意义．东方卫报，2014-09-15(A12)．

姜瑜．剖析性的对位式复调小说——从情节艺术角度解读米兰·昆德拉
小说．南京师范大学文学院学报，2009(4)：105-110．

景凯旋．关于"刻奇"．书屋，2001(12)：56-60．

景凯旋．刻奇：美学的还是伦理的?．南京大学学报，2014(2)：145-152．

卡尔文．对米兰·昆德拉的强暴．新京报，2004-08-06．

李凤亮．复调小说：历史、现状与未来——米兰·昆德拉的复调理论体系
及其构建动因．社会科学战线，1996(3)：168-176．

李凤亮．米兰·昆德拉及其在中国的命运——昆德拉作品中译述评．中
国比较文学，1999(3)：63-77．

李凤亮．接受昆德拉：解读与误读——中国读书界近十年来米兰·昆德拉
研究述评．国外文学，2001(2)：58-69．

李凤亮．政治与性爱：公众视角与私人情境——米兰·昆德拉小说题材的
历史内涵与存在意味．暨南学报(哲学社会科学版)，2003(2)：65-73．

李凤亮. 文体的复调与变奏——对米兰·昆德拉"复调小说"的一种解读. 西南师范大学学报(人文社会科学版),2004(2):144-148.

李凤亮. 遗忘与记忆的变奏——米兰·昆德拉小说的题旨隐喻. 深圳大学学报(人文社会科学版),2005(2):106-111.

李凤亮. 思想与音乐的交响——米兰·昆德拉小说的结构隐喻. 福建论坛(人文社会科学版),2005(6):86-91.

李凌俊. 走近更真实的昆德拉. 文学报,2003-05-01 (1).

李明明. 西方文论关键词:媚俗. 外国文学,2014(5):111-122,159-160.

李明明. 关于媚俗(kitsch). 外国文学评论,2015(1):213-226.

李欧梵. 世界文学的两个见证:南美和东欧文学对中国现代文学的启发. 外国文学研究,1985(4):42-49.

李鹏. 到巴黎与米兰·昆德拉过招拿版权. 中华读书报,2003-09-17(19).

刘忆斯. 赵武平:人人都有自己的昆德拉. 晶报,2014-09-07.

罗蓉蓉,文汝. 出版视野中的昆德拉作品. 重庆科技学院学报(社会科学版),2014(1):88-89,103.

欧翔英. 镜子中的田园诗——昆德拉小说中的共在世界. 当代文坛,2001(5):67-69.

饶道庆. 米兰·昆德拉小说的复调、对位法及其空间化效果. 温州师范学院学报(哲学社会科学版),1996(5):8-13.

沈晴. 被背叛的复调——米兰·昆德拉与陀思妥耶夫斯基小说中的复调维度. 俄罗斯文艺,2009(2):43-47.

宋炳辉. 变奏与致意:在创造中延续和展开的经典——论昆德拉对狄德罗的改编. 中国比较文学,2005(1):77-85.

陶澜. 米兰·昆德拉法语版本新译问世. 北京青年报,2003-04-07.

陶澜. 毕飞宇妙语点评昆德拉新作《无知》. 北京青年报,2004-07-29.

王彬彬. 重提小说的认识价值——米兰·昆德拉对中国当代小说的启示. 文艺评论,1993(5):27-31.

王彬彬. "姑妄言之"之四:对昆德拉的接受与拒绝. 小说评论,2003(5):

15-17.

王宏图. 昆德拉热与文化犬儒主义. 探索与争鸣,2007(3):28-31.

王静婧.《生活在别处》中复调理论的运用. 文学界(理论版),2011(2):
　　78-79.

王屹. 复调与《玩笑》. 国外文学,1997(4):71-75.

吴铭."生命之轻"的对话——作家韩少功和翻译家许钧教授专访. 社会
　　科学报,2003-09-18(8).

仵从巨. 性爱:昆德拉小说之门. 当代外国文学,1997(4):163-166.

仵从巨. 关于昆德拉的四个词. 当代外国文学,1999(2):155-159.

徐宜修. 米兰·昆德拉在新时期中国译介的意义评述. 湖州师范学院学
　　报,2015(5):52-55,61.

徐友渔. 昆德拉哈维尔和我们. 上海文学,1998(10):70-74.

许钧,韩少功. 关于《生命中不能承受之轻》:新老版本译者之间的对话.
　　译林,2003(3):202-205.

杨乐云. 美刊介绍捷克作家伐措立克和昆德拉. 外国文学动态,1977(2):
　　22-24.

俞吾金,戴志祥. 铸造新的时代精神——米兰·昆德拉的话语世界. 复旦
　　学报(社会科学版),1996(3):86-92.

余中先. 余中先:更正我的一段翻译. 新京报,2004-08-20.

郁文艳. 初一女生读懂米兰·昆德拉. (2004-07-07)[2016-12-28]. http://
　　www.jcph.com/shaoer/bkview.asp? bkid=65794&cid=129158.

张颐武. 小说的小说:与昆德拉的对话——赵玫的《秋天死于冬季》. (2007-
　　06-29)[2017-02-28]. http://www.chinawriter.com.cn/2007/2007-06-
　　29/42706.html.

赵武平. 昆德拉作品新译本问世. 人民日报,2003-06-01(7).

赵武平. 左岸隐士米兰·昆德拉. 文景,2003(4):13-14.

赵稀方. 米兰·昆德拉在中国. 外国文学研究,2002(3):130-136,175.

周国平. 探究存在之谜. 读书. 1993(2):34-39.

周荣胜. 关于媚美. 文艺报,1994-11-26(3).

朱晓华. 南大许钧教授重译昆德拉名著. 人民日报海外版,2003-05-05(6).

三、理论参考文献

1. 外文文献

Berman, A. *L'épreuve de l'étranger, Culture et traduction dans l'Allemagne romantique*. Paris：Gallimard, 1984.

Berman, A. *La traduction et la lettre ou* L'auberge du lointain. Paris：Editions du Seuil, 1999.

Brisset, A. *Sociocritique de la traduction*. Québec：Editions du Préambule, 1990.

Cooley, C. H. *Social Organization*. New York：Scribner, 1909.

GAO, F. *La traduction et la réception de la littérature chinoise moderne en France* (coll.《Perspectives comparatistes》). Paris：Classiques Garnier, 2016.

Jauss, H. R. *Pour une esthétique de la réception*. Paris：Gallimard, 1990.

Lefevere, A. *Translation, Rewriting and the Manipulation of Literary Fame*. Shanghai：Shanghai Foreign Language Education Press, 2004.

Mounin, G. *Les problèmes théoriques de la traduction*. Paris：Gallimard, 1963.

Steiner, G. *Après Babel：Une poétique du dire et de la traduction*. Paris：Albin Michel, 1998.

Tobiassen, E. B. *La relation écriture-lecture：Cheminements contemporains*. Paris：L'Harmattan, 2009.

2. 中文著作

保罗·莱文森. 新新媒介. 2 版. 何道宽, 译. 上海: 复旦大学出版
　　社, 2014.

保罗·莱文森. 数字麦克卢汉: 信息化新千纪指南. 2 版. 何道宽, 译. 北
　　京: 北京师范大学出版社, 2014.

北京大学比较文学与比较文化研究所. 多边文化研究. 北京: 新世界出版
　　社, 2001.

高尔基. 论文学. 孟昌, 曹葆华, 戈宝权, 译. 北京: 人民文学出版社, 1983.

高宣扬. 布迪厄的社会理论. 上海: 同济大学出版社, 2004.

郭庆光. 传播学教程. 北京: 中国人民大学出版社, 1999.

H.R.姚斯, R.C.霍拉勃. 接受美学与接受理论. 周宁, 金元浦, 译. 沈阳:
　　辽宁人民出版社, 1987.

金圣华. 翻译学术会议——外文中译研究与探讨. 香港: 香港中文大学翻
　　译系, 1998.

康尔. 八方高论: 南京大学人文艺术系列讲座讲稿集萃. 南京: 南京大学
　　出版社, 2006.

李公明. 2004 年中国最佳讲座. 武汉: 长江文艺出版社, 2005.

理查德·韦斯特, 林恩·H.特纳. 传播理论导引: 分析与应用. 2 版. 北
　　京: 中国人民大学出版社, 2007.

刘云虹. 翻译批评研究. 南京: 南京大学出版社, 2015.

罗新璋, 陈应年. 翻译论集(修订本). 北京: 商务印书馆, 2009.

莫里斯·布朗肖. 未来之书. 赵苓岑, 译. 南京: 南京大学出版社, 2015.

莫言. 盛典, 诺奖之行. 武汉: 长江文艺出版社, 2013.

让-保罗·萨特. 萨特文学论文集. 施康强, 译. 合肥: 安徽文艺出版
　　社, 1998.

苏珊·桑塔格. 反对阐释. 程巍, 译. 上海: 上海译文出版社, 2003.

孙英春. 跨文化传播学导论. 北京: 北京大学出版社, 2008.

童庆炳. 文学理论教程. 修订 2 版. 北京: 高等教育出版社, 2004.

王向远. 翻译文学导论. 北京:北京师范大学出版社,2004.

王岳川. 后现代主义文化研究. 北京:北京大学出版社,1992.

威尔伯·施拉姆,威廉·波特. 传播学概论. 2 版. 何道宽,译. 北京:中国人民大学出版社,2010.

谢天振. 译介学. 上海:上海外语教育出版社,1999.

谢天振. 超越文本　超越翻译. 上海:复旦大学出版社,2014.

许钧. 翻译思考录. 武汉:湖北教育出版社,1998.

许钧. 文学翻译的理论与实践——翻译对话录. 南京:译林出版社,2010.

许钧. 翻译论. 武汉:湖北教育出版社,2003.

许钧. 译道寻踪. 郑州:文心出版社,2005.

许钧. 生命之轻与翻译之重. 北京:文化艺术出版社,2007.

许钧. 从翻译出发——翻译与翻译研究. 上海:复旦大学出版社,2014.

许钧,宋学智. 20 世纪法国文学在中国的译介与接受. 武汉:湖北教育出版社,2007.

查明建,谢天振. 中国 20 世纪外国文学翻译史. 武汉:湖北教育出版社,2007.

张柏然,许钧. 面向 21 世纪的译学研究. 北京:商务印书馆,2002.

张汝伦. 意义的探究——当代西方释义学. 沈阳:辽宁人民出版社,1986.

赵稀方. 二十世纪中国翻译文学史:新时期卷. 天津:百花文艺出版社,2009.

周晔. 本雅明翻译思想研究. 上海:上海译文出版社,2011.

朱立元. 接受美学导论. 合肥:安徽教育出版社,2004.

3. 期刊、报纸、网络文献

陈忠实. 关于《白鹿原》的通信. 深圳特区报,2016-05-05(B1).

赋格,张英. 葛浩文谈中国文学. 南方周末,2008-03-27.

高方. 鲁迅在法国的传播与研究. 文艺争鸣,2011(9):113-119.

高方,池莉. "更加纯粹地从文学出发"——池莉谈中国文学译介与传播.

中国翻译,2014(6):50-53.

耿强. 翻译中的副文本及研究:理论、方法、议题与批评. 外国语(上海外国语大学学报),2016(5):104-112.

拉迪斯拉夫·韦瑞茨基. 隐身作家米兰·昆德拉. 徐伟珠,译. 世界文学,2004(2):289-298.

赖大仁. 文学价值观问题探析. 贵州社会科学,2013(5):57-61.

李明喜,叶琳. 论政治因素对翻译实践的影响. 长沙大学学报,2005(1):88-91.

刘云虹. 中国文学对外译介与翻译历史观. 外语教学理论与实践,2015(4):1-8.

刘云虹,许钧. 异的考验——关于翻译伦理的对谈. 外国语,2016(2):70-77.

罗四鸰. 严歌苓:双语写作,刺激并快乐着. 文学报,2007-11-08(2).

毛丹青. 双语写作源于一种对抗. (2008-06-10)[2016-01-23]. http://blog.sina.com.cn/s/blog_4747bc0701009lew.html.

田原. 在远离母语现场的边缘——浅谈母语、日语和双语写作. 南方文坛,2005(5):30-32.

王大智. "翻译伦理"概念试析. 外语与外语教学,2009(12):61-63.

王晴. 论图书馆作为公共文化空间的价值特征及优化策略. 图书馆建设,2013(2):77-80.

王炜. 外国文学名著的出版与读者市场. 编辑之友,2006(3):20-22.

许钧. 文字·文学·文化——关于"文字翻译"与"文学翻译". 南京大学学报,1996(1):168-172.

许钧,高方. 网络与文学翻译批评. 外语教学与研究,2006(3):216-220,241.

许方,许钧. 翻译与创作——许钧教授谈莫言获奖及其作品的翻译. 小说评论,2013(2):4-10.

严绍璗. "文化语境"与"变异体"以及文学的发生学. 中国比较文学,2000

(3):1-14.

祝一舒. 翻译场中的出版者——毕基埃出版社与中国文学在法国的传播.
　　小说评论,2014(2):4-13.

庄柔玉. 用多元系统理论研究翻译的意识形态的局限. 翻译季刊,2000
　　(16、17 合刊):122-136.

后　记

我在 17 年前第一次阅读到米兰·昆德拉的代表作《不能承受的生命之轻》,在我不同的人生阶段,我反复地阅读它,每次都会有新的收获。中学时,开篇第一页关于永恒轮回的学说就把我难住了,阅历尚浅的我没有进行哲学性思考的基础与能力,长久地停留在小说的第一部分。再后来每读一次,好像都多了那么些理解,我为自己理解力的提升而雀跃。博士阶段开始,在导师的指导下,昆德拉作品的翻译、接受与阐释宿命般地成为我的研究对象,我试着运用翻译基础理论、译介学、接受美学、传播学等不同理论视角去审视它,从书中单纯的故事到哲学世界的延伸与思考,从书本纸张的平面到思考的多维,我在南京大学的学习所得可以很直观地体现在对这本书的理解上。书在我的眼里越来越立体,而我也在南京大学的学习与在华中科技大学的工作过程中立体饱满了起来。在书稿完成的这一刻,我心中充满感激,这些年来,是师长与同道们给予的支持、帮助与能量,使我能够一路成长,向着更好的自己不断向前。

首先,我要特别感谢一直支持我、鼓励我、引导我的导师许钧教授。许老师对于翻译事业的热爱、对于生活的超然态度都深深影响着我。面对翻译,许老师眼里有光、心中有爱,是他让我有了把翻译、翻译研究当作一生志业来做的期待。回想博士论文撰写的阶段,许老师始终极具耐心地指导我,不断地激励我,从博士论文的选题、研究思路的梳理、论文框架的制定,到具体章节的撰写,手把手地教我如何呈现出用语规范、思路清晰、分析深入的论文,让我能够在学术研究的道路上少走弯路。走上工作岗位后,每每聊起我的导师,我都无比自豪,有太多许老师教给我的东西,我都急切地想要跟我的每一位学生分享,因为我知道,我所学到的种种"方法""思路""视野""习惯""精神"不光在学习研究阶段,更是在人生的每一个阶段都大有裨益。除了学习与研究,在生活上,许老师也以他的善良与宽厚触动着我,遇上生活中的琐事,我常想如果是许老师他会怎么做,榜样的力量就在于你不自觉地就想要向他靠拢。感谢许老师能陪伴我成长,让我真实地找寻到一种踏实的存在方式,用阅读、思考与写作去丰富自身,用平和、淡然和爱去面对生活。

感谢在硕士阶段指导我、帮助我、影响我的导师刘云虹教授,她温婉娴静、细腻真挚,但在专业上却雷厉干练,是她教会了我如何严谨地进行学术研究。

感谢南京大学的张新木教授,他为我打开了从语言学角度研究翻译的途径,他治学认真、待人亲切、心态年轻,各方面都值得我们学习;感谢刘成富教授,他带我们亲近法国文学,他开阔的学术视野在我们研究法国文学时给予了许多启发;感谢高方教授,学术上,她以严谨的学风和敏锐的洞察力为我树立了榜样,生活上,她如姐姐一般关心与帮助我;感谢黄荭教授,从《小王子》、"杜拉斯"到"猫",每一项上都刻上了深深的黄氏印记,将艺术、文学与生活融汇在一起,一直感染我们;感谢曹丹红教授,她以研究上的严谨与性格上的清新可爱影响着我们。我还要感谢大连外国语大学的王大智教授,她在我初学法语时,就一直提点我,将文字、文学与文化的关系深植入我心,并且多年来一直关注我的成长;感谢巴黎第三大学的张寅德教授,他对我的研究选题与价值予以肯定,在我于巴黎学习期间给予我帮助与关心。

我要特别感谢李凤亮教授,他在昆德拉的阐释上具有开拓性的研究给予我参照;感谢袁筱一教授,她对昆德拉作品的翻译与思考给予我启发。前人的研究成果对我的探索提供了极大的帮助,对这些前辈我就不一一致谢了,感谢所有为文学研究、翻译研究注入活力的前辈。

另外,我要感谢华中科技大学外国语学院许明武院长,感谢他在我有机会向他汇报我的研究工作时,给予我莫大的鼓励,在我的工作中给予帮助与支持;感谢刘芳书记,感谢她关心我的工作与生活,时时处处提点我;感谢我们法语系主任陈新丽老师,以及法语系各位共同在教学岗位上奋斗的姐妹,谢谢她们在我初为人师时对我教学上的指点,很荣幸能在这样一个和谐融洽、携手共进的氛围中工作。

本书得到湖北省社科基金的立项支持,以及华中科技大学外国语学院的出版资助,特此表示感谢。同时,感谢浙江大学出版社的大力支持,感谢各位领导与编辑对于本书出版给予的辛勤付出与帮助!感谢各位领导与编辑对于本书出版给予的辛勤付出与帮助!作为本书的责编,包灵灵老师认真负责、细致严谨,衷心地感谢她为本书出版所付出的心力。

最后,我要感谢一直爱我、关心我的家人。我要感谢我的爷爷、奶奶,他们对教育的重视一直影响着我们整个大家庭。2019 年 12 月,爷爷在病床上强忍疼痛,抚摸着我的手,这段记忆会一直给予我力量,想念你,爷爷。我还要感谢永远都以我为荣的父亲与母亲,感谢他们一直默默的支持与爱,感谢他们让我成长于这样一个温暖有爱的家庭。感谢我的先生张鄂,感谢他从他的专业传播学的角度给予我研究的建议,感谢他的陪伴与爱。最后,我要感谢我乖巧可爱的女儿乐仪,今天,她刚满 8 个月,是她让我重新审视生命的意义。

2020 年 5 月 29 日于浙江龙游

中華譯學館·中华翻译研究文库

许　钧◎总主编

第一辑

第二辑

第三辑

图书在版编目(CIP)数据

昆德拉在中国的翻译、接受与阐释研究 / 许方著
. —杭州:浙江大学出版社,2020.9
(中华翻译研究文库)
ISBN 978-7-308-20487-3

Ⅰ.①昆… Ⅱ.①许… Ⅲ.①昆德拉(Kundera,
Milan 1929—　)—文学研究 Ⅳ.①I514.065

中国版本图书馆 CIP 数据核字(2020)第 154255 号

美言题 馆学译華中

昆德拉在中国的翻译、接受与阐释研究
许　方 著

出 品 人	褚超孚	
总 编 辑	袁亚春	
丛书策划	张　琛　包灵灵	
责任编辑	包灵灵	
责任校对	黄静芬	
封面设计	程　晨	
出版发行	浙江大学出版社	
	(杭州市天目山路 148 号　邮政编码 310007)	
	(网址:http://www.zjupress.com)	
排　　版	浙江时代出版服务有限公司	
印　　刷	杭州高腾印务有限公司	
开　　本	710mm×1000mm　1/16	
印　　张	14.5	
字　　数	222 千	
版 印 次	2020 年 9 月第 1 版　2020 年 9 月第 1 次印刷	
书　　号	ISBN 978-7-308-20487-3	
定　　价	58.00 元	

版权所有　翻印必究　　印装差错　负责调换
浙江大学出版社市场运营中心联系方式　　(0571)88925591;http://zjdxcbs.tmall.com